Just for
Mee ting
You

Just for
Mee ting
You

我與世界只差一個你

JUST FOR MEETING

YOU

張皓宸 著

我與世界只差一個你

　　世界說大很大，說小很小。

　　大到走了那麼久，還沒跟對的人相遇，小到圍著喜歡的人繞一圈，就看到了全世界。

　　這本書起筆於冬天，想嘗試些改變，這次沒有寫那麼多身邊人的故事，而是選擇創造一些可愛的角色，用影像化的方式寫故事。因為我在想，真實的故事每天都在發生，我們每個人已經是最好的記錄者了。於我，只想身體力行地表達一些更溫柔的情感，

　　單純想寫一些更好看的故事，不去限定告訴你這個人在我生命裡是誰，而是用不同的人來讓你代入自己的感情。

　　這本書就像飯店門口的傘，遇見下雨天，告訴你別淋著；它也像一個殘忍的耳光，讓你沾沾自喜快忘了自己的模樣時對你狠心提醒；它還像你淹沒在孤獨人群裡的一聲叫喊，你一定會回過頭。嗯，有人正在找你。

十二個故事，各式各樣的男女，在你某個臨睡的深夜或是趕路的地鐵公車裡看看，任你選擇，跟其中幾個人認識，感受他們的愛恨，或歡喜或悲哀，或瘋狂或遺憾。在你落單時、暗戀時、失戀時、試圖放棄時能成為一個隔空的擁抱，給你些許無聲的安慰。

　　希望你慢點讀它，可以聽著歌，吃著爆米花，希望你也能把它放在枕邊，相信愛的吸引力，一定會得到最好的幸福。

　　願你能因為某個人的出現而讓世界豐盈，願你的生活如同賀卡上燙金的祝辭歡脫，願這悠長歲月溫柔安好，有回憶煮酒，願你沒有軟肋，也不需要鎧甲，願我們和愛的人一起浪費人生，熱淚盈眶，長生不老。

　　我與世界只差一個你，因為是你，晚一點沒關係。

2014 年 12 月 12 日

Just for
Meeting You

目錄 Content

隨手轉發

正能量

Just for
Meeting You

「您撥打的用戶已關機,請稍後再撥。」

何璐給男朋友付小天打了一下午電話,這是付小天去美國出差的第二天,算算這十幾個小時的飛行現在怎麼著也落地了,但一直提示關機。她聽著手機裡的機械女聲,心想,稍後再撥你倒是給我通啊。

何璐,某廣告公司創意總監,人稱千面教主,在前一秒可以掛著空姐標準微笑拎著一大袋下午茶犒勞同事,後一秒開分工會的時候就罵得人狗血淋頭,讓人恨不得把上週喝的星巴克都吐出來還給她。她的衣帽間裡全部都是當季最新的名牌,整個梳妝台和小冰箱裡擺滿了黑色系香水,按運勢風水決定今天噴哪瓶,不化妝不出門,眼角的最後那一筆眼線喜歡飛到月球去,猛一看就是一個標準的現代女王。

但經不住仔細看。

她的愛好非常接地氣,喜羊羊與灰太狼狂熱愛好者,反感流行歌,酷愛網路名曲,『動次打次』那種。她還是人前精緻、背後邋遢的典型,一定不要看她的家,因為你會以為她同時跟二十個糙漢住在一起,且這番狼狽景象也不過是她男朋友一天沒收拾所致。

她男朋友付小天,典型溫順小白臉,所有人都覺得他是何璐的寵物,看見主人必搖尾巴,有問必答,讓他往前他跑得比運動員還快,讓他摘個星星他還真的研究過給星星命名這件事。這一對天作之合的『玉童金女』在一起四年,這要追溯到大學畢業那天,何璐拋的學士帽砸中了付小天,沒想到砸出了一段姻緣,付小天說要一輩子做她的剝蝦專業戶以及洗腳師傅。

『出』和『軌』這兩個字，在何璐的字典裡根本無法組成一個正常的詞彙。

　　電話打不通，下班後何璐只好一個人吃飯，路過某名牌旗艦店時心情大好地買了個包，嘴饞想吃泡芙，於是戴著墨鏡下到B1，坐電梯的時候她覺得身上的味道有些奇怪，看來是今天選錯了香水，後來才知道選錯香水的原因是今天風水不好，因為她看見付小天像逗小孩一樣正在餵一個整容女吃泡芙。

　　「殘廢嗎，自己不會動手？」何璐飄到兩人旁邊默默地對整容女說話。

　　兩人像是看到鬼，在泡芙店前忘我地尖叫了起來，何璐視若無睹，照常買泡芙、裝袋，然後轉身想走。付小天突然把她拽住，半天憋出幾個字，「我一直想跟你說——」何璐別過頭打斷他，「你沒在太平洋墜機，我真覺得有點可惜。」然後頭也不回地走了，像是路過自家樓下看見兩隻野貓偷情一樣，特別事不關己且瀟灑。

　　然後一個人在酒吧哭成淚人。

　　付小天還說去美國，真是長本事敢騙我了，我一原裝的竟然輸給玻尿酸，誰給你的膽子劈腿啊，誰允許在老娘說不要你之前你先罷工的啊，何璐一杯接一杯地灌酒，全程戴著墨鏡，鏡片幾乎都濕了。

　　從酒吧出來後，何璐的意識就進入了二次元，她覺得街上的行人都在笑，房子不是房子，車子不是車子，跟蹌走了幾步，她突然很想吃火鍋。

　　因為酒精過敏，何璐從臉到脖子全起了紅疹，眼線睫毛膏還

伴隨著乾透的淚痕鋪在臉上，以至於海底撈熱情的服務生阿姨都看僵了，旁邊表演甩麵條的小夥兒嚇得直接把麵纏在了脖子上。何璐醉得已經看不清 iPad 上的菜單，丟給服務生隨便點，服務生現在很想點 120（中國大陸急救電話）。

　　等開鍋的時候，何璐瞧見旁邊座位的一對男女，男人坐姿像個姑娘，一直埋著頭，女人則正襟危坐，兩手放胸前，看起來像是在吵架。

　　上菜的空檔，何璐一直在偷聽他們講話，女人每句話前會先加一句「李沖我跟你說」，然後再開始進入正題。她說她講話喜歡反著講，作為男朋友必須聽懂她的意思，還讓他少點話語權，哪個男人不是繞著女朋友轉的，還說手機的作用就是讓他接電話的，不希望響了五聲還沒人接，以及一個有了女朋友的男人就不該再出去混局了，女人如衣服，朋友如手足，那是古人說的話，不給你衣服穿，你還有臉出門嗎。

　　何璐聽到這裡，身上的汗毛已經全豎起來了，虛晃的意識中，好像看見平日那個趾高氣揚的自己，也是這麼跟付小天說話的，每個字句、每個表情都霸道到不可理喻，無以復加。

　　男人像個受氣包一樣照單全收，在一邊點頭如搗蒜。

　　「你再這樣，我可是要跟你分手了。」那個女人輕描淡寫地撂下一句話。

　　這句話何璐也經常說，她看見自己坐在對面咄咄逼人的樣子，覺得胃裡有些難受。開鍋後的紅湯不小心濺到她手上，一股無名火上頭，她起身到隔壁桌站定，俯下身搭著男人肩膀醉醺醺地說：「你叫李沖是吧？兄弟不是我說你，你媽從小都沒這麼數落過你吧，有

人是矯情丫鬟命，你還非拿她當公主，你傻啊。」」這話一出，那女的就不高興了，嚷嚷著：「你誰啊你哪裡跑出來的？」然後非常毒舌地說了很多難聽的髒話。何璐吐了口酒氣，把墨鏡摘下一半，露出與眼妝混成一團的眼睛，歪著嘴，對著女人就一頓掃射，「你先閉嘴，我說咱們別那麼無理取鬧，有時間列那麼多不平等條約，好好讓腦袋多裝點實在東西吧，別把矯情當優點，長這麼低調活得這麼招搖，以為全天下都欠著你啊。人一大好青年，被你訓得話都說不出一句，這麼個談戀愛法兒，智商是往負二百五上靠嗎，中情局怎麼沒抓你啊！」

她覺得好爽，罵得自己好爽。

瘋子，瘋子！女人氣得說不出話，何璐在被服務生拽走之前，指著男人喊：「李沖，她不要你，我要！分手不就倆字兒，爺們兒，坦蕩蕩！」

被服務生拽走之後，何璐的意識就模糊了，她覺得自己身體變得好輕，接著思緒從海底撈飛到泡芙店，然後越飄越遠，飄到決定跟付小天同居那天看的房子裡，一起上課的教學樓裡。後來，記憶一片混沌，最後能記得的，是那個桌上的女人變成自己的臉，而那個叫李沖的男人，膽小著佝僂著背，他默默回過頭，變成了付小天的樣子。

何璐是被樓上的施工聲吵醒的，她整個人倒在臥室的地上，太陽穴突突直跳，已經記不清自己怎麼回的家。房間裡都漾著酒氣，她艱難地爬起來，想喝點水，手卻鬼使神差地去掏手機。一通電話都沒有，一條微信也沒有，付小天也是夠狠的，她被甩了，

她現在是全天下最可笑最可憐的人，竟然沒一個人安慰。呵呵，真是太把自己當回事，何璐搖搖腦袋，踩過地上狼藉的衣物和文件去客廳倒水喝。眼看已經 11 點，她還不疾不徐地洗漱、化妝，用了好多遮瑕膏拚命遮住已經腫得很高的青蛙眼。

何璐到了公司後才點開微博，也是從此刻開始，醉後的危機才正式上演。

她關注的那些段子手大 V（在網路上專寫一些俏皮文句的紅人），不約而同轉發了一條微博，原博是這麼寫的：

昨晚 11 點 40 分左右在 XX 路海底撈吃飯，碰到一個女生，戴著墨鏡，身上有紅疹，長鬈髮，身高 1 米 6 左右，她應該是喝醉了，但是幫了我一個大忙，我很想找到她，告訴她我喜歡她，希望大家能幫我轉發，照片如下。

何璐機械地點開配圖，也是當場就醉了，圖上是她被兩個海底撈服務生扛走的抓拍，那張變形的臉和衣角被捲起露出的肚腩簡直慘不忍睹。何璐呆坐在辦公室，盯著那些說「隨手轉發正能量」的熱心轉發出神，感覺自己被誰拎去了火山口，像是《2012》裡那個奇葩電台 DJ 一樣，擁抱噴湧而出的岩漿，立刻化為灰燼。

何璐怎麼也想不起來昨晚發生了什麼，唯獨記得有李沖這麼個人，以及被火鍋油燙過的手。像做了壞事怕被發現，何璐感到前所未有的壓力，她撐住腦袋，用力扯了扯陣痛的頭皮。

恰好這時新來的實習生抱了一疊企劃案敲門進來，看見她的電腦螢幕，單純孩子本想藉此跟上司套套交情，就隨口說了句：「這

人的衣服是不是璐姐也有一件啊？」誰知偏偏撞上了槍眼，何璐一巴掌拍上桌子大聲呵斥：「我怎麼可能有這種衣服，把你眼睛給我洗乾淨再說話，企劃案拿回去重寫！」

「可、可您還沒看呢！」

「眼神兒這麼差腦子能好使嗎，出去出去！」

何璐看見那實習生幾乎是含著淚飄走的，她心裡挖苦了自己一萬遍，可就是控制不住情緒，這枚已經蓄勢待發的地雷，誰踩上誰遭殃。

自此以後，何璐每分每秒都在關注著這條微博。越來越多的人參與轉發，更有很多熱心的網友已經提供了好多線索和候選對象，更好笑的是那個叫李沖的男主角竟然還在自己的微博上直播找當事人的動向，今天去了哪，見了誰，尋尋覓覓，卻一直沒找到那個她。

那個她，現在很想死。

網路真的是個很神奇的東西。

短短兩天時間，線索就越加明朗了，泡芙店的收銀員說這個女子來買過泡芙，好像撞見了自己男朋友出軌；海底撈的服務生跳出來說當時她喝醉了，把她送上計程車的時候，記得她說了一聲樂成公寓。綁著何璐的那條線震顫得越來越厲害，似乎有很多人正牽著線要找過來了。

下班後，何璐不敢戴墨鏡，就戴了個帽子披了條紗巾，還一定要等公司人去樓空了才敢走。在最焦頭爛額的時候，付小天來了電話，說要見她。

何璐竟然去了，她一路像做賊一樣逃避所有行人的眼神，到了讓付小天特意訂的餐廳包廂，她看見電視上自己那張醉酒照片已經登上了民生新聞，電視機下的付小天正用叵測的眼神望著她，兩個人面面相覷。

「這是怎麼回事？」付小天幫何璐把茶水斟上。

「不要問我，我也不知道。」何璐強裝鎮定，夾菜吃起來。

「璐，今天來我是想把話說清楚的。」

「不用說了，夠清楚了。『出軌』兩個字就已經高度概括一切了，你給它那麼多閱讀理解，人同意了嗎？」

「璐，我知道你嘴皮子溜我說不過你，我們在一起這麼多年，我怎麼對你的你知道，你說什麼都是聖旨我豈敢不從。但我今年已經 28 了，就算年紀可以陪著你耗，但自尊心真的也耗不起了。我們都不再是過去那個野蠻女友和受氣包了，如果我再不活得像個男人一點，可能一輩子也就這樣了，你懂嗎？」

「不懂。」

「何璐你別無理取鬧了。」

何璐把筷子摔在桌子上，抬頭問他：「我無理取鬧？你有說過嗎？我問你打從一開始我們在一起，你有說過你那麼在乎你那顆所謂的自尊心嗎？我一直都是這樣，在自己世界裡活得好好的，是你腆著臉給我罵、給我剝蝦、給我當寵物，如果你覺得我強勢，那你就反駁我啊，你把你的道理拿出來，把你身上那些連透視都透不出來的男人味砸在我臉上，讓我覺得我該聽你的。付小天，這都不是你出軌的理由，一個連『不』字都不會說，要靠出軌來證明自己自尊心的人，我覺得你是在侮辱男同胞吧！」

付小天的臉瞬間多雲轉暴雨，他握緊茶杯「呵呵」冷笑了兩聲：

「說得好聽，你除了讓我仰視你，恭恭敬敬地幫你扶正你的皇冠，你根本不會給我平起平坐的機會。你把你那一套大道理綁我身上，覺得我這不行那不行，你有考慮過我的感受嗎？你以為自己真的就那麼完美，那麼重要嗎？我真的好累，我眼睛看著疼，脖子仰著疼，全身上下都不舒服。我真的想離開了。」

「給你一個小時，回去收拾行李，一件不留，頭髮也不允許。」

何璐依然很鎮定。

「你自己好好的。」付小天無奈地起身。

「鑰匙用完放桌上。」何璐說。

付小天停了一下，然後悻悻地走了。留下何璐一個人和一桌子的菜，付小天點了她最愛的松鼠鱖魚和麻辣小龍蝦，她招呼服務員上了份米飯，然後大口大口吃了起來。

一碗米飯下去，她戴上手套，準備剝蝦吃，過去都是付小天把鮮嫩的蝦肉剝好放到她碗裡，現在只能靠自己。蝦殼又燙又硬，好不容易剝開，卻看見蝦肉連著頭部的黃色物體，她有些反胃，捂著嘴，眼淚大顆地掉下來。

李沖又一次落了空，這已經是他這幾天見過的第十六個疑似海底撈女生了，事情其實變得有些啼笑皆非。因為爸爸是做房地產的，他也算是個名副其實的富二代，只是平時不主動炫富，最多是在微博上無意識地發些吃喝拉撒的生活照，只是被眼尖的人認出照

片一角的包包是 PRADA，餐廳是最貴的那家自助餐廳，以及座駕是瑪莎拉蒂。

　　於是莫名其妙多了很多喊他老公的，以致很多女生都主動聯繫他，說自己就是他要找的人。李沖很無奈，即便何璐的樣子不能記得完全，但她的聲音絕對不會忘記。

　　那晚何璐帶著醉意的聲音讓李沖一想起就渾身酥麻麻的，也是在她喊著「我要你」之後，他忽地燃起了隱藏在心底的男兒本色，當場跟女友提了分手，只是跑出去追何璐的時候，計程車已經走遠了。

　　城市落寞得像是一座迷宮，那些夜晚的霓虹和過往的車輛行人在他眼裡都是找到何璐的阻礙。李沖失落地坐在計程車上，司機問他去哪，他只說往人少的地方開，看心情決定目的地。一路上司機都把叫車軟體開著，各種各樣的聲音湧進來：我在哪裡，要去哪裡。

　　我在這裡，要找到你。

　　計程車一個轉彎，緩緩駛向北面的商業街，突然，一道女聲從手機裡躥了出來：「司機你好，我在北街，去樂成公寓。」

　　李沖突然一震，上前抓住司機的脖子吼破了音：「司機！去北街！去接這個女人！」

　　何璐拉低了帽簷，躡手躡腳走在人群裡，三分鐘前發出的叫車資訊還沒有司機接單，她歎了口氣剛想取消，突然就被接單了。打來電話的是一個心急如焚的年輕男子，一接通就像記者一樣問道

你在哪、你是不是要去樂成公寓、千萬別動我馬上就來以及好像跟別人說了句「司機你快點」。這司機也太饞渴了吧，何璐摸不著頭腦，以為是惡作劇沒有多想就直接取消了訂單，她把手機放回包裡，正準備走，一輛計程車打了個漂移停在她面前。

何璐盯了一下車牌，就是剛剛叫的那輛沒錯，嘀咕著還真是遇到奇葩司機了，看這個點也不好叫車，於是開了副駕車門，毫無防備地坐了上去。

上車後，何璐看了看時間，付小天應該收拾完了，想想一會兒將面對一個人的家，難免有些悵然和感傷，她把頭靠在椅背上，想睡一會兒。

突然，李沖從後座伸出半個頭，傻愣愣地問候了句：「你好。」

計程車裡傳出一陣氣沉丹田的尖叫。

「司機停車，我要下車！」何璐抓著門把手，鬼片都沒這麼刺激的。

「不許停！」李沖整個身子挪過來直接把司機和何璐隔開，然後朝何璐一笑，「我是李沖，那晚海底撈，你幫我說話那個。」

「我、我不知道你在說什麼。」

「樂成公寓，還有這聲音，就是你了，我找你可久了。」

「你是小蝌蚪嗎！哪裡生的哪裡玩去！司機停車，聽不懂人話嗎！」何璐覺得世界末日也不過如此了。

「我說你們小倆口別鬧了，老子在開車！」司機終於忍不住怒了，「載了一個奇葩不夠，現在湊一對！」

後來他們糾纏了多久，何璐已經不想理會了，她幾乎是快要跑到保全那裡喊「非禮」，才把李沖擋在了公寓外面。回到家已經

晚上 11 點，身心俱疲，晃了一圈，家裡收拾得很乾淨，付小天果真什麼都沒留下，他的那把鑰匙安靜地放在桌上，像個被拋棄的孩子。何璐換上家居服，行屍走肉一般在客廳晃悠，想不起要幹什麼索性窩在沙發上看劇，昔日她跟付小天在這個沙發上的情景又浮現出來，那時的她頭髮還沒那麼長，一邊敷著面膜一邊讓付小天給她剪指甲，小女人的夜晚好不愜意。她越想頭越痛，索性閉上眼。

半夜從沙發上驚醒，何璐覺得餓，去廚房找吃的，打開冰箱的時候，看見一排付小天以前買的保健品，上面留著張便箋，寫著：「這些就不帶了，記得按時吃。」何璐看完就蹲在地上哭了，腦裡缺氧，全世界都是付小天的樣子。付小天我問你，自尊心這種東西真的有那麼重要嗎，難道我們曾經在一起的每時每刻都是別人的故事？你要獨立我給你，你要自尊心我也給你，只是求你別在這個時候離開我，我的那些被你遷就而來的壞脾氣，都是屬於你的，沒有人會再要我了，沒有人會再愛我了。

自從找到了何璐，李沖就開啟了瘋狂求愛模式。以往那個在女生面前膽小如鼠的富少，如今被何璐幾句話就治癒成了超級賽亞人，所謂男孩到男人的轉變也不過是一夜之間的事。他每天早上會開車去接何璐，儘管對方從沒上過車；會隔三差五地送花到她公司，但一定會被她丟掉。初級戰術以失敗告終，李沖就來高級段位，他知道何璐的最大罩門就是被同事知道她就是那個海底撈女孩，於是特意在他們公司樓下等她，還穿得人模狗樣地靠在自己的瑪莎拉蒂前，讓圍觀群眾認出他是誰，然後再蹦蹦跳跳地迎接走出來的何璐。

何璐起初還能靠口罩和衣服偽裝或者死守公司不出門這樣的招數躲過他，後來這貨竟然大搖大擺上他們公司抓人，還能一眼就拆穿故意穿成大媽的何璐，叫囂著就算她化成灰也認識。

　　何璐沒辦法，最終還是上了他的車。

　　車上，李沖一直在講一些自己無關痛癢的過去，小時候多麼內向，因為樣子清秀像女生如何被欺負的，初戀是怎樣的，以及抱怨他那個逼死人的前女友。

　　何璐翻著白眼，終於忍不住了喊對方停車，義正詞嚴地說：「過去怎樣我不想知道，你的未來如何我也不想參與。你難道一點兒都沒看出來我不想理你嗎？你還犯著賤地把臉貼過來。幹嘛，我屁股上裝著一整個南極你感覺不到冷啊。都跟你說了那晚是誤會、誤會！

　　「你不用把我說過的什麼話上升到人生觀世界觀價值觀，你發的那微博也把我形象都毀了，咱們扯平了！至於今天我能坐在你車上，就當是給你補補智商的，甭找了，姐姐我大方。」

　　聽完這席話，李沖沒生氣反倒噗哧一聲笑，他說：「這點你跟我前女友挺像的。」

　　「不只這點像，很多地方都像！」何璐伸出手開始扳指頭，「你說她愛錢，我也愛；你說她不給你自由，我也提倡不給男朋友自由啊；你說她沒有女人的樣子，我除了外表像個女人內心比爺們兒還糙；你說她從不考慮別人的感受，我除了我自己爽從沒在乎過別人；你說她奪走了你身為男人的自尊心，我也是這樣的人啊……我男朋友也是因為這樣才跟我分手的你知不知道，我不管那晚我喝了酒跟你說了什麼神經話，我只知道，這就是我，我就是這麼討人

厭！」

何璐說著說著就哭了起來，嚎啕大哭那種，以前她總認為自己是對的，可是真的開始數落自己的時候，才覺得一雙手根本數不完。李沖見狀，猶豫地挪了挪身子，電影裡每到這個時候，女主角都會倒在男人的懷裡，然後成就一對神仙眷侶。可當他把胸挺起來的時候，何璐哭得梨花帶雨一記悶拳直接砸在他胃上，然後一記右勾拳落在他左臉。

李沖被狠狠揍了一頓。

後來，何璐給大廈的工作人員說李沖是個變態，調了幾次紀錄，還真看到他鬼鬼祟祟進大廈的監控，於是只要他一出現，就會被保全趕走。即便下班再也接不了何璐，但他的情人玫瑰還是照常送去何璐的辦公室。不只這樣，她的一切社交媒體全部都充斥著李沖的身影，他究竟是有多閒才會在她微博下面每天不停寫留言啊，還好微博話題更新頻率快，海底撈事件很快也被網友淡忘了。如此死纏爛打的追求方式並沒有讓何璐對李沖萌生半點兒好感，仍然恨不得他立刻從這個地球上消失。

臨近年終，公司接到一個大客戶，老闆直接給何璐批了一筆她從業以來最大的預算和獎金，於是她就正式從失戀的陰霾裡轉換到工作上，跟同事開了無數次腦力激盪會議，然後整晚整晚地熬夜看國外廣告節的獲獎作品。那段時間真的算是她人生的巔峰了，沒去逛街，香水也不噴了，因為經常忘記卸妝索性塗個防曬霜就出門了。

若家裡之前像亂葬崗，那現在就像被原子彈轟過，滿牆滿地

的設計稿和方案。這段時間的何璐，似乎把對付小天的怨恨全部發洩到這項案子裡了，她要拿到客戶最滿意的認同以及最豐厚的獎金，來證明她不需要臭男人，一個人真的可以。

但是交企劃書那天，她的世界又崩盤了。

原來這個客戶，是李沖的爸爸，不用說，是李沖執意牽的線。何璐覺得自己被耍了，撇下正在開會的人直接跑出了會議室，當時李沖也在場，也跟著衝了出去。

他在走廊拉住何璐，解釋道：「我知道你失戀不好受，才想辦法讓你換個心情。你看你這段時間都在忙工作，成績這麼好，不是沒有那麼難過了嗎？」

「你是我的誰啊，我失戀好不好受礙著你了嗎？你體會過明明是男友出軌，最後覺得是自己最差勁的心情嗎？如果沒有，那就把你那份同情心揣牢了送給災區，送給你自己。」

「我不是誰，我就是喜歡你，想讓你開心。」

何璐覺得這簡直是史上最好笑的邏輯，她此刻好想在法律上多定一條，所有單戀者都該去死。從自己種下誤會，到莫名其妙被追求，然後是好不容易想讓工作把情傷埋掉，結果都撲了空，一切都不順利，一切都是因為李沖。她覺得好累，本來想說更多狠話，但到了嘴邊，只冒出最喪氣的一句，「好啊，既然你這麼有能耐，那就用你的錢表示有多喜歡我。」

從此以後，何璐每天下班都帶著李沖這個活體信用卡刷遍各大精品店，瘋狂清空淘寶購物車，以及讓李沖當她新一任的剝蝦專業戶及洗腳師傅，並且從不對他說「謝謝」。只是，這個當時被這樣的女人嚇跑的男人，竟然對何璐的一言一行完全免疫，每天笑臉

盈盈地滿足她的任何要求。

很多女人有種通病，叫不炫耀會死症，一句話總結就是「我要告訴全世界我活得很好，老娘就是女王」，對千面教主何璐更是如此。因為豁出去大方接受了李沖的金錢攻勢，而讓所有同事和路人都以為他們在一起，男朋友長得秀氣又多金，關鍵是還肯為她花錢，異常羨慕。這原本是一場啼笑皆非的誤會，到後來讓何璐在這份虛榮裡忘了自己是誰，她每天在微信朋友圈上炫耀，在生活裡更加橫行霸道，沒有向任何人否認，她只是想用李沖最討厭的方式讓他自己收手，反而讓他們之間多了更多親密的互動。

故事的高潮是何璐他們公司集體去蘭卡威旅遊，在吉隆坡轉機的時候，老闆說今年利潤與去年同期比高了30%，最大的軍功章頒給何璐他們這次房地產的項目，放話說這趟海島之行，住最好的酒店，吃最好的洋餐，所有食宿開支不設上限。

從蘭卡威機場出來，冬天轉換夏天，擺脫一身厚重大衣，何璐他們一行人就瘋了，這才是海島的意義。他們的酒店在蘭卡威最美的真浪海灘邊上，每個人都是豪華套房，何璐躺在兩米多寬的大床上，看著落地窗外綿延無盡的海，覺得這半年多承受的好與壞似乎也都值得了。

哦忘記說，李沖也來了。他自掏腰包住在何璐對面，每天謹慎盯著對方的一言一行，像個太監一樣馱著自己的主子去海邊曬成狗。

同事們似乎都被李沖收買了，約好集體出海的時候，一群人都顧著自拍，拍著拍著人就不見了，最後只剩何璐和李沖兩個遊客在帆船上。

海上有個項目叫海水按摩，船邊掛一個網兜，人躺上去衝浪，李沖知道何璐怕水，故意把她推到網兜裡，然後跳下去享受她一邊尖叫一邊抱住自己的快感。上了小島的熱帶雨林，就各種拿死蝙蝠毛毛蟲嚇她，當然返回碼頭的時候，他臉上和身上一定會留下何璐的手掌和拳印。

這女人不去當特警真是可惜了。

晚上的海灘燒烤，何璐準備把白天受的驚嚇一頓吃回來。當晚所有食物分散在四個亭子裡，左右都可排隊自取，何璐吃過第八隻烤大蝦後，決定再來倆湊個整，於是優雅地晃到隊伍裡，看見餐盤裡僅剩的最後一隻，剛想夾，卻被旁邊的人夾走了。

抬頭一看，竟然是付小天。

他的那個整容女友也同時看見了他們。這簡直比偶像劇還要再狗血幾個立方啊。

何璐裝作陌生人回到座位，李沖見她端了個空盤子回來魂不守舍的，剛想問，就被一群點著火把跑過來的當地表演者打斷了。一個皮膚黝黑的胖子拿著吉他在台上說了些蹩腳的英語，然後更多的樂器摻和進來，這群人開始噴火和跳舞。

在遊客們情緒都被點燃的時候，那個胖子好像說了句「Don't be shy」，然後那些表演者來每個餐桌上拉人了。非常幸運地，何璐被選中了，隔了三四張桌子的付小天也被選中了，非常不幸地，他們被組成了一對。

胖子讓所有人兩兩一對聽節奏向前頂胯和向後撅屁股，本來前面兩對還好，可等到何璐和付小天，胖子鬼使神差地連續叫了好幾個向前的口令，只見他倆越靠越近，下面觀眾的歡呼聲也隨之越

叫越響，場面好不尷尬。

　　這時候，那個整容女突然從座位上跳起來想把付小天拉下去，胖子「NO、NO、NO」地阻攔，台下的遊客也起鬨，整容女急了，大吼一句標準的東北 Chinglish：「He is my boyfriend，要跳也是 with me！」說著抱住付小天就是一頓親啊揉的，騷勁一秒鐘釋放，停都停不下來。

　　何璐當場傻眼了，平時最得力的那張嘴今天完全派不上用場。李沖本來不知道付小天就是何璐前男友的，但聽到桌上她的同事議論，也就恍然大悟，衝到何璐跟前，丟下他畢生的羞恥心，脫掉 T 恤，把一旁表演者的草裙借來穿上，牽起何璐就是一段華麗麗的衝式舞步──亂跳。他不僅把眉毛已經擠成一團的何璐搬上搬下外加繞圈，還故意用屁股把付小天和整容女擠出觀眾視線。整容女看不過去，一邊往兩人身邊擠一邊問：「你誰啊？」李沖一個轉身，「何璐的銀行司機兼保鏢，行動人形立牌，抗壓人肉沙包，三字簡稱，男朋友。」然後兩手合攏作揖說：「東北濱崎步，幸會幸會。」這一外號，把整容女直接逼急了，她把表演者的火把搶了過來，拉著付小天鑽到何璐和李沖中間，把付小天當鋼管一樣扒著來回轉，馬戲團都沒那麼精采。

　　最後是李沖情緒到了高點，直接親上了何璐的嘴巴。付小天見狀，一拳朝李沖臉上掄過去，這段精采表演才徹底結束。

　　音樂和台下的遊客都安靜了，胖子也識趣地抱著吉他下了台，招呼多餘的表演者散開。

　　「不爽了？我親何璐你不爽了？」李沖拎起付小天的衣領質問道，「那你當初拋棄她的時候有沒有想過她會成為別人的女

人？」

「李沖你閉嘴。」何璐皺著眉，覺得丟人。

「你跟她在一起那麼久到底有沒有真的瞭解過她？」李沖更激動了，「她不是霸道，只是有主見；她不是強勢，只是給自己安全感；她不是神勇鐵金剛，那點脾氣只是用來掩飾她心底的脆弱罷了。如果你懂她，就該讓她去決定她能決定的，放棄她可以放棄的，在她有所期待的時候不要讓她失望，在她脆弱的時候扶她一把，在她每次說她很好的時候就別真的離開了，就該知道她能一直欺負你霸佔你所有的時間，是因為她愛你！」

「我讓你閉嘴！」何璐搧了李沖一耳光，「你心靈雞湯看多了，會說那麼多排比句就是懂我了？你不過是一張我拿著都嫌重的信用卡！我謝謝你這麼會誇我，但你真誇錯人了，沒那麼多只是而是，我就是那樣的人。有句話你聽好了，李沖，你女朋友不要你，我更不會要，就算你死了，我都不會為你哭一下，你還在這裡逞什麼英雄啊！」

時間在此刻好像停頓了幾秒，空氣稀薄得像是只能依稀聽見遠處的退潮聲。何璐摀著嘴，眼睛像被木炭熏過一般紅。她看著李沖光著上身穿著草裙跑走的畫面覺得特別好笑，不是笑他們這一場相遇有多麼喜劇，而是笑她自己，這麼多年過去，原來最懂她的竟然不是自己。

她終於知道，有人不光能忍受她身上的刺，還能拔掉這些刺，有人能為她昂首挺胸而鼓掌，也能在她脆弱低下頭的時候，幫她接住掉落的皇冠。

而這個人，最後也沒能留下。接下來的幾天，李沖就消失了。

何璐不敢去找他，也全然失去了旅行的心情。回國後，遇上寒流，何璐睡了個昏天暗地，十二個小時後醒來，她無力地滑開手機，顯示無服務，怪不得沒一個電話吵她，當她用 WiFi 打開微博時，才看見飛機失事的消息，她看著航班號有些頭暈，便下床喝了杯水。從客廳一路回臥室，從桌上的花瓶、擺件、冰箱貼到鞋子、包包、床頭的公仔，全部都是李沖送的，不知不覺，這張「信用卡」已經完全霸佔了她的生活。

她收拾好心情，然後又刷新微博，關於那架失事飛機的討論接踵而至。昨天，她剛從這架飛機上下來，而且她清楚記得，李沖說跟她的航班號一樣，只是晚了一天。

她罵了句髒話，咬著已經發青的嘴唇，淚如雨下，是誰說不會為他流淚呢。

何璐顫顫巍巍地點開李沖的微博主頁，看見他一天前發了一條微博：

我的女王，自從愛上你，我變得好霸道；自從愛上你，我收藏了好多笑話；自從愛上你，我看見像你的姑娘都想親一下（哈哈）；自從愛上你，我無所不能；自從愛上你，我也愛上現在的我了。我只是來謝謝你，不要想太多，好好照顧自己，不行就讓我來照顧你。

何璐倒在床上，把手機甩在一邊，她突然想起那晚在海底撈的情景，她記得自己醉醺醺地坐在計程車上，好像聽到身後有人叫她，她轉過身看見李沖大老遠邊跑邊吼：「姑娘，我叫李沖，謝謝

你！！我一定會找到你！！」

　　白癡！何璐張著嘴，眼淚從眼角落在耳朵上，好癢。她覺得一輩子所能發生最大的悲劇應該就是現在了吧，是跟付小天分手的十倍，哦不，二十倍，三十倍。她的悲劇，都是自己作出來的，在擁有的時候輕易虛擲，失去後再自摑耳光，秉承著那一套「本該是如此」「我脾氣就是這樣」的聖母教條，向所有人證明失戀的人最偉大，既想讓別人包容，又忍不住把向她走來的人推開一次又一次。暮色四合，何璐的眼淚一直沒停。

　　她用力翕了翕鼻子，再一次鼓起勇氣看手機。

　　刷過幾條失事飛機的最新消息，她看見幾個段子手集體轉發了一條一個小時前發布的微博：

　　我女朋友是那班飛機，但是值機櫃檯上沒她乘機資訊啊，手機也打不通，求各位能聯繫上她的親朋好友速速通知我，電話185×××××××××，轉發送樓送車啊！女朋友照片如圖！

　　配圖還是她那張在海底撈戴墨鏡露肚子的照片。

　　李沖說，那晚他跑走之後，出海去另一個小島獨醉了三天。他一直記錯了時間，7日回國記成了8日，所以根本沒上那架飛機，但以為何璐在上面。

　　那段時間，關於飛機失事的消息不絕於耳，穿著家居服的何璐窩在沙發上，看著電視新聞播報，又有新的國家主動參與搜索失事飛機黑盒子的下落。她記得那天與李沖重逢的情景，兩人相擁而泣，像是失而復得的情侶，在一起好久的家人。

何璐一隻手搭在沙發扶手上，另一隻手，正被李沖牽著。

　　要有多幸運，兩個人才能健康無事地執手偕老。平行時空裡，飛機上的人都回了家，自此誰都別忘了，能擁抱到身邊的人才是最奢侈的事。

　　一百個人，有一百個對愛情的態度。我們誰都會受傷，也都會在愛裡成熟，不依賴天長地久的承諾，不抱有唯我獨尊的自負，在一百次衝動之前，看看自己在這段感情裡的收穫，別輕易覺得愛可棄，心可醫，一個人能行。最好能記著，別人給你的愛，都是無辜的。

　　隨手轉發正能量。

念念

相忘

Just for
Meeting You

許念念洗完澡，頭髮還沒有乾透。她拿毛巾擦著頭髮，拉開臥室的遮光窗簾，窗外一片晴朗。

　　這是她到北京的第四年，畢業後在一家外企公司做行政，因為特別擅長催合同催尾款，被老闆視作心腹，酒桌上大手一揮，說北京三環內的房子隨便挑，我給你付頭期款。

　　當然，許念念現在住的這個房子是自己租的，這個世道，你可以指望路邊乞丐分你一饅頭片兒，就是不能指望老闆大方。

　　男人的話都不可信。

　　許念念看著鏡子裡的自己，26 歲，皮膚還算緊，眉眼間也還留有點英氣，輕微的法令紋自拍時用個美肌就沒了，有人說過 25 歲以後狀態會每況愈下，但在許念念身上唯一的印證，應該只是越來越嗜睡吧。

　　她煮好咖啡，穿上一件黑色的大衣，這是兩年前擠破頭買的限量款，結果被說穿起來像《神隱少女》裡的無臉男，於是塵封櫃子底，只在每年的這個時候穿一次。

　　整理大衣的時候，許念念摸到藏在內袋裡的小鑰匙，她眉頭微蹙，像被一根線扯著什麼似的，到櫃子前把抽屜裡最深處的心形盒子取出來。盒面上花花綠綠的，像前幾年那種奢侈的月餅盒子。她用鑰匙把盒子打開，最裡面裝著一堆信、遊戲點卡和磁帶，面上壓著一張賀卡和某選秀節目的通關卡。

　　「又在回憶過去了啊。」一個男聲出現在身後。

　　許念念感到額角直跳，轉過身，楊燚咬著香蕉站在臥室門口，他穿著一件寬鬆的連帽運動衫，左手拽著衛衣上的繩子繞啊繞的，高大纖瘦的身材，滿臉霸道的痞子氣，好像從初中認識他到現在，

就一直沒變過。

「你外面煮的咖啡要放涼了。」楊燚咧著嘴說。

許念念慌忙地收拾，蓋上盒子前，一個穿著「天」「長」珠子的手繩掉了出來。

關於這個手繩，要從 2003 年說起。

許念念初二那年跟著媽媽轉學到 A 中，好巧不巧被分進了年級最差的班。這個傳說中把實習老師氣得抑鬱，混蛋指數遠近馳名的魔鬼班級，由兩個人領導，一個叫楊燚，人稱「楊四火」，專燒好欺負的同學，自認為顏值爆表，走路都得橫著走；一個叫路望，人跟名字一樣，捉摸不透，在 2003 年敢留劉海的男生，要麼純娘炮，要麼純帥哥，路望屬於後者，沒有任何雜質的帥，不過看似好學生的軀殼，卻夥同楊燚做了不少壞事。

想來好好學習的許念念跟這個魔鬼班格格不入，在第三次因為一道數學題沒聽懂舉手讓老師再講一遍結果耽誤了下課後，成為全班公敵。起初也只是不受歡迎，走過路過時大家像避瘟神一樣拋之白眼，後來演變成凳子上被塗滿強力膠，發下來的作業本被人撕了一半。但當時留著妹妹頭，一身灰姑娘氣質的許念念只是一聲不吭地默默承受，卑微得如同被除名的冥王星。

萬聖節那天是週五，楊燚本來約著班上的同學晚上去家裡聚會，結果班導師臨時規定不允許節日集會，全體上晚自習。氣不過的楊燚跟路望在班主任的辦公桌裡放了隻死老鼠，在班主任被嚇得靈魂出竅時又關了燈，他踉蹌著想往門外跑，結果整張臉貼在門口早已準備好的透明膠上。

楊燚跟路望逃走的時候，正好在走廊上撞見許念念。第二天一早，鼻子撞歪的班主任輕鬆揪出楊燚和路望，讓他們在操場跑十圈，並全校通報批評。楊燚一口咬定是許念念告的密，於是接下來的排擠簡直就是清朝十大酷刑，自行車胎被扎破、飯盒裡吃出蟑螂、進了廁所隔間然後門打不開、文具和教科書每天跟她玩躲貓貓。直到有一天許念念看見書包散了一地，爸爸臨終前送她的翡翠摔成兩半，她的臉上才有了些表情。楊燚靠在椅背上一臉壞笑地看著她，許念念低頭順了順劉海，默默地走上講台，定格了幾秒，突然轉身拿起粉筆刷就朝楊燚丟了過去，楊燚拍桌子站起來，結果被許念念兩掌拍在講台上的聲勢嚇得坐了回去。

　　「你流星花園看多了以為自己是道明寺嗎？從欺負別人那兒找存在感，心智怎麼會那麼不健全，你小時候被人拐過吧，姐不睬你是懶得浪費腦細胞陪玩，結果還一次比一次囂張。還有你，那個叫什麼望的，你以為你們倆是 Twins 嗎，要當下一站天后啊？看上去人模狗樣的，結果滿腦子包，蒼蠅叮上去都扭到腳，你倆作奸犯科幹啥都綁一塊兒，怎不跟他從娘胎裡一起擠出來呢。姐今天我把話放這兒了，誰再搞我一下，我就讓你像這翡翠一樣跟我爸去陪葬！」許念念吼完了，班上的同學傻了。

　　從此許念念上任毒舌派幫主，更把妹妹頭剃了，利索地紮起辮子，露出一雙大眼睛隨時帶著光，班上一大半的男生拜倒在其石榴裙下，跟楊燚為首的動作派並駕齊驅，就連當時全班公認的班花向語安也成了許念念的朋友，她說喜歡許念念的性格，其實是感謝終於有人帶她脫離獨裁。

　　許念念和楊燚成了死對頭，楊燚什麼都要跟她拚個你死我活，

所到之處必會掀起一場腥風血雨。那時候他是個熱血青年，喜歡聽外國搖滾，瞧不上許念念喜歡的周杰倫，結果因為許念念的出現，讓每天下午上課前的集體唱歌，變成了周杰倫專場。於是他氣得買通廣播站的同學，一到唱周杰倫的時候就放《聯合公園》，還在講台上抱著掃帚當吉他忘我地對嘴。當時全班同學都在追動漫，許念念這種身為《通靈王》《犬夜叉》的少年漫畫癡迷者，自然就不允許任何人無端詬病，但楊燚那個時候偏偏摯愛宮崎駿，且特別愛《神隱少女》，無臉男直戳他的萌點，於是他們就到底是少年漫畫更值得喜愛還是宮崎駿的大師級作品更值得追捧而掀起班上兩幫辯論。還有在看小說這件事上，楊燚喜歡修仙武俠的，許念念愛郭敬明，當時許念念在作文課上總能笑傲江湖，二十分鐘就寫完一篇各種辭藻華麗的作文，楊燚不甘心，熬夜讀郭敬明的書，一邊吐槽一邊背句子，含淚把自己變成了憂傷的斜角（語出大陸作家郭敬明作品，45度角仰望天空成了憂傷文青的形象代表）。

楊燚跟路望喜歡打球，但因為技術不過關，始終進不了全校最受歡迎的籃球隊，但每次看到許念念和向語安從球場經過時，四火同學都會擺出一副好像櫻木花道附體的架勢，大聲跟路望討論「我們籃球隊」云云。後來有一次許念念放學經過籃球場，看到一顆籃球朝她飛過來，她原本是想躲開的，但側面伸出手掌剛好把球攔下了，於是隨手把球扔回去，結果進了。

從此許念念成了籃球隊特別顧問，因為她十投八中，楊燚和路望醉了，問她為什麼每次投球都能中，許念念說，泡泡龍和祖瑪打多了。於是接下來，又是一場來自遊戲的較量，楊燚和路望玩得最好的遊戲是《夢幻西遊》，於是向許念念立下戰書，若是在規定

時間內等級練得沒她高，那今後就對她言聽計從，絕不影響她學習。

　　後來，不光《夢幻西遊》，他們又接連玩了《傳奇》《暗黑》《仙劍》《冒險島》。許念念只花了很少的課餘時間玩，但都比楊燚和路望厲害，他們倆不服，說她作弊，許念念笑笑說，玩遊戲拚的不是時間，而是腦子。

　　時間回到 2014 年。

　　許念念開著車，楊燚坐在副駕上，不停撥弄掛在後視鏡上的毛絨掛飾。

　　「路望當時跟你表白，你為什麼拒絕了啊？」側臉的楊燚睫毛顯得特別長。

　　許念念沉默，專注開車。

　　「讓他這平時一句話都說不完整的小子親口說喜歡，有多不容易，你還真狠得下心。」

　　「為什麼說這個？」許念念終於開口。

　　「不是聊天嘛。」

　　「如果可以……」許念念停頓幾秒，「我當時寧願答應他。」

　　兩個人陷入長久的沉默。

　　開了沒一會兒，車被堵在一條擁擠的巷弄裡。

　　初三下學期，楊燚因為知道路望跟許念念表白陷入莫名的恐慌，原本消停的戰火又重燃，他不知道自己怎麼了，總想 24 小時讓許念念注意到他。那時，能跟她比的都比過了，直到班主任鄭重

其事地說進入高中會重新分班後，他暗下決心，要跟許念念比最後一次，比成績。

楊燚的初級戰術很低級，許念念成績好，楊燚就把她的作業偷過來抄，結果引起裙帶效應全班抄成雷同，連累許念念被老師罵。後來又投機取巧，花高價買了一堆參考書，上面有很多數學、英語課本的練習題答案，結果應付了簡單的填空選擇，到了大題，答案全部是「略」。他又想了很多辦法，結果都無濟於事，考試作弊不是抄錯題就是被逮，把月考成績單改了重新複印一份給爸媽交差，但那份原稿無論藏在哪裡都能被老媽找出來，發卷子的時候，老師給面子，50分以下不唸名字，但總能被上台領卷子的許念念看到。

屬於男人的挫敗。

楊燚升級到高級戰術的契機是因為《哈利波特》。當時魔法風席捲中國，班上平時最挺楊燚的同學甲因為沉迷霍格華茲，竟然中毒到去火車站撞月台，後來這個事遠近聞名，就連黑人外籍教師上課時也拿來當話題。護同學心切的楊燚當場就站起來朝外教說了句「Fuck」，外籍教師一聽急了，朝他丟了截粉筆，然後楊燚就上台直接朝外籍教師揮了拳頭。

學校因為他這個事嚴重到說升學不會收他，正當楊燚不爭氣地在路望懷裡哭得一把鼻涕一把淚，班主任找他說，只要後面這學期能進班上前十名，就讓他順利升高中，為此，班主任還特地把他換到許念念身邊，說要從本質上洗腦，讓他在好學生的威懾下徹底屈服。「你不怕我耽誤許念念？」天真的楊燚問。班主任冷笑兩聲，說：「那得看你耽不耽誤得了。」

的確，楊燚在這個 21 世紀最大的毒舌面前脆弱得就像一條毛毛蟲，他那種「我帥得在黑夜裡都能發光」的自戀，在許念念那兒全變成了自卑。許念念身負重任，給楊燚制定了許多學習計畫，楊燚乖乖地悉數接受，心想踏破鐵鞋無覓處，得來全不費工夫，不僅能大搖大擺霸佔許念念的時間，還能給自己一個目標，努力學習，他要超越許念念，順利升上高中。

　　「我問你，高一的時候，你每次考試都提前交卷，為什麼啊？」許念念趴在方向盤上，看著前面紅通通一片的煞車燈，有些睏。

　　「裝酷啊。」楊燚調節靠背，把腳蜷起來，舒坦地躺著。

　　「說人話。」

　　「逼我自己，每次答題都要比上一次快一些，尤其是在答那些搞死人的物理化學題，這樣我下來也能勤奮一點，不然你以為當時能跟你分到理科，我真給了校長好處啊，我可是見到數字就暈的人。」楊燚閉著眼說。

　　許念念沒有接下去這個話題，眼裡感覺霧濛濛的，悄悄轉頭看他，瞧見路邊有一家花店，她見車的隊伍還是沒動靜，於是拉上手煞車，對楊燚說：「陪我去買點花吧。」

　　高一下學期文理分科，向語安跟路望去了文科，楊燚追隨許念念去了理科。也是在高一這年，楊燚第一次看了三級片，起因是路望本想去租王家衛的碟，結果老闆給錯了，兩個毛頭小子新世界的大門被打開。楊燚開始恐慌，因為他每次想到許念念的時候，下半身會有反應。

他跟自己說，一定是跟許念念鬥得太厲害，留下了後遺症，結果輪到他們這組打掃衛生的時候，他會不經意在許念念的座位周圍來回拖上好幾遍。寫作文的時候一到人物描寫，無論是讓寫姐姐還是媽，都會不自覺套用許念念的形象。當時班上的座位一星期一換，前四排來回，後四排來回，楊燊個子高，屬於後四排，每個月總有一週能坐在許念念後面，他覺得整個世界都明媚了，但只要週一一到，他就恨不得死在這片深愛的大理石地上。更誇張的是好幾次看見許念念站在電視機或者坐在電風扇下面，都會不自覺聯想電視和風扇掉下來，想起就是一陣害怕和心痛。

　　他覺得自己病了。

　　直到有一天向語安拿著心理測試雜誌給他們三個做測試，楊燊測出來的答案是 C，守衛型。C 說，你是一個不善於表達情感的人，喜歡把感情藏在心裡，你雖然表面很強勢但心裡對自己更多是沒自信，沒自信對方會不會喜歡你，所以把自己塑造得好像無堅不摧，沒人愛也沒人恨，但也正是這樣的性格，錯失了美好的緣分。沒錯，如果喜歡就大膽跟對方說吧。

　　於是楊燊肯定自己病得不輕了。

　　他有幾次都想跟許念念表白，一次是學校停電，他跟許念念並肩摸黑逃出去，終於牽到對方的手時，他說了一句：「這裡好黑，好擔心我這張臉沒人看得清。」他本意是想表達自己臉很紅，結果許念念一個白眼翻過去，鬆開手說：「如果全世界自戀的人都是鐵，那你就是吸鐵石，你簡直自戀到頂峰了。」一次是在聽寫單字的時候，英語老師讓幾個人上黑板上來寫，剛好叫到楊燊，他當時兩眼一閉心想要搞就搞大的，想直接在黑板上寫「I love you，Miss 念念」，

結果一緊張連 love 都忘了怎麼拼，在「o」在前還是「v」在前掙扎了好久，結果因為聽寫不合格罰抄了一百遍單字。還有一次在耶誕節，楊燚給許念念送了張音樂賀卡，結果那音樂是生日快樂歌，且打開再合上之後還一直響，伴著這生日歌，楊燚的「聖誕快樂」後面那句「我喜歡你」硬是沒說出口，許念念睥睨著眼摸摸他的頭說：「孩子，病得不輕啊。」

楊燚覺得老天在捉弄他，早已把一切看在眼裡的向語安單獨找他聊過，說，其實老天在讓兩個人遇見的時候，已經安排好起承轉合了，如果兩個人會相愛，那就一定會相愛；如果不能，那無論做了再多，也抓不到自己手裡。當時楊燚覺得好有深意，還問她，她這個人見人愛的班花，什麼時候這麼懂愛情會覺悟了，她說：「因為我喜歡路望，但他不喜歡我。」

轉眼上了高二，課業壓力更重，楊燚籃球也不打了，遊戲也戒了，專心致志地學起了吉他。當時快樂男聲火熱，許念念最欣賞陳楚生，班上那個吉他彈得最好的同學乙還追過她。為此醋意大發的楊燚省下早晚飯錢買吉他，每晚蹺掉一節晚自習去找吉他行的老闆上課，為了學習上不拖後腿，回到家還要再做幾套模擬卷，一熬就到凌晨。

終於這種非人的折磨讓楊燚直接暈倒在升旗儀式上，醫生說他低血糖外加操勞過度，住了半個月的院。不過也因此因禍得福，許念念每天放學都會來看他，順便給他補課。

其實學生時代能助推愛情的地方，不是學校操場或者宿舍樓下，而是醫院。男女處在一間房裡你儂我儂的，同床的病友再一添油加醋，感情值飛速上漲。楊燚終於向許念念表白的那天，是許念

念給他削蘋果，結果傷到手，楊燚學電視劇橋段，一把抓住她的手指就塞到嘴巴裡，結果被血腥味嗆得差點沒咳死。他尷尬地用紙巾把許念念的傷口包住，含情脈脈地說：「我真的沒啥本事，想幹點壞事的時候就被老師捉到，考試的時候總會把正確的答案改成錯的，就連我最喜歡的女孩兒都追不到。」許念念開始還嘴硬，裝傻問他哪個女孩這麼不走運，結果單純的楊燚帶著哭腔大喊：「你啊，我的祖宗！」

當晚楊燚就出院了，拿著一張 OK 繃跑到許念念家樓下，然後打電話叫她到窗台，因為 OK 繃太輕，根本扔不到三樓，於是就隨便從書包裡抽了幾張卷子包著石塊一起扔，結果沒扔到三樓，倒是砸破了二樓住戶的窗戶，連累許念念一起賠了下週的飯錢，兩個窮鬼投靠路望和向語安，每天啃包子啃得非常開心。

在高二氣氛最緊張，滿空氣都是油墨味的時候，許念念和楊燚戀愛了。

花店裡。

「你是什麼時候喜歡我的啊，不會是在醫院我跟你表白的那一刻吧？」楊燚站在許念念身後，問她。

「你喜歡百合還是菊花啊？」正在選花的許念念沒空搭他的腔。

「你不說我就當你對我是一見鍾情，從初中轉學那會兒你就拜倒在哥的容顏之下了。」楊燚自顧自地說。

「菊花吧，適合你的氣質。」

「你氣質才是菊花呢！」

許念念買完花，走之前側著頭跟楊燚說：「我看過一本書，上面說，任何事情一旦講究個所以然來，這麼合理合法，就失去它本身的樂趣了。」

楊燚顯然沒聽懂。

17 歲的許念念也不懂，她只知道在最壞的時機跟楊燚在一起是種冒險，但如果不冒這次險，放棄了一個這麼可愛的人，那就對自己的青春年少沒了交代。她要在未來的某年，坦蕩蕩地向全世界宣布，姐是早戀過的人。

高三的楊燚成了學霸，早戀沒有成為他學習的拖累，反而成為促成他越來越好的橋梁，因為他心裡的小宇宙告訴自己，高考不比升高中，他要跟許念念去同一所大學，同一座城市。不過學校可不懂這人情世故，每個人都已經入了廠裝好零件，就不得分心必須按部就班，同一批次生產。那個時候，每天各科都會發一張卷子，密集到連視力保健操時間都得埋頭做題，班主任知道楊燚跟許念念的關係後，三番五次干涉過，二模成績下來，許念念和楊燚揚眉吐氣地霸佔年級第五和第十三名，於是老師也沒了立場。

在高三，成績就是為非作歹的免死金牌，楊燚把他和許念念的桌子搬到教室最後面，在旁邊用一堆拖把隔開，弄得像給他們造了個結界，他還跟班主任簽訂「三不條約」，只要年級排名維持在前二十名，各科老師不得強行給他們發那麼多模擬卷，不得干涉他們談戀愛，不得耽誤他們上課睡覺。這不平等條約擺誰面前都要七竅生煙，但他們的班主任居然默認了。沒辦法，班上能上好學校的學生所剩不多，也只能睜一隻眼閉一隻眼。

高考倒數計時一百多天的時候，許念念每天都能收到酒心巧克力，還用粉色的盒子包裝好。楊燊知道後滿肚子的醋，說這人怎麼知道你喜歡吃酒心巧克力。許念念逗他，說你看看別人，既用心還這麼洋氣。楊燊氣不過，花了一週的零花錢給她買了盒哈根達斯，說，看吧，這些都是我給你的愛。結果第二週就成了小白臉，撿許念念剩下的吃，坐在麵館裡，操著嘶啞的聲音說：「老闆，給我來一份五分熟的韭菜盒子。」

窮也要窮得有檔次，真是要跟許念念比一輩子。

後來，聽路望的同學說，路望在家裡吃酒心巧克力吃醉了。路望找過許念念，他說我送了你那麼多巧克力，你都給我退回來了，就跟數學最後一道選擇題我辛辛苦苦算了好幾頁草稿紙，結果ABCD裡都沒有我要的答案。我喜歡你這麼久，明知道是死路，也還是硬著頭皮走，馬上就要畢業了，我覺得如果不再爭取一下就永遠失去你了。

許念念特別感動，換作是誰看見一韓系美男杵你面前撂下這番鏗鏘的表白都受不住，但她說，巧克力我沒還回去，都自己吃了。但是，我只是把它當作巧克力，從初中到現在，我想我會一直珍惜酒心巧克力，不會戒掉的。

時間再一晃，高考結束，學校裡狼藉一片，在漫天的書和作業本裡，楊燊偷偷吻了許念念，說會一直陪在她身邊。

在散夥飯當晚，他們四個人都喝醉了，路望醉後也不失態，像個剛出生的嬰兒乖乖趴在桌子上睡著了，許念念大剌剌地招呼著她那一幫毒舌派幫眾，楊燊則坐在位子上碎碎唸，唯獨一向文靜得體的向語安在一邊哭著瞎嚷嚷，她拎著半瓶酒晃到楊燊面前，說，

我們四個一輩子都別分開，誰也別忘了誰。

她還說，路望的酒心巧克力，是我送的，我們初中的畢業紀念冊上，路望最喜歡吃的零食，寫的就是酒心巧克力。其實我挺羨慕你跟許念念的，愛恨都那麼直接，或許我只能永遠以朋友之名愛著他吧。四火，幫我保守這個秘密好嗎？

當時暈乎乎的楊燚覺得向語安特別可憐，於是拚命點頭。

向語安把半瓶酒仰頭喝完，她說，再跟你說一個秘密，其實初三那年，你跟外籍教師打架，老師把你換到許念念旁邊，是許念念提出的，她真的很喜歡你。

擁堵的車流一點移動的意思都沒有，許念念不耐煩地開窗朝外探出身子，再一看時間，滿臉愁容。

「很趕時間啊？」楊燚倒是輕鬆，自在地把頭枕在胳膊上，哼起歌兒來。

許念念沒理會他，頭始終朝向前方，偷偷用眼角餘光看他。

「不然我們坐地鐵吧，前面有個入口！」楊燚突然坐起來，指著前面那個「Subway」的牌子說。

「那是速食店！」許念念被他逗得哭笑不得，「真有你的，你對得起清華學子的稱號嗎？」

「清華又沒教我認識所有速食店，以為都像你們廈大的這麼洋氣啊？」

楊燚話音未落，許念念臉就沉了下來，然後兩個人面面相覷，話題到這裡落入尷尬。

凝滯的時間又隔了許久，許念念開口說道：「其實我不是因

為發燒才沒考好的，而是我故意空了兩道大題，為了能跟你一起去廈大。結果誰知道你小宇宙爆發，考上了清華。或許這就叫造化弄人吧，註定我們要經歷一場漫長的異地戀。」

錄取通知書下來，路望去了上海，許念念和楊燚南北各一方，比起活生生被拆散的小倆口，更驚人的是，向語安其實沒有參加高考，但仍然直升了廣州的名牌大學，許念念和楊燚一度還覺得她是不是做了什麼見不得人的事，後來才知道她爸是那所大學的校長。

自此，鐵打的四人組四散天涯，終於要面臨告別。

許念念去廈門那天，她坐在去機場的大巴上，司機遲遲沒有發車，楊燚就一直在窗外守著，時不時上來囑咐「每天都要打電話」「不許跟別的男生搭訕」以及「照顧好自己」。當時天氣很熱，他虛起眼睛站在陽光裡一直沒離開過，直到發車了，他塞給許念念一條手繩，然後跟著車跑，一直跑到跟不上車。

眼睛通紅的許念念轉過身，看見手繩上繫著「天」「長」兩粒珠子。後來楊燚說，這是他跟別人學了半學期才編出來的，其間偷偷摸摸去學校門口買一毛錢一根的繩子，趁大家不注意的時候在桌子底下編的，但編手繩這事實在太娘了，導致他做了好幾晚的噩夢。

上大學後的楊燚成了全校的紅人，成年後的他愈加精緻帥氣，加上打了那麼多年籃球，身材出落得挺拔，光是雙手做個向上抬舉的動作，那肌肉線條也能讓好多女生鼻血一地。在高二時學的吉他後來也派上用場，建立了吉他社，招攬了一群像中學時那麼挺他的

小弟。當寢室裡的兄弟們還在為哪裡有愛情動作片下載，如何打到遊戲裝備，怎麼打扮自己更受女生歡迎發愁的時候，他已經不屑這些世俗紛擾一邊抱著吉他一邊給許念念打電話，身後飛來無數彈幕，全是他的內心獨白：老子不用看片，有老婆看，老子打網遊成魔的時候你們還在玩超級瑪麗，老子不用打扮，每天早上被自己帥醒。

到了大二，楊燚參加的文藝活動越來越多，跟許念念一天信息發不了幾條，晚上的電話還經常因為回寢室太晚而只能用「晚安」「早點睡」這樣的說辭敷衍了事。異地戀最可怕的，就是在兩個人抱不到的情況下，還剝奪彼此僅存的溝通權利，女漢子柔情起來就是片汪洋，更何況是許念念這樣要命的女人，抓不到摸不著，腦補小劇場就開始播放，結果帶來兩個人戀愛後無休止的吵架。

最嚴重的一次是楊燚跟系上的同學一起去唱歌，結果酒喝多了躺在一個女生懷裡睡著了，同學惡整他拍下來發到了 QQ 空間。這位同學本來跟許念念沒點關係，但當時翻遍楊燚空間、博客，像個私家偵探一樣的許念念，還是不經意看到了那張照片。

楊燚他們有一個 30 多歲的輔導員，但性格是個二次元的萌妹子，好用身體講課，講到獅身人面像，她就一動不動趴在講台上，用印度普通話做解說；說到杭州西湖白娘娘，也要豎著倆手指假裝施法來回轉悠，當時全班同學都在笑，只有楊燚一個人面無表情，臉上好像寫著「前方高能預警，12 點鐘方向有個傻子」。

其實是他已經收到了許念念二十條短信，全是針對那張照片的，內容太惡毒不忍分享。下課後兩個人唇槍舌劍，從教學樓到食堂再到寢室，從下午 5 點直接對嗆到晚上 11 點，楊燚在吵架品質

上比不過許念念，但在氣勢上略勝一籌，當他破罐子破摔大吼一句「老子就是喜歡抱著別的女人」之後，吵架氣焰瞬間跌入冰點，許念念在電話那頭安靜了幾秒，然後用一口非常欠揍的播音腔說：「好啊，那今後的路，祝你好好走下去，姐我在開車。」

許念念利索地掛掉電話，哭成狗。

到了11點半，寢室斷了電，楊燚坐在凳子上，氣得一邊學北京話「你丫我丫」地罵一邊把手機滑上滑下，螢幕光線一亮一滅地打在他表情皺成一張樹皮的臉上。直到手機沒電關機，螢幕暗了下來，他才突然停下手，好像意識到什麼，罵了一聲連忙衝出了寢室。

當時每個宿舍樓的電是由一個供電系統操作的，但每層樓分別有一個電箱，打開電箱重啟系統就可以恢復該層的供電，但是電都會上鎖，而鑰匙都在宿管阿姨那兒。所以當時有膽大的男生會趁阿姨不在的時候，潛進她房間把鑰匙偷出來。但楊燚一直特別正義，他說：「見過帥哥幹這種苟且之事嗎？」其實是自己膽子小，每晚斷電後看到隔壁樓的夜夜笙歌也是各種羨慕。

情緒激動的楊燚到了樓下，發現宿管阿姨已經睡了，他看了眼時間，情急之下直接用滅火器把電箱給砸開了，電閘一合來了電，轉身就奔回寢室充電。

在凌晨0點整，他撥通許念念的號碼，響了好久對方才接，也不管她那聲跟包租婆一樣的「幹嘛」有多麼不動聽，楊燚都還是真心說了一句：「老婆，生日快樂。」

於是兩個人又和好了，女生都是這樣，以為離開對她好的人，難過的會是對方，結果難過的還是自己。男生則不同，除非自己真

的不喜歡了，否則無論怎樣的打鬧和離分，他都覺得一段感情不會真正結束。

楊燚砸電箱的事第二天就被文明檢查部的人查出來了，說是要追究責任，給處分，當時楊燚差點就被背後捅刀的同學供出來了，最後是輔導員把這事兒壓下來的。她說，楊四火同學平時都走偶像路線，這麼簡單粗暴的事他肯定做不出來，你們相信是他做的嗎，我反正是不相信。

語氣跟魯豫似的。

楊燚當時覺得輔導員不僅心理是個低齡妹子，看來智商也是。

結果後來她單獨找楊燚談話說，你跟你女朋友吵架，我在食堂都聽到了，下次別用滅火器砸電箱，好歹用個扳手啥的，神不知鬼不覺啊。四火同學，要從根源上杜絕晚上奢侈用電，就白天多跟女朋友打打電話。

楊燚當時就想跪了，他覺得從中學到現在，沒遇到過這麼好的老師。

大四畢業期間，許念念跟媽媽商量去北京找工作，打算去個靠譜的外企，本以為能跟楊燚手拉手過上安穩的同居生活，結果他中二病又犯了，無故萌生出要當明星的想法，在同學們為就業奔波的時候，他隻身跑去上海報名了某選秀節目，結果在初試還沒見到導師之前就被淘汰了，說才華太單一，就在他準備離開的時候，在報名處看到了路望。

後來他們以組合形式成功通過初試，楊燚彈吉他，路望唱歌，一個陽光帥哥，一個憂鬱美少年，黃金組合，讓眾多少女春心蕩

漾，他們在四位導師面前唱了首一起寫的原創，直接拿了通關卡。路望說：「這首歌是唱給我女朋友的。」楊燚當時就驚了，問他：「這些年，你有跟向語安聯繫過嗎？」路望說「偶爾」，「她有跟你說些什麼嗎？」路望搖搖頭。

　　楊燚突然很難過，當初四個人明明那麼好，現在距離硬生生把這段感情拉扯成寒暄的客套。關於向語安的那個秘密，就讓它永遠成為秘密吧，不是每段青春故事都要圓滿，你喜歡的人和喜歡你的人手拉手踏入夕陽紅才叫愛情，那些起承轉合不是大爺大媽看的黃金檔劇場，有遺憾，才是生活。

　　後來他們還是沒能進入決賽，那張被楊燚過於緊張而揉皺的通關卡，成了他送給許念念最後的禮物。

　　許念念迷濛地睜開眼睛，楊燚一張霸道的大臉杵在她跟前，嚇得她不小心按下了方向盤上的喇叭，轉頭一看，長長的車隊還是沒有動靜。

　　「有夢見我嗎？」楊燚笑著問。

　　「夢見你跟路望在台上唱歌，你知不知道，你的和聲都跑調了。」

　　「切，也不知道是誰說在電視機前哭成稀哩嘩啦的。」

　　許念念嘴角上揚，顯然是掉在回憶裡有些開心，但表情轉瞬又冷了下來，她感歎：「轉眼都畢業四年了，一切都發生得太突然也太自然了。」

　　「想想大學畢業時，居然沒有一點傷感，這是讓我最傷感的地方。或許是潛意識在告訴自己，終於等到你來北京找我了吧。」

楊燚接過她的話。

　　但許念念到這裡就語塞了，表情越發凝重，也正是在這個時候，前面的車子動了起來。

　　「出了前面的路口，就到山腳了。」楊燚說。

　　鼻子傳來一陣難忍的酸澀，許念念的眼睛一下子就紅了。

　　那段記憶要怎樣才能抹去呢。

　　就像電影裡的主角得了腦退化症，慢慢忘記了很多重要的人和事，最後死去時閉眼的幾秒就跟剛出生時睜眼的幾秒一樣，完成一個輪迴，什麼都帶不走留不下，好像也挺好的。

　　小巷子越來越通暢，許念念踩了把油門，車速快了起來。

　　楊燚把袖子撩起來，露出手腕上的手繩，上面掛著兩顆珠子，寫著「地」「久」。

　　許念念再也忍不住，眼淚像開了閥門止不住地流。

　　「又哭了，不是說好不哭了嗎？」楊燚說。

　　許念念哭得更厲害，手扶著方向盤，身子抽搐起來。

　　「我陪著你呢！」

　　「我喜歡你啊！」

　　「親愛的許念念同志，永遠不要忘了我啊！」

　　許念念哭得已經聽不見楊燚的聲音，車頭偏到了逆行道上，直到看見來向行駛的車，她才從虛晃的意識中回過神，猛地轉動方向盤。

　　再一抬頭，鳳凰山就在前方。

　　她停好車下來，已經走了幾步才想起買好的菊花忘在車裡，

於是折返回去，副駕上已經空空如也。

她咽了團口水，伴著嗚咽，胸腔止不住起伏。

許念念穿著那身像是楊燚最愛的無臉男黑色風衣，手裡捧著白色菊花，在灰濛濛的墓碑間穿行。來到台階最高處的時候，看見路望和向語安站在不遠處等她。

許念念把菊花放在墓碑前，看見照片上滿面笑容的楊燚，回憶像電影裡的蒙太奇，迅速將自己拋回那忘不掉的青春裡。

直到停在四年前，許念念第一次去北京，掩飾不住的興奮，她仰著長長的脖子，看山看水，看高樓，卻沒看到身邊開來的車。

不過楊燚推開了她。

後來許念念整理書櫃的時候，聽到一堆雜物裡有音樂聲，費了好大的力找出來，才發現是楊燚當年送給她的那張聖誕賀卡，過了這麼多年，生日歌還在放著。

她想起那個時候楊燚苦於如何跟她表白的滑稽樣子，就覺得特別好笑。

因為時間久了，賀卡中間的黏合處開裂，她發現原來還有一個夾層，從裡面掏出一封楊燚寫的信：

親愛的許念念同志，作為曾經勢不兩立在各種戰場血拚過的戰友，如果你能看到這封信，那我向你的智商致以崇高的敬意。有時我會想，我們明明是見面就互罵，特別見不得彼此好的人啊，但為什麼現在會有種期待感呢，我好期待我罵你一句後你會回什麼，期待我們再比一項東西我輸給你後你那得意洋洋的樣子，期待你今天會走哪條路，校服裡面會穿哪件衣服。

慢慢地，我就想迫不及待在人群裡找到你，但後來我發現，不用找，我一眼就能看到你。我不知道你能不能看見我，不能，我就當你近視。我是覺得有些話現在不說，或許以後就沒機會了，我楊燚雖然有四把火，但從來沒燒旺過，但遇見你之後，給了我好多動力，讓我今天能有勇氣對你說這些話，我想一直陪在你身邊，比到老，吵到老，我想跟你共用一個戶籍謄本，我想跟你生好多孩子。當然，你看完這封信也可以永遠都不理我，我有心理準備，不會怪你，只是希望今後能有一個像我這樣的男孩，幫我照顧這樣一個女孩，習慣她的毒舌，要經常給她找罵，她喜歡吃酒心巧克力，她晚上怕黑，她有一個自己的小宇宙，她有一個親得像姐妹的媽媽，還有一個超酷的老爸，不過先去宇宙裡給她開路了，她陰晴不定喜歡皺眉，她吵架的時候會引用很多比喻，她理科好，她很有衝勁兒，但一個人不行，別讓她孤單。

親愛的許念念同志，我喜歡你，革命尚未成功，四火仍需努力。

2006 年 12 月 24 日

每個人的青春其實都是一本精采的書，殘酷的，悲傷的，幸運的，幸福的，要說盡其中的遺憾，怎麼能用幾句話說得清。只是那時的我們啊，以為只要對飲一杯酒，一起吃一碗三塊錢的麵，就可以永遠。後來才發現，時間是永恆的敵人，永遠跟有沒有勇氣沒關係，跟牽了多久的手也沒有關係，它能給人無窮盡的生命，

也能給兩個人最長的距離，能讓你忘記所有快樂的細節，卻偏偏記得痛是多麼刻骨銘心。

　　只是後來我們繞了很多圈，卻再也沒有遇見那個能跟我喝酒、吃麵，親我會臉紅的人了。

　　我們一起追過的劇裡，江直樹是真的愛著袁湘琴，李大仁是真的愛著程又青，志明是真的愛著春嬌。

　　但願你別忘了，那時的我，是真的愛著你。

無醉

不歡

Just for
Meeting You

網上熱過一段話，說人一生會遇到約 2920 萬人，兩個人相愛的機率是 0.000049，所以你不愛我，我不怪你。雖然不知道這個概率是怎麼算出來的，但這句話能提煉出兩個中心點，愛很難啊，愛也很賤啊。

　　即便這樣，都會男女們還是拚命在世界中心呼喚愛，只求能遇見對的人，一個蘿蔔蹲一個坑。但其實吧，所謂對的人其實都很唯心，遇見了，說他是，他就是。

　　這不，上帝馬錶一按，距佟菲遇見她的 Mr. Right 還有五個小時。

　　佟菲何許人也？江湖人稱「菲哥」，倒不是說她女漢子，好歹她也有一頭天生柔亮的長髮，小臉媚眼，講話奶聲奶氣，乍一看還像冪冪（中國大陸女星楊冪暱稱），而且她天生自帶氣場，這歸咎於她從小就是女子田徑隊主力，跑步跑出了一個衣服架子的身材，一條 320 塊的 H&M 裙子穿身上，也夠資本讓那些時尚博主為其發篇通稿，沒有所謂隱形皇冠，不毒舌也不女王，就是幹練，偶爾傻得可愛，男女都喜歡的那種合眼緣的女人。

　　佟菲咬著一塊吐司麵包，拉開背包，分別裝進了以下東西：相機、DV、筆、本子、皮尺、溫度計、馬錶、噪音測試儀。放心，輪不到她當裝修工人，她的職業很特別，叫酒店試睡員，工作任務就是睡遍全世界的酒店，像個臥底一樣不斷變換身分，測量酒店一切資料，大廳香水味道，電梯位置是否方便，洗手間毛巾的條數，蓮蓬頭出熱水的速度，客房床單的乾淨度，插座的位置和數目，是否能上網或有無 WiFi，這些都被記錄在她的 DV 裡。作為專職試睡

員，佟菲每月住滿十幾家酒店是家常便飯，擬定試睡專題，給供職的旅行網站上交超長視頻，再跟著幾千字的詳細評價，要求不低，不過待遇豐厚，工作又讓人羨慕，倒也累得其所。

她這次來台北，是為了體驗當地最負盛名的情趣酒店，為此刻意跟男閨蜜范范取經把自己打扮成一個合格的「騷浪賤」，抓著一個香奈兒小香包，在鏡子前甩了甩頭髮，準備全身心融入這座以嗲聞名的城市。

此時距佟菲遇見她的 Mr. Right 還有四個小時。

其實佟菲還有一個外號：分手大師，不是鄧超那種，而是被分手的大師（出自鄧超自導自演電影《分手大師》）。說來也奇怪，作為菜場上色香味最好的那棵菜，為她流連的男人不斷，但就像過去武俠小說裡命犯孤星那樣，所有戀情都短命。

初戀在高一，對方是班長，難得學習成績跟長相成正比，好了兩個月，分手是因為她忘了給 QQ 情侶空間上的小樹澆水，班長說她太自私，不會維護愛情。

第二任在大三，同個社團認識，強度直男癌患者，不允許她跟除了他以外的男生講話，不允許她化妝打扮，燙髮染髮，約等於慢性囚禁，但佟菲是真的愛他，忍氣吞聲的結果是男生認為自己一切妥當，所有不對的都是佟菲，於是跟隔壁專業的好上了。

第三任就在第二任分手後的一個月，酒吧玩嘴撕紙遊戲好上的，富二代，對衣服特別講究，經常買各種女裝給她，佟菲還欣慰終於找到了一個不是直男癌患者了，結果後來發現一半的女裝都是那男生自己在穿。

第四任在工作第一年，他說，我們星座不合，分手吧。佟菲特別憋屈，你一個處女座有啥資格說星座不合的。

　　第五任是異地戀，熱戀時兩個人你儂我儂，後來男生工作走上正軌，越來越忙，維持異地戀的基本溝通少了，就開始出現裂縫，佟菲覺得自己愛他更多，當一個人開始計較為對方做了什麼的時候，這段關係離結束不遠了。結果當然是男方提的分手，只是佟菲這次最難過，畢竟這是她戀愛歷史用時最長的一段了，而幫她療癒情傷的是她的第六任男友，同是酒店試睡員的葛成宇。

　　說到這個葛成宇，必須要用大段篇幅來講。他們初識的時候是歡喜冤家，這個男人比佟菲小三歲，但說起大道理來比她爺爺還老成，他就像一台移動的中央空調，若是那些愛喝雞湯的妹子，那絕對是溫暖到心坎裡，但營養過剩的佟菲對他免疫，聽他在耳邊叨叨，那簡直是在大冬天製冷，喪心病狂。

　　雖然做試睡員沒多久，還掛著兼職，但葛成宇的業績令人咋舌，同是評價，他的點評能讓人笑壞肚子，篇篇覺得都是良言金句。最氣人的，不僅工作好，葛成宇長得也挺替天行道的，個兒高，說話又溫柔，公司女同胞都愛他，為數不多的男同胞為了追女同胞也愛屋及烏，於是佟菲在公司的「菲哥後援團」面臨土崩瓦解。從小到大，跑步拿了無數獎盃獎狀，除了愛情不順，就沒輸過，因此佟菲特別不待見他，常以自己的老資歷來壓他。

　　當佟菲收好 DV，準備給一家酒店好評的時候，葛成宇說，這酒店最多只能給四分（一般來說五分為總評分），她忙搬出包裡的一堆工具辯解，房間溫度 25℃，濕度約 40%，熱水在 15 秒以內達到了 46℃，噪音又小於 35 分貝，這酒店全部及格。葛成宇則自動過

濾她的話，不緊不慢地光腳在房間裡走，他說：「工具都省省吧，地板乾淨與否，房間溫度適宜與否，浴室地面是否有足夠的防滑度，腳底板是最好的測試儀，我的腳告訴我不舒服。」

他抬起腳，腳心沾著幾根頭髮。

佟菲他們的旅行網站內部有個代號機制，方便後台記錄業績，比如她的是 325，葛成宇是 1214。范范作為一路看著佟菲被甩的知心「姐們兒」，自然不爽葛成宇這囂張氣焰，他嚷嚷著：「1214，碰上范爺我，你要死！不就是長著一張酷似彭于晏的臉嗎，哥我不吃葷。」於是范范背地裡做了很多小動作，比如買水軍在葛成宇的點評裡惡意差評，雇駭客修改後台試睡員的績效，比如為了掌握這台中央空調背後的故事，終於犧牲色相打入敵軍內部。結果一個月過後，他負荊請罪，說：「哥輸了，再跟他作對，我就要愛上他了，你知道他有多恐怖嗎，他不抽菸不泡吧，不工作的時候，他的業餘愛好竟然是做菜！我已經完全陣亡在他做的松鼠鱖魚裡了，不只這些，他工作賺的那些錢竟然還有一大半是給公益組織的，這不是常人的生活習性啊。最關鍵的是，有一次在游泳池看到他穿著三角內褲出來，徹底被他的胸肌和肱二頭肌閃瞎了，他一點都不酷似彭于晏，他就是彭于晏。」

范范全然不能自持，沉浸在美好的幻想裡。佟菲一人孤軍奮戰，惹不起躲得起，結果在該死的墨菲定律下，他們經常被綁定，大到被分到一家酒店，小到去麥當勞借個廁所，也能來個偶遇。

最無奈的一次是他們被共同分到一家麗江的飯店。兩個人裝扮成背包客正常入住，飯店設施陳舊，房間小，但還算乾淨。當晚客棧裡都是歐洲人，他們兩人的房間隔著一個老外，那個老外特別

好笑，分不清亞洲人長什麼樣，剛見到佟菲時想約去酒吧，被佟菲拒絕。過了一會兒，佟菲拿著 DV 在走廊偷偷記錄時，又碰到那個老外，不過是把長髮綁了起來，換了件 T 恤，那個老外就認不出她了，第二次搭訕，又被拒絕。第三次是佟菲從外面回來，看到老外坐在飯店門口喝悶酒，佟菲不好意思地打了個招呼，老外試探性地問了句，約嗎？佟菲面露尷尬，只聽老外說，別說了，我知道答案，加上你今天連續被三個亞洲女孩拒絕了。

佟菲哭笑不得，可憐也是他最可憐。

原本還有點同情，結果晚上佟菲洗澡的時候，醉醺醺的老外不知道靠什麼蠻力直接到了她屋裡，他扭開廁所門的時候，佟菲正閉著眼睛沖洗臉上的洗面乳，直到看到老外整個人貼在浴室玻璃上，佟菲才叫得失了聲。葛成宇衝進來，不由分說地跟老外幹了一架，還被老外一拳誤傷打青了右眼。

出於感激，佟菲請他吃夜宵，還成功灌了滴酒不沾的葛成宇兩瓶啤酒，可能是遇見一個能保護自己的男人，佟菲身體裡藏著的小女人荷爾蒙急速分泌，借著酒勁，淚眼朦朧地聊起她之前多段失敗的感情。聽完她的故事，葛成宇開始講雞湯，大段的話中，佟菲只能依稀記得幾句，他說，愛一個人的時候，多巴胺分泌旺盛，我們都會不自覺地把對方完美化，但最後真正在一起了，就會發現對方身上漏洞百出，累感不愛。擇偶靠來電，但戀愛，必須要靠信任啊。

佟菲也是在那晚，被身邊的這個男人，電了一下。

計程車路過台北 101 大樓，這時佟菲的手機響了，提示收到一

條新微信，點開發現是前任發來的，想也沒想就刪了，按下鎖屏發了一會兒呆，又滑開手機，關掉了 WiFi。

台北街道隨著一棟棟鱗次櫛比的建築飛速向後退，電台裡適時放起李宗盛的〈飄洋過海來看你〉，突然過去種種畫面散落在眼前，經歷的分手多了，就會留下這樣的後遺症，忙碌時沒空多想，只要一給自己放空的時間，就會不自覺緬懷過去，回首插過紅旗的分手制高地，覺得自己要多慘有多慘。

佟菲心裡罵了自己幾句，立馬讓司機換了頻道，換成王彩樺的〈保庇〉。

嗯，這樣才對，伴著節奏，佟菲晃起身子。

此時，距離佟菲遇見 Mr. Right 還有三個小時。

從麗江回來沒多久，佟菲就跟葛成宇在一起了。但鑑於公司規定，不許有戀愛關係的人當試睡員，於是他們默默選擇了地下戀，就連最親密的范范也不知情，佟菲生怕因為搶了他的男神最後范范跟自己反目，她一直覺得范范在今年生日許願祝自己早日成為一個不要臉的心機婊，是真心許的，姐妹撕起那什麼來著，宮鬥戲已經示範過，更何況，對方還是帶把兒的，戰鬥力得乘以二。

別看葛成宇平日裡勁兒勁兒的，但戀愛後的他，變成了一個忠犬系男友，對佟菲那叫一個好，佟菲說一絕不二，佟菲愛吃烤肉，他就負責吃菜葉，在家裡吃飯，他就變身大廚討好佟菲的胃，從買菜到刷碗一條龍服務。他們戀愛一個月後同居，上班假裝陌生，下班在約定地點牽手回家，兩個人常被催稿，於是互相打氣，共同制定作戰戰略如何說服老闆讓他們去同一個城市工作。可能是

之前冤家太久，佟菲免不了整蠱他，葛成宇在半夜會習慣幫她蓋被子，於是她就經常假裝睡著把被子踢開等著他蓋，還說石榴連著籽一起嚼著吃最好吃，葛成宇學她，結果把牙齒崩壞慘去牙科補牙，葛大廚的菜吃多了，佟菲就刻意嫌棄他廚藝沒長進，氣得他鼓起腮幫子，搶走盤子，說他要全吃了。他有事沒事還愛強吻佟菲，於是佟菲就把芥末塗在嘴唇上……

總之就是無下限地秀恩愛。

都說了，戀愛中的女人智商為零，而男人，應該就為負了吧，或者說句好聽的，有萌點的男人敢在女人面前顯原形，而不是只有型。

在他們戀愛一年後，葛成宇終於破了佟菲的分手魔咒。佟菲認定他就是那個 Mr. Right，葛成宇也這麼以為。一次北京的外派工作，正巧趕上佟菲的生日，除了常規的生日禮物外，葛成宇還準備了一枚求婚戒指。

那是北京一家四合院精品酒店，設計非常別緻，每個房間的家具和裝飾都不一樣，聽說他們要入住的房間，有一張兩百多年歷史的古董酸枝大床，價值過千萬元。葛成宇洋洋得意，覺得自己這輩子唯一的求婚價值連城。

當晚，葛成宇跟四合院裡的住客套好口風，在佟菲不知情的情況下，大家一起拿著酒瓶唱起生日歌把她圍住，葛成宇推著蛋糕出來，戒指就藏在裡面，結果酒喝完了，蛋糕也吃完了，還不見那枚戒指。

葛成宇醉得哀歎了一晚上，刷個牙都喪氣得牙刷不動頭動個不停，蠢萌得要命。

本以為只是破了財，沒想到還成了一場災，趕上了一場鴻門宴。那晚之後，全公司的人都知道了他們的關係，甚至他們借職務之便出差同住的事也被捅出，原來那晚在四合院裡的短髮中年女是他們公司新來的上司，從下派這次工作到親自臥底取證，都在她的計畫之中。

中年女上司叫林嬌，說句得罪人的話，感覺但凡名字裡帶「嬌」字的，要麼是真的小女人涉世未深，要麼就是一臉壞相的常年反派女一號。林嬌屬於後者，新官上任三把火，佟菲和葛成宇以為會徹底引火上身，沒想到林嬌沒炒他們魷魚，反而給他們升了職，佟菲成了某專案的領導，葛成宇升為專職試睡員，歸林嬌管。

就知道這女魔頭準沒好意，佟菲帶的是個爛尾專案，酒店數目的績效考核沒達標，客戶鐵定付不了尾款。那段時間葛成宇被林嬌盯著根本分身乏術，為了爭口氣也為了避嫌，佟菲跟葛成宇達成一共識暫時保持距離。同組的試睡員都不靠譜，於是佟菲自己上，一個月內連續睡了二十家酒店，待在家裡不超過三天，每晚都寫稿子寫到凌晨，可是再拚命也難趕上進度，幾近崩潰時，郵箱收到幾個未完成的酒店評價，那犀利的文風，一看就是范范寫的。儘管范范知道他倆的事後鬧過脾氣，但關鍵時刻還是姐妹給力。

佟菲把結案給林嬌後，本以為雨過天晴，結果另一個同事半路接手，所有成果全部轉嫁他人。後來她才知道，那個同事是林嬌的親戚。

更震驚的是，佟菲終於可以安心回家跟葛成宇相聚的時候，見林嬌的車停在樓下，葛成宇下來後兩個人舉止親密，有說有笑地上了車。事後葛成宇承認林嬌對他示過好，但自己絕對一心向明

月，純粹把她當領導，絕無半點私情，不過佟菲不買帳，這些年做試睡員的敏感加之一個月以來的壓力，讓她徹底崩潰，第一次跟葛成宇吵架，搬出了他們的房子。

最後還是范范收留了她，畢竟是個男人，看著女人落難，彆扭都得翻篇（意指讓不開心的事過去煙消雲散）。手機安靜了一晚上，佟菲氣不過，躺在床上拉著范范一起罵葛成宇，其間聊到范范救急發來的評價，他詫異道那時候生氣都來不及，哪會雪中送炭。佟菲這才領教到自己的荒唐，一敏感就給自己加戲，忘了對方的好，於是連夜趕回葛成宇那兒，結果敲門沒人應，用鑰匙開了門發現裡面沒人。

葛成宇說是那晚陪林嬌去見客戶，喝多了林嬌就給他開了個酒店，但從同事那裡，又聽說那晚他們是一起睡的。佟菲一貫的嬌聲也終於變了調，質問他，女朋友搬走當晚就跟別的女人在一起，以前不喝酒，現在這麼愛醉，你一個試睡員，成了陪睡員，要不要臉啊。葛成宇也無奈，說他眼裡的佟菲不是這麼無理取鬧的人，結果一語成讖，經歷了這麼多次分手，她真的學會了太多無理取鬧，辯論終於變爭吵，諷刺勝過妥協，佟菲第一次提出分手。

計程車開到酒店樓下。

這是一家汽車旅館，據資料說，這家旅館隱私保護做得很好，每個房間都有一個獨立的車庫，可以直接從酒店大門開到房間，從在前台辦理入住到房間全程完全不用露臉。佟菲獨身一人用不著那麼偷偷摸摸，於是中途下了車，結果當場就臉紅脖子粗了，整個大廳覆蓋著深紫色的絲絨，燈光幽暗，從天花板垂下的吊柱上懸掛

著各色情趣用品，而就在前台後面的公共區域，有一個旋轉木馬，幾對男女正在喝酒調情，更有甚者，一前一後貼著親得歡脫。

雖然見過不少大世面，但這麼直接的夜店風，讓佟菲一下子侷促起來，辦理入住的時候，前台的小夥還再三確認她是不是一個人，她把胸一挺，故作風流地說：「不，朋友晚上來。」

無比標準的台灣腔，她給自己按了個讚。

前台說她訂的「秘密花園」主題房還沒有打掃完，暫時辦不了入住，職業病一犯，佟菲心裡畫起叉，無奈之下，她坐在大廳的紫色沙發上休息，在這種觸目驚心的地方一閒下來滿腦子又湧上瑪麗蘇情緒（自我感覺良好，自戀心態）。後來那幾個台北男女過來請她喝酒，才知道原來是三對新人的蜜月酒局，不知哪根筋搭錯線，佟菲真跟他們去了，坐上旋轉木馬，端著杯香檳，在紫紅色光線下仰頭喝起來。本來還舒緩的純音樂，隨著她的加入，音樂換成歐美舞曲，且越來越大聲，她心想，真當自己是夜店啊，回頭一定要給這家酒店差評。

她又猛灌了自己一口酒。

此時，距她遇見自己的 Mr. Right 還有一個小時。

分手後的佟菲重回那片她熟悉的陰天，明明是自己提出的分手，但比之前被分手更痛，不是說兩個人拽一根皮筋，晚鬆手的那個才會疼麼。那段時間，范范都陪著她，要喝酒陪她喝，要去KTV鬼哭狼嚎，就陪她把嗓子吼啞，還學網上的偏方，給她一個紙袋子紓壓，佟菲沒吐兩口氣就哭了，她覺得自己好狼狽，在這扮演楚楚可憐，葛成宇應該抱著美人享受新戀情了吧。

其實葛成宇找過佟菲，但都吃了閉門羹，忠犬丟了主人，他憂鬱過好一陣子，但林嬌都陪著他，這個女人的聰明就在於，示好之後，不急於求成，沒有半點侵略性，在其最脆弱的時候，以安慰鼓勵來洗腦對方神經，攻其不備，乘人之危。

　　在這隻忠犬的天平就快要傾倒的時候，佟菲在一個日本酒店被人禁足了，起因是她為了測試酒店服務員態度，刻意一天入住穿得像個女星，一天入住又像是剛從菜市場回來的摔角選手，看看所受到的服務是否有明顯不同。結果服務沒感受到，倒是被前台認了出來，好巧不巧，這家酒店是當地黑道的分部，幾個人圍住她，翻了她的行李，一看這麼多「作案工具」，不知出於什麼目的搶了她的手機，把她關在了酒店房間裡。

　　佟菲一百萬個委屈，她不過是一個試睡員，想把打了 5 分全好評的頁面給其中那個看著像領班的鬍子男看，但對方喋喋一通完全不買帳。

　　最後還是葛成宇破門而入，拯救佟菲於水火，聽說是那幫黑道錯把佟菲誤認為是背叛他們老大的女人。這事兒之後，葛成宇開玩笑說，看不出來，你長得還跟人黑道大嫂一樣啊，怪不得現在脾氣這麼大。也是怕的，佟菲驚魂未定，猛灌了幾瓶酒下去，一句話也不說，沒一會兒就喝掛了，嚷嚷著沒醉，說還會背圓周率呢。葛成宇對她說，我真的不喜歡林嬌，3.141592653……佟菲開始背。今後讓我繼續保護你好不好，葛成宇說完，佟菲就背哭了。

　　對了忘記說，葛成宇是怎麼找到佟菲的，是因為佟菲發現房間的智慧電視可以發微博，感謝這個偉大的自媒體時代，以及敢為人先的小日本。

兩個人復合後又住回一起，繼續揮霍著最寶貴的熱戀期荷爾蒙，但是他們彼此心照不宣，很多習慣，哪怕跟之前一樣；很多菜，哪怕還是那個味道，但好像有什麼變了。兩個人在一起，就好比玩網遊，「喜歡」會消耗紅，紅沒了，大不了一拍兩散，而「愛」是一件需要消耗大量藍的事情，一次就用完了藍，就再也發揮不了魔法了。復合的戀人，好像就失去了魔法的能力。

　　尤其是林嬌正式跟佟菲立下戰書，沒有分不了的戀人，只有不努力的小三，但她答應佟菲，不會使用任何不作為的手段，因為她要讓葛成宇真正愛上她。

　　越來越敏感的佟菲再次陷入惶恐，噩夢都是林嬌那張嬌媚的臉，半夜驚醒後見葛成宇背對著她，一股從心底順著喉頭侵襲的委屈，讓她全然沒了安全感，她用力地貼住他的後背，偶然摸到他枕頭下的手機，掙扎了一番，還是點開他的微信，發現他刪了跟林嬌的聊天紀錄，又進到她朋友圈，看見不久前，她發了一張戒指的照片，後面的背景是當初那個她過生日的北京四合院，下面的系統提示，她專門提到了葛成宇來看。

　　然後她刷了一遍自己的朋友圈，並沒看到林嬌的這一條。

　　她是分組發的。

　　佟菲心裡翻雲覆雨，鎖上手機，跟葛成宇分開，轉過身咬著被角哭了。是這樣的，女人那些莫名其妙的自尊倔強和敏感，會讓更年期提前，滿身婦科病，做酒店試睡員要一切鉅細靡遺，那放在愛情裡，同樣不放過任何蛛絲馬跡。

　　只是佟菲不知道，那枚戒指是葛成宇給她的，後來葛成宇回到那個四合院酒店問過很多次，都沒人再見過那枚戒指，本以為這

057

永遠是一宗無頭公案，但被林嬌找到了。

　　她說，我見你來過這家酒店好幾次，應該不是工作，是來找它的吧。如果我說，我是在我們第一次遇見的時候撿到的，你會不會覺得，它應該是屬於我跟你的緣分呢。

　　那也是他們第一次以朋友身分彼此推心置腹，林嬌說，她以前是中國最早的那一批酒店試睡員，當時條件沒現在這麼好，寂寞了還能聊陌陌（一款免費視頻社交應用程式）追美劇，常常是一個人到處走，一個人坐飛機，一個人逛城市，一個人辦理入住，一個人睡覺，一個人看風景……這些習慣了倒還好，她最頭疼的問題，是一個人吃飯，點多點少都不是，看著別人成雙成對，自己對著一桌的食物，那時就覺得，要麼應該有個人坐在對面，要麼自己就不應該坐在這裡。

　　「當試睡員之前，我就 20 歲出頭，跟我第一個男朋友好了五年，那時年輕，我不知道想要什麼，也不懂珍惜，悶著頭做自己的事，後來男友跟我一特好的姐妹兒在一起了。我不怪他們，因為我突然發現我長大了，知道了想要什麼，也知道了什麼不能做，比如再去想他，我得考慮更多，我要幸福，比所有人都幸福，所以我必須更強勢，因為我值得這一切。」

　　葛成宇看著光影裡的林嬌，卸下那一身精緻後，留下的跟凡人一樣的血肉，冷的時候需要人為她添一件衣服，熱了要人牽著她衝進灌滿冷氣的商場，她一個人那麼久，其實根本不行。

　　葛成宇對她說：「我不會再讓你一個人了。」林嬌看向他，他接著說：「我會幫你的，你不能老頤指氣使高高在上，也要接接地氣，幸福是需要自己去爭取的。我帶你多認識點朋友，佟菲她那

個閨蜜范范，身邊可多好男人了，我別的本事你瞧不上，講道理給人洗腦是專長，個把分鐘把你推銷出去。」

林嬌落魄地收回眼神，別過頭沉默半晌，幾秒之後搖了搖頭，無奈地笑出聲來。

距佟菲遇見 Mr. Right 還有十分鐘。

前台的接待告訴佟菲房間好了，她意猶未盡地從旋轉木馬上下來，臨走時想塞些新台幣給新人們付酒錢，但他們執意不要，只好用祝福代替。她搖頭晃腦地拿起香包上了電梯，房間在四樓，但感覺坐了好久。

葛成宇生日，佟菲瞞著他做了一大桌子菜，都是平日裡葛成宇給她做的那些，雖然色香味差了好大一截，但至少在佟菲被油濺的尖叫聲聲裡，注滿了愛意。結果葛成宇因為帶林嬌去見范范介紹的一個清華男，難以脫身，到家後飯菜都涼了，不過佟菲一反常態沒有半點彆扭，把他按在凳子上，看著他的眼睛，重複唱起生日快樂歌，邊唱邊鼓掌，節奏越來越快，表情滑稽無比特別到位。葛成宇有些難堪，笑不出來，一直唸叨著「好了好了」。不一會兒來了一條微信，他滑開手機，是林嬌發來的，她說，聽你的，去爭取爭取。葛成宇露出一個滿足的微笑。

然後佟菲掀了桌子。

電梯門打開，中庭有一個按摩泡池，旁邊綠樹遮掩，所謂「秘密花園」就是這般小橋流水的私密感。佟菲已經迫不及待要去房間

看看，突然身後有人叫她。

　　此時，距她遇見 Mr. Right 還有七分二十秒。

　　電影裡的愛情，都喜歡給主角一個好的結局，因為想告訴大家，好像有愛，就一定能長久一樣。但這可不是我們的生活啊，從喜歡到願意共同面對生活還是有很長的一段距離的。我們的生活，需要為五斗米折腰，災難頻現，要經得起時間考驗，還不能放任自流，隨時要踩死一隻隻小強以及小三小四小五，明明那麼辛苦，最後，你還得說一句，愛情該走下神壇，要走向最普通的生活。確實，當你身經百戰之後，再經歷這些，就會覺得太微不足道了，這些連年征戰就是你的油鹽醬醋茶。又是幾次分分合合，佟菲終於累成狗，成了二次元宅女，范范看著她一副要死不活的樣子實打實地心疼，他搬上來一箱子酒，坐在她身邊，操著那尖利的嗓子罵她，說認識你這麼久，沒見你這麼死作過，明明愛到不行，偏偏就難說出那一句「我愛你」，兜著圈子猜對方心情，讓對方猜你心情，葛成宇就是一根筋你又不是不了解他。范范把自己灌醉，掏出葛成宇的戒指丟給她，說，這是他找不到你，叮囑我交給你的，一定是之前被分手太多，已經被分出絕症，沒救了你！

　　佟菲拿著戒指愣神，思緒如潮水翻湧。

　　距她遇見 Mr. Right 還有五分零五秒。

　　佟菲回過頭，原來是剛剛的新婚男女，其中一個男生拿著噪音測試儀，問她，是你掉的吧。佟菲大驚，腦子稍微清醒了些，接過測試儀尷尬地道了謝。

後來葛成宇辭了職，沒告知任何人，開始了全世界的旅行。

佟菲最愛看的一部日劇《求婚大作戰》裡，女主角有一段這樣的台詞，她說：我的身旁總有岩瀨健，我的回憶裡也總是岩瀨健的身影，健的溫柔總像無意間在哪繞了點路，要稍稍慢一拍才會傳達給我，如今的我才能慢慢察覺到那份笨拙的溫柔，當時的自己總是無法那麼坦率，害怕被傷害而沒能堅持到最後的人，是我；沒能相信健的溫柔就中途放棄的人，是我；決定單方面閉上眼睛就不再回頭的人，是我；健一直在認真地投球，沒能好好接住的人，是我。

她邊看邊哭，當時她就想，如果被她遇到一個像健一樣的男人，她一定會好好珍惜。但後來遇見了，卻自己放手了，這台中央空調，被她弄得幾近破損，她不敢再碰了，只想把最好的他還給他。

她變得有些抑鬱，跟著幾個有信仰的朋友做過禱告，甚至一度徘徊在心理診所門前，猶豫要不要進去，最後那一刻，拉走她的不是別人，是林嬌。

林嬌挽著自己的新男友，挑了個咖啡館，她說在葛成宇跟她的對話裡，十句有八句都會提到佟菲的名字，她知道自己一開始就輸了。葛成宇是一雙很舒服的鞋，很多女人都想穿，但鞋合不合腳，只有腳知道。道別後佟菲上了計程車，回家途中收到一則飛往台北的機票資訊，不一會兒林嬌的微信發來，她說，那雙鞋跨年在台北，你想不想穿，自己決定，只是你要知道，現實無法倒流，沒那麼多機會給你重來。

距佟菲遇見 Mr. Right 還有三分零三秒。

天色漸晚，佟菲帶著一身酒氣進了房間，大概環顧了四周，除了那張大到可以四個人平躺的床，旁邊還有好多情趣用品，她認得那個椅子，叫八爪椅，她醉醺醺地在上面試坐了一下，靠著椅背傻乎乎笑了起來。

　　2015年，飛機落地台北。

　　台北雨季，已經連下了三天的雨，佟菲披著一件單薄的外衣坐在計程車上，熟悉的101大樓已然被雨水淹沒。

　　她手上戴著戒指，但不是葛成宇的那枚，這是跟葛成宇分開後的第三年。她馬上要結婚了，新郎不是葛成宇，在結婚之前，覺得該隻身一人過來一趟。

　　林嬌給她的那張機票已過期，她沒去台灣找他，只在冬至那天，給葛成宇打了好長一個電話，他們一起回憶當初的相遇後來的相知，聊起一起住過的酒店、看過的電影、吃過的菜，她還給他放李宗盛演唱會的現場錄音，說她自己去的，哭了一整場，那些歌詞她竟然都聽懂了，說原來他們已經這麼老了。末了，問他過得好麼，葛成宇聲音很平靜，佟菲沉吟半晌，說：「希望你過得好，但不要讓我知道。」

　　這一次，她沒有奢求復合，因為從她撥出電話號碼的那一刻，她就知道，自己即將正式經歷一場告別，這是他們最後一次分手。

　　結局誰都沒變壞，要歎只是歎時間，把他們變得跟那些男男女女一樣，愛到一半，道謝散場。

　　距佟菲遇見 Mr. Right 還有零分零秒。

佟菲被房間刷卡的聲音驚醒，她竟然靠著八爪椅睡著了，見灰暗的走廊裡出現一個男人，她心頭直跳，騰地站起來質問是誰。那個男聲說，你又是誰，怎麼會睡在我房間。佟菲狠狠地抓起自己的香包護住胸，大吼：「有沒搞錯，這是我訂的房啊。」

　　那個男人開了燈，露出一張英俊的臉和挺拔的身子。

　　一看是個帥哥，佟菲氣焰弱下來，長得好就是這個世界的通行證，只是沒想到手一軟，包裡的捲尺、溫度計通通掉了出來。

　　「原來是同行啊。」那個帥哥說：「可能是酒店把房間搞錯了，單憑這點，就可以給負評了。」他自顧自地脫了鞋，光腳踩在地毯上，經過佟菲身邊時，捏起鼻子說：「我最怕聞到酒味了，幹這行的把這種味道帶到房間來，會影響判斷的。」還不忘指了指佟菲掉到胳膊上的紗裙帶，「嗯，服裝很到位。」

　　「你誰啊，說話這麼不好聽？！」佟菲瞪著眼睛問他，他沒搭話，自顧自地在兩分鐘內評價完了整個房間以及佟菲這個人，她受不了這聒噪，很想看看噪音測試儀。

　　最後他彎腰撿起地上一張旅行網站的名片，上面寫著，佟菲，編號 325。只見他笑了笑說，幸會，我是 1214，葛成宇。

　　畫面定格，牆上的電子日曆寫著，2011 年 5 月 6 日。

　　佟菲來到十字路口，汽車旅館就在對面。雨越下越大，褲腳已經濕了大半，耳機裡的歌都被雨聲覆蓋。

　　綠燈時間很短，她低頭穿過馬路，卻和來向的一個男人撞上，她往右，他也往右，這樣反覆好幾次。畫面在這裡定格，她看過的電影裡，男女主角總是在陌生的城市重逢，所以在那一瞬，覺得面

前的男人身影好熟悉。

抬起頭，是個陌生的路人。

突然雨聲消失，只聽耳機裡，是李宗盛哼唱「越過山丘，才發現無人等候，喋喋不休，再也喚不回溫柔」。

別輕易弄丟那個最適合你的人，後悔了？別怕，反正愛啊，總有遺憾，乾了這杯，無醉不歡。

Ctrl+Alt+Del

No.

Just for
Meeting You

經雙方友好深刻協商，本著互不傷害互不損失的原則，自願簽訂如下同租協議：甲（顧濤）、乙（唐糖）雙方應遵守日常衛生日規定，一三五歸甲方，二四六歸乙方，週末根據各自特長具體商議。應注意個人素質，垃圾扔到垃圾該待的地方，襪子丟到襪子該去的地方，維持生態平衡。客廳為公共區域，不允許放一些人形公仔等招小人壞風水物件。未經允許，不得隨意進入對方臥室。不准上完廁所不沖水，不許養寵物，如有朋友投宿，請提前通知對方並保證在夜裡 12 點之後不發出吵到對方休息的聲音。如失戀不得糟蹋傢俱，公放苦情歌。遇到任何問題，堅持一榮俱榮，一損俱損原則，在對方需要幫忙時給予幫助。如違反以上條例，可看情節輕重罰請照顧對方吃喝拉撒一週、一個月、一年不等。本協議一式兩份，雙方各執一份，自簽訂之日起生效，乙方付清房屋全款之日起失效。以上為協議內容，如日後有需補充項目，隨時溝通添加。

　　唐糖把自己大名簽上，一臉傻笑地盯著顧濤，笑得他心裡發毛，忙把鑰匙遞給她，自此，同居協議正式生效。

　　第二天一早唐糖穿著一身酷似櫻桃小丸子的紅白裙打開了顧濤的門，從她進門的那刻起，搬家師傅來來回回搬進來二十個紙箱，堆滿客廳。

　　顧濤含著牙刷，堵在搬家師傅面前，「等等，這是幹嘛呢？」

　　「放貨啊。」唐糖眨巴著眼睛說。

　　協議裡並沒有說不能在家裡放紙箱子，更何況，這些箱子裡的衣服是唐糖的命根。顧濤問她是做什麼的，她把手機刷開，指著

自己兩顆鑽的淘寶店鋪說，自主創業，服裝店 CEO。顧濤咽了口牙膏沫子，差點沒給嗆死，臨近 40 歲的人生，第一次感受到殺馬特（英文 smart 音譯，諷刺 90 後年輕人「腦殘非主流」次文化）的致命殺傷力。

　　十天前，顧濤把房子掛在仲介的售屋廣告上，這套坐落在東五環外的房子是他老母親生前買的，把房產證交給他沒幾天就斷了氣。顧濤本以為這套房能陪自己走完剩下的半輩子，但急於用錢，只好負了母親的意。說來慚愧，臨近不惑之年，仍然存不上積蓄，兜裡比臉還乾淨，也難怪他獨身一人，走著漫漫人生路。

　　售屋第一天，仲介就打來電話，說有一對情侶看上他的房子。跟他們第一次會面是在樓下的慶豐包子鋪，女生看上去 20 多歲，名字很特別，叫唐糖，穿得像棵聖誕樹一樣貼著自己的男友，男友則全程冷面，估計現在小年輕都喜歡走高冷風吧。幾個包子的來回，顧濤耐不住唐糖的軟磨硬泡，優惠了 1 萬的首付款，高興得她屁顛顛地從粉色的小丸子零錢包裡抽了錢出來付帳，顧濤看著那無動於衷的男友，當時就想，這男生根本不愛她。

　　果不其然，在付款當天，唐糖拎著行李箱在顧濤面前哭花了妝，她說自己跟男友異地戀了四年，這次決心離開廣州北上，是準備買房結婚的，這 60 萬首付，她跟男友商量好，他出一半自己出一半，但男友臨時放了鴿子，發了一條微信說分手後，就再也找不到人了。

　　顧濤是典型的好好男人，有一種「女孩在面前哭身子就軟」的病，本想認栽當合約失效，另覓買家，結果唐糖堅持要買，她說買房子是她跟男友的夢，他中途夢醒了，但自己要堅持夢下去，

要讓他看看，沒有他也能睡得很好。

　　話說得好聽，但她把存在幾個銀行裡的錢來回倒騰，也只能湊出 30 多萬的積蓄，顧濤沒轍，只好讓她先付這一半，先住進來，剩下的首付兩年內交清，再給房證。但是作為條件，顧濤抿了抿嘴唇，說，得讓我繼續住在這房子裡。

　　於是就有了這份協議。

　　顧濤後來悔不當初，就不該為了省那房租錢提出同居，否則就算露宿街頭也好過現在生活在一堆棉麻破布裡，嗯，他是這麼形容唐糖那幾十箱衣服的。作為標準的處女龜毛男，顧濤受不了她愛櫻桃小丸子、愛一切卡通撞色系的東西，受不了她每天準時講起落跑男友那一驚一乍的尖嗓子，受不了她跟永動機（不需外界輸入能源，可持續不斷運作的機械）一樣二十四小時亢奮的性格，受不了她傻了吧連看個悲劇都能笑出聲的奇葩笑點，受不了那淘寶蹦躂蹦躂的資訊提示聲，受不了她大半夜貼著面膜杵在電腦螢幕前，好幾次上廁所當場就要嚇尿了。

　　當然力的作用是相互的，唐糖在最新的一條「說說你身邊的反人類處女座」的熱門微博下面，連續寫了滿滿三條評論：我室友的強迫症和潔癖到了令人髮指的地步，就這麼說吧，這世界所有的東西必須都得去天安門閱兵式走一遭然後回來洗乾淨才能出現在他面前，有一次大掃除因為我把茶几上的杯墊圖案放倒了，僅僅歪了 45 度，他能唸叨我一整天。每天從頭到腳穿著一身黑白，好怕有一天他被當作瀕臨絕種保育動物抓走。他特別斤斤計較，電費網費就不說了，連盒裝面紙的費用都算得很清楚。脾氣陰晴不定，

上一秒跟你講話是瓊瑤戲男主角，下一秒能在電話裡跟別人不帶髒字兒地吵上一個小時。身為一個男人特別不解風情，我洗澡的時候唱歌，他敲門問我，你怎麼哭了，我去，我好歹大學時也是我們系的校園十佳歌手啊。關於興趣愛好，我又有話要說了，他 40 歲的年紀如果看些什麼打鬼子抓內奸的片子我忍了，至少以前我陪我爸也看得下去，可他偏偏愛看什麼《唐頓莊園》，家裡就一台電視，我試圖陪他看過一次，結果不出五分鐘就睡著了。且最扯的，他是一個 PPT 狂魔，永遠在做 PPT，無時無刻，而且總有各式各樣的人來找他，躲在臥室裡不知道幹什麼勾當。求大家別讚我，被他看到我就死定了。

好巧不巧，顧濤還真看見了，為此跟唐糖擰巴（和人作對）許久，因為他從沒覺得自己是事兒逼（愛找碴的人），好在兩人靠一紙合約緩和矛盾，吵吵鬧鬧地過了幾個月。直到有一天門鈴響起，唐糖敷著一臉像魚卵的海藻面膜開門時，她的人生新大門就被打開了。

唐糖大學時中過一部電影的毒，主要因為裡面那個叫 Tony 的男演員顏值高，霸道又激萌，後來搜他的視頻時，看到他在機場扶摔倒的接機粉絲，從此徹底圈飯（指藝人套牢粉絲，讓他們更沉迷瘋狂），鼻血橫流，就連後來喜歡上的那個異地男友，也是因為他側面像 Tony 而加了不少分。

這種偶像情結一般人是不會明白的，不同於愛情那種試圖佔有，而是默默關注他、愛護他，因為他劇透了自己的理想人生，權當遙遠地給了自己一種精神力量。

所以當 Tony 本尊出現在唐糖面前時，她就瘋了，止不住興奮，

把他拉到沙發上坐下促膝長談。本人比電視上還帥，從眉骨、鼻子到下巴都被自動美顏，五官深邃無比，關鍵是有禮貌又耐心，被一陌生女子這麼個聊法，仍然保持微笑，她當即決定，願意一輩子做個追星狗。

直到顧濤回來把流著口水的唐糖從 Tony 身上扯開之後，唐糖才終於明白顧濤為什麼每天都在做 PPT，每天都有人開會，每天都謹小慎微，因為他是 Tony 的經紀人。

作為一個淘寶妹，娛樂圈猶如高山汪洋，根本不是一個世界的，摸不著看不透。當雙腳挨著這個圈圈後，唐糖對顧濤態度大變，除了積極努力賣衣服準時上繳房費，還變成了三好室友，不僅每天把房間打掃得一塵不染，還幫顧濤熨衣服做早餐，甚至獨立解決各種升級刷機裝系統，裝衛生間燈泡，修下水管道，簡直可以去參加鐵人三項。當她端了一盆洗腳水放在顧濤面前時，顧濤就快給她跪下了，唐糖閃著大眼睛說：「我只有一個願望，只要您經常讓 Tony 上咱家，我給您當一輩子洗腳婢。」

「別『您』了，我會折壽的。」顧濤拚命護住腳，慘無人道地拒絕了她。

這經紀人也是太言出必行，Tony 真就沒再在他們家出現過，直到後來有一次他們夜裡收工，Tony 來他們家談事，顧濤開了門，被唐糖嚇個半死，她穿著一身白色的睡衣，長髮披肩，妖嬈地坐在沙發上。問她怎麼還不睡，她說在看劇，顧濤一看，得了，唐頓莊園，於是酸她說：「平時這個劇片頭音樂還沒放完你就能睡著，什麼時候這麼有文化了。」她翻了個白眼，假裝鎮定地關掉電視盒子。

顧濤杵在她面前盯著她，良久，擲地有聲地摞下幾個字：你化妝了。唐糖臉唰地一下就紅了，連蹦帶跳繞過顧濤，殷勤地朝Tony迎了上去。

在偶像面前，粉絲永遠有一種超乎常人的絕技：知道他們一切行蹤，估計是靠雷達感應。

某次時尚雜誌活動，二環交通癱瘓，顧濤掛著一張苦瓜臉犯愁時，雷達感應精準的唐糖蹬著一輛電動三輪車出現在他們車前，解了他們燃眉之急，但從此北京媒體圈傳出了一段佳話，知名男偶像Tony乘三輪車參加時尚活動。那天，唐糖以超嫻熟的三輪車車技漂移在人流和車流中，到現場後Tony精心抓好的劉海已經炸開花，她撇下髮型師不疾不徐用髮膠亂噴，最後Tony頂著一頭不羈的髮型上了台，被評選為年度最受歡迎時尚先生。

事後顧濤問唐糖，她是怎麼又會騎三輪車，又會抓頭髮的呢，一個淘寶店主，不能夠啊。唐糖繼續眨著眼，事不關己地說，這些東西不用會，靠一樣東西就行，膽子。

顧濤徹底被這個女生打敗了。

靠著這簡單粗暴的膽子，唐糖還幫顧濤去取過Tony拍寫真的衣服，開會的時候整理過幾次筆記，接連刷了好幾次臉，Tony對唐糖印象很好，去橫店拍新戲的時候，直接讓顧濤給唐糖一起訂了機票，讓她做跟組助理。

助理這個職務，只是用比較高級一點的詞彙給全職保姆套了個皮囊，要能三頭六臂料理藝人一切生活起居，也要能跟管事兒的吵架，怒刷存在，不是一般人能做的。不過唐糖倒是樂在其中，何況Tony這種一線藝人，整個劇組都把他當神供奉著，有自己的

休息室、獨立的改裝大巴，就連平時那些凶神惡煞的製片統籌，見到唐糖也會喊一聲「唐姐」。

私下的 Tony 跟在螢幕上一樣，乾淨單純，沒有一點架子，跟打光的師傅都能聊上幾句。劇組每天都會有粉絲探班，禮物不計其數，無論是毛絨公仔，還是一顆潤喉糖，Tony 都會叮囑唐糖保管好帶回北京。有好幾次，她都會想起前男友，感歎這個世界上的男人真心良莠不齊，醜人多作怪，她深深相信了這個理兒，甚至覺得自己這二十多年白活了，明明十項全能，非要靠才華生存，就該早點醒悟，做藝人身邊的小白臉。

唐糖在片場風生水起，倒是苦了顧濤，作為交換，他坐在唐糖的棉麻破布裡包貨發貨。在第二次把買家的地址填錯後，他氣急敗壞地把膠帶粗暴地纏在紙箱上，結果中間起了褶皺，強迫症一犯，又撕開重新貼，而他的身後，還有二十件衣服沒寄。一時間還有點同情唐糖，這女孩太辛苦，今後生意可以不用這麼好的。

駐組到了第二個月，在還是如往常平靜的一天，Tony 拍完戲，唐糖幫他卸掉頭套，交接完第二天的劇本，送他回酒店休息。今天收工很早，唐糖突然鬼使神差地想去街上逛逛，感受橫店夜市和明星都愛去的老沈推拿，還在一家大排檔門口看見女星 L，心想橫店果真是三步一明星啊，從老沈店裡出來，又看見那個 L，正舉著比臉還大的蘋果 Plus 打電話，見唐糖一直打量她，於是鬼鬼祟祟地往前走了，唐糖本沒打算跟著她的，但她總覺得剛剛電話裡傳來的男聲很像 Tony。

直到看見穿著一身運動服、戴著鴨舌帽和口罩的 Tony，才驗證了剛才不是她多想。L 見到 Tony 立刻開啟撒嬌模式，完全不避諱

地挽住他的胳膊。這什麼情況？！躲在一輛黑車後面的唐糖正想上前，突然車門開了一條縫，駕駛座上的人捂住她的嘴，那人拿著相機，慌張地問她：「同行？」唐糖瞪著眼睛，瞳仁來回轉，搗蒜般地點頭。等那人一鬆手，她就氣沉丹田朝外面大吼一聲：「Tony，有記者！」然後轉身給了記者一記重拳。

時間快轉到夜裡，微博上已經炸開了鍋，頭條標題寫著「Tony、L橫店密會被拍，工作人員暴打記者」，下面的評論慘不忍睹，紛紛表示粉轉黑，路轉黑，轉得眼花繚亂。Tony掛掉顧濤的電話，把手機砸在地上，嚇得唐糖又掉了兩顆眼淚，他靠著牆壁質問：「你知不知道你喊的那一聲，把我們所有反駁的可能都抹殺了，好了，那群人不弄死我都對不起挨了你的這一拳！」唐糖抹了把淚，委屈道：「你怎麼能背著顧濤談戀愛呢，如果不是我，那記者還能拍更多啊。」

委屈歸委屈，氣勢不能輸，結果撞上槍眼，Tony把「滾出去」三個字喊出來，對話戛然結束。

唐糖大哭著衝出Tony的房間，第二天坐了一早的飛機回北京，在家見到還在幫她包快遞的顧濤，沒忍住，抓著他的肩膀就眼淚鼻涕橫流，嘴裡呢喃著「對不起」，顧濤不自在地皺著眉，把她攬在懷裡尷尬地摸了摸她的頭。

唐糖就這麼哭了半個小時，哭餓了，肚子開始叫，顧濤竟然笑起來，問她：「這麼早回來，吃了嗎？」

她搖搖頭，眼睛腫成核桃。「我們去外面吃吧，我請。」顧濤說。

唐糖抬眼看著他，這隻鐵公雞突然光彩熠熠，形象瞬間高大

好幾釐米。顧濤接著說：「但這之前，我要寫個東西，你得告訴我怎麼一回事。」

接下來顧濤用了十分鐘聽故事，用十分鐘寫了一篇八百字的聲明，然後登錄 Tony 的微博，快速敲上文字上傳圖片發了出去，安排水軍刷好評，過程不動聲色，乾脆利索。唐糖現在讀那篇微博都忍不住叫好，顧濤以 Tony 的口吻，大方承認戀情，跟 L 戀愛是天意，擋不住忍不了，助理是新手，全然因為愛護自己做了錯事，願意承擔一切後果，不讓他愛的和愛他的，承受半點委屈。

此微博一發，大批粉絲按讚飆淚表示理解，網友的輿論導向也從通篇的罵聲開始轉為同情，甚至叫好，一個敢於承擔的男人，即便犯了多少錯，都會被原諒，但女人不行，這是一個從古至今都解決不了的謎題。

唐糖開始有點明白為什麼 Tony 這麼依賴顧濤了，也理解顧濤他在性格上讓人忍受不了的那一面，或許正是這個圈子所需要的，讓人高不可攀的冰冷和守秩序的教條。

他們在越南餐廳裡，唐糖心想難得敲顧濤一筆，便點了一桌子的菜，還要了兩瓶酒，微醺後的唐糖開始講起那個女星 L，她感歎 L 命真好，長得漂亮，做了演員賣賣笑就能賺錢，還和 Tony 在一起，不像她，跟株雜草一樣，風往哪邊吹，她就往哪邊倒，最可憐的是，她現在都不知道下一陣風什麼時候來。顧濤安慰她說當初 Tony 跟 L 走得很近，就懷疑過，但 Tony 親口跟他說過不喜歡 L 這種花瓶就沒當回事。唐糖就著酒吃了一坨黃薑雞，含糊不清地說：「花瓶……也比我這種痰盂好啊……沒男人看得上。」說到這，想起 Tony 在橫店罵她的樣子，鼻子一酸，眼淚又湧上來了，顧濤看她嘴

裡包著雞肉發呆，在她眼前揮了揮手。唐糖回過神，猛眨了眨眼，專心吃起菜，一小陣沉默後，她突然抬頭說：「跟你說個秘密吧。」

其實繳房子頭期款那天，她在男友洗澡的時候，偷看了他的手機。他在北京有一個女朋友，更荒唐的是，那個女生聽說他們要結婚買房，直接去了他們家，破罐子破摔罵了很多不動聽的話，唐糖給了她一耳光，最後男友也丟了「滾出去」三個字，不過不是給那個小三的，而是唐糖。

唐糖拎著自己的行李走在街上，男友發來了微信，他說：糖，對不起，但我真的喜歡她。你怎麼不去死，騙房子也就算了，騙感情，卑鄙無恥。她把男友拉黑，哭得不能自已，直到看見微信列表裡顧濤的頭像。

顧濤聽完後恍然，滿腹說不出的辛酸，他摸著自己的平頭，吞吞吐吐說：「其實我們吃包子那次，我就看出來了，他不喜歡你。」

「我知道啊，」唐糖用手揮去臉上的淚，接著說：「平時見不到面的時候遲遲不回我信息，跟他見面了卻能一直玩手機，都說人在愛情裡智商為零，但他卻很清醒，知道承諾就是嘴上功夫，不用去兌現的，他也知道什麼時候該熱情什麼時候該冷靜。我又不傻，男人就兩樣東西給你，錢給不了，那就給時間，時間都不給，那就是不愛啊，我有心理準備的。女人可聰明了，一個人對你在不在意，自己最清楚，不用自欺欺人。」

顧濤又摸了摸她的頭，主動舉起杯，說：「好了，感謝那些沒讓我們走到他心裡去的人，是他們損失。」唐糖一聽，收起眼淚，轉而微笑問他：「我們？話說你都這麼大年紀了，還單身呢？」

顧濤甩著一張清心寡欲的臉，說：「工作就是我老婆。」

她一聽更樂了，「難道你喜歡 Tony ？」顧濤搖搖頭大笑，用力碰上唐糖的酒杯。

事情平息後，Tony 更依賴顧濤了，新戲拍攝完，除了工作，Tony 都上他們家待著，像個犯錯的小孩一樣，乖乖看書追劇。公開戀情後，他跟 L 也就無所顧忌，隔三差五也讓 L 上來一起吃家庭餐。L 是個狠角色，即便唐糖把在橫店的事都拋諸腦後，可她還是耿耿於懷，就是不喜歡這個大咧咧的淘寶店主，不給唐糖好臉色。

唐糖都沒吐槽過她妝前妝後判若兩人，倒是她話裡處處藏刀子，最不能忍的是，唐糖好好在電腦前工作，L 上來說一句：「來挪挪身子，你擋著我的 WiFi 信號了。」

她當時就想，儘量張狂得意吧，總有你栽的那天。

一語中的，有次 L 聊完微信去廁所沒鎖手機，不巧被唐糖看見聊天內容，跟一個當紅男模一口一個老婆老公地叫。她頭皮發麻，情急之下用自己手機拍下來，強裝鎮定地藉口出門，直奔 Tony 的工作場地。她把中途休息的 Tony 拉去一邊，事先給他打了無數預防針，但言之鑿鑿是為了他好，必須要這麼做，然後把拍下的照片遞給他。

本以為他會勃然大怒，但他的表情反而像是自己出軌一樣，警惕地向四周看了看，細聲說讓她不要把這件事說出去，唐糖當然不解，幾番糾纏，Tony 終於鬆口，說他跟 L 是協議戀愛，一起捆綁為了炒作宣傳，甚至暗示她如果這件事被別人知道，她在北京沒好日子過。唐糖無法接受，她一把抓起 Tony 的西裝，用力瞪著他，

帶著哭腔問：「你應該知道啊，我把你當作偶像，當作我的精神寄託，希望你過得好，一輩子幸福，可你怎麼能為了炒作來欺騙這份祝福呢？那些每天為你的幸福跟黑子們（網路上戴有色眼鏡看待不喜歡人物的人）吵架，比愛他們自己都還愛你的粉絲，你對得起他們嗎？」話沒說完，Tony 低頭在唐糖臉上留下一個吻，在她愣神的當下，搶過她的手機，直接刪掉了那張照片。

「這個吻，是我每天工作的一部分，」離開前他說，「感情用事是種心理缺陷，所謂粉絲，不過是指望著別人幸福來意淫自己的美好生活。如果真是這樣，那一開始就錯了，因為幹這一行，沒有幸福可言。」

在這之後，Tony 在唐糖面前徹底現了原形，他並不是暖男，而是徹頭徹尾的渣男，全身注滿了人前一套背後一套的負能量，嘴上說不在意網上的惡意評論，但背地裡刷著微博罵人家全家。那幾個跟他關係要好的男明星，一直以來被喧囂的水軍騷擾，其實也是他搞的。他跟 L 在微博上秀著恩愛，讓路人把他們視作模範情侶，那些矯情到死的情感帳號上，分享的是 Tony 根本沒說過的愛情宣言，是他跟 L 無數次刻意擺出的眼神、牽起的手。他努力把自己表現得謙和識大體，在所有人稱讚的目光裡，把他心裡那份彆扭的陰暗包裹得嚴嚴實實。

唐糖終於崩潰，挑了一個北京氣溫驟降的陰天，把 Tony 的破事跟顧濤攤牌。顧濤仍然保持那份氣定神閒的淡定，在唐糖滔滔不絕一番後，問她：「那你還喜歡他嗎？」

「討厭死了！」

他不疾不徐地說：「所以，很多事還是別知道真相為好。」

那天唐糖掛著滿臉淚朝顧濤大罵，把自己箱子裡的衣服連著包裝袋一包包砸在他身上，「卑鄙」「不要臉」「騙子」，什麼不好的詞彙都用上了，她覺得這輩子都沒這麼生氣過。

顧濤說，他一直知道 Tony 是個什麼樣的人，他的想法、他的每一步，都看在眼裡。Tony 的人生，顧濤已經計畫好了，包括橫店的那個記者也是他安排的，把唐糖那一拳誇張成「暴打」也是他寫的，那份擲地有聲的聲明也是他自導自演早就想好的。

從 Tony 參加選秀比賽出道，顧濤就一直帶著他，八年來，看著他從一個默默無聞的新人到現在成了別人眼裡的風景，兩個人一起受過欺負排擠，吃過常人沒吃過的苦，睡過清貧的小房子，最苦時抱頭痛哭過，也因為一部戲爆紅而酩酊大醉過。所以他自負，他知道；他心機滿腹，他知道；他要強，他也知道；他害怕失敗，他更知道。Tony 最紅的時候說過不會虧待他，但每年只送他一部最新的 iPhone，顧濤從沒在 Tony 身上賺過什麼大錢，也沒跟他提過任何需求，拿著經紀公司給的薪水，在所有人都以為一人得道、雞犬升天的時候，卻靠著老母親留下的房子維持著普通人的生活。顧濤對於 Tony，又像兄弟又像父親，顧濤即便再不待見他又怎樣，他知道自己始終都不會離開他，因為無論愛還是恨，說到底都是愛。

唐糖氣沖沖來到社區門口，正犯愁去哪，結果顧濤一臉慌張地跑出來，繞過她搶先一步在街口攔了輛計程車。生氣的該是我吧，唐糖噘起嘴不由分說地一起擠了上去，根本不給顧濤說話的餘地，一路上罵聲不停，直到計程車停在朝陽醫院。

顧濤衝進病房，房間裡有一對穿著光鮮的中年男女，一個小男孩躺在床上，睡得很安靜。顧濤看了眼男孩，轉身對著中年男女

就是一頓劈頭蓋臉的臭罵：「強強對花粉過敏啊，你們還帶他去花園餐廳，一次兩次忘帶哮喘噴霧，人直接躺醫院來了，高興了？你們會遭報應的！」

中年男上前插話：「顧濤你行了，要不是你遲到，強強不會在餐廳待那麼久。」

「你閉嘴。」顧濤不留餘地回擊，直接拽起男人的領子。

「爸爸！」小男孩適時醒了，對著顧濤笑。

沒見過顧濤這般憤怒，唐糖站在他們身後，嚇得大氣不敢出，

腦洞一時間開得太大，需要把眼前的情景梳理一遍。她默默看著顧濤跟強強賠不是，強強很懂事地在他臉上親了又親，父子倆把剛剛劍拔弩張的氣氛變得舒緩許多。

最後她陪顧濤把強強送回他爸媽的大別墅裡，臨走前，那個女人打量了她一番，那個眼神，讓她不由自主打了個冷顫。

顧濤轉身經過唐糖身邊，淡淡地問：「陪我喝一杯？」

那晚他們迷失在一家酒吧裡，兩個人連喝了五扎啤酒，當然，大部分是顧濤喝的。

顧濤跟他老婆在大學相愛，畢業後沒兩年就結了婚，生下強強以後，女方不知是否因為生育後身體內的基因重組，突然像變了一個人，玩心大發，平淡的顧濤當然無法滿足她，兩個人的生活開始出現裂縫，後來女方在一個聚會上認識了她現在的老公，聽說洛杉磯最大的製藥廠是她老公家的。

還是如同那些電影裡的情節一樣，顧濤深知自己沒有資本做一個好爸爸，離婚後，強強自然跟了女方，每月跟顧濤見幾次。按照承諾，強強上小學後，顧濤會給他 80 萬作為贍養費，這也是身

為父親辛苦半輩子，對兒子最後一點力所能及的心意。

　　所以他才會賣房子。

　　顧濤說完他的故事，把頭沉沉地垂下，四周嘈雜的環境像是一幅冗長的 GIF，就他是一個安靜的幀（一幅安靜的圖像）。唐糖翕了翕鼻子，坐到他身邊，自罰一杯酒，開始道歉：「都怪我跟你吵架，你才沒按時去找強強，害你遲到了。」

　　顧濤擺擺手，呢喃道：「我遲到很久了……」話沒說完，他竟然哭了，保持低頭的姿勢，肩膀止不住顫抖。唐糖慌得束手無策，見他身子抖得越來越厲害，只能抱住他的頭，一下下撫摸他的背，輕聲安慰，「沒事的，沒事的。」

　　突然好心疼這個男人，他太累了，習慣付出，卻不習慣要求回報。現在這種境地，安慰亦無用，唯有讓他好好哭一場，或許是最好的解決辦法。

　　這晚之後，他們好像知道了彼此最重要的秘密，心照不宣，說話做事神同步，隨時都帶著默契，過去那些是是非非也不重要了。但就在氣氛趨於緩和的時候，Tony 驚慌失措地出現在他們家門口。

　　有人給他傳了一封電子郵件，圖片上他正在親唐糖，郵件內容要求 300 萬元封口費，否則把所有照片曝光。在數次跟顧濤眼神交流，知道這回肯定不是他安排的之後，唐糖也陷入恐慌。不過這事由不得 Tony 懊惱，也沒有別的解決辦法，只得認栽，為他的幼稚買單。

　　Tony 把錢悉數匯了過去，但最後那些照片還是被放了出來。

　　微博再次成為全民娛樂之地，顧濤的電話也沒停過，根本不

給他們解釋的機會，那些平日裡被 Tony 得罪的劇組工作人員、宣傳，還有一些小藝人，都群起而攻之，發微博加入全民聲討。莫名其妙成了當紅偶像的小三，唐糖恨 Tony 恨得牙癢癢，但他們現在是一條繩上的螞蚱，除了想對策別無他法。顧濤把自己關在屋子裡研究危機公關，到了後半夜，他把在沙發上睡死的唐糖和 Tony 叫醒，篤定地說：「明天下午 2 點，我們開記者會，公開你倆的關係，不管真假，讓別人相信是真的，我們知道是假的就好了。」

他端來一碗小熊餅乾，讓 Tony 照著他的意思背台詞：對不起 L，對不起唐糖，對不起粉絲，對不起國家對不起黨，總之就是自己壞得無藥可救，跟兩個女生沒有關係，是自己無恥又自私，才會在曖昧的時候自以為是佳人，但殊不知，真愛還在後面。總結一下就是——我不是明星，我只是一個普通的男人。

只要情感沒到位，背錯詞兒，顧濤就拿餅乾扔他，直到說得毫無破綻，感人淚下。

看著他們練得熱火朝天，唐糖心裡暗罵，從頭到腳的脾氣，尤其是想到顧濤讓她「公開」和別人的關係，更是莫名火大，最後把這氣撒在 Tony 身上，只要他一說錯，不光扔餅乾，還扔自己店裡的衣服，兩大包一起扔，砸不死他。

第二天發佈會緊急開在一個五星級飯店裡，從他們家社區到飯店門口，全部堵滿了記者，幾個人像過街老鼠一樣躲了一路的閃光燈。上台後，Tony 對著那些直播的機器深深鞠了一躬，坐定，看了眼站在最後的顧濤，他非常誠懇地、真摯地、謙虛地、委屈地，講了另外一個故事。

他把那幾張照片解釋為是一個瘋狂粉絲處心積慮的不作為，

像是電影《戰慄遊戲》一樣，書迷對作家失去理智的愛，甚至威脅他，如果不順她意，就用硫酸毀掉他最心愛的 L。

在場的記者譁然，顧濤捏緊了拳頭，眼圈通紅，但卻沒有阻止 Tony。

唐糖一時間成為眾矢之的，她撕掉顧濤的同居協定，搬走前送給他一巴掌。再多的解釋已然多餘，顧濤只能默默保護她，看著她每天足不出戶躲在日租公寓裡，一週偶爾出來一次，也要辛苦地把自己喬裝成另一個人，偷偷摸摸去超市買點日用品，好幾次他都只能向快遞大哥打聽她的消息，聽說她過得很不好，就覺得是自己毀了她。

家裡少了那個打了雞血（80 年代大陸流行的一種養生保健法，後指情緒常處過度亢奮的狀態）每天忙碌的女孩，竟越發覺得失落，顧濤心想，這是一個多麼神奇的女孩啊，被男友這般傷害，仍然活得像枚釘子，牢牢地死釘住生活不放。她應該偶爾也會很難過吧，但至少在他面前，鮮有那種矯情到死的悲傷。她作為『服裝店 CEO』每天拚命的樣子，她洗澡唱歌的聲音，她打掃衛生時抱怨的扭捏，她固執討好時的眼神，還有她為了討教做經紀人的不二法則，他打趣逗她知識可以教但智商不能給時，氣得她故意弄亂自己床單的模樣。

這是處女座強迫症最怕的，他好像已經習慣有她了。

這天顧濤還是如往常一樣偷偷去她家樓下蹲點，不過沒等到發貨的快遞大哥，倒是等來一群社會青年圍著唐糖的公寓指指點點。他預感到會出事，果然，戴著帽子的唐糖剛從樓道裡出來，那些青年就朝她圍了上去。來不及提醒，顧濤忙不迭衝到人群中間，

把唐糖護在身後，喝斥那些人，可他們已經被輿論洗腦，一個個都像舉著燭芯的蠟燭，等著大火來燒。

顧濤被幾個男生直接撂倒在地，然後是一頓拳打腳踢，他拖住兩個力氣最大的男生，朝唐糖吼：「跑啊！快跑啊！」

剩下的那些人窮追不捨，唐糖根本跑不過他們，顧濤掙扎著爬起來用身子去阻擋。直到她跑到街對面，聽到身後傳來一陣緊急煞車，鬧劇在此刻結束。

顧濤做了好長一個夢，夢裡唐糖在他們的房子裡練著瑜伽，她背對著顧濤，不斷撩撥自己的長髮，在逆光下因為有汗而蒸騰起層層霧氣，他覺得這個場景好美，想一直停在這裡。

他站在唐糖身後，猶豫了許久，最後藉喝水的空檔，咬著水杯，含糊不清地說：「不如，和我在一起吧，你跟別人，我擔心你受傷。」

唐糖竟然聽到了，轉過身來。

畫面模糊，漸漸清晰成一間病房。罩著呼吸罩的顧濤扭頭看看身邊，是強強和前妻。

他出車禍昏迷這半年，錯過了很多事。強強一年級的期末成績非常好，老師同學都很喜歡他，他把老師的評語表帶到病房來，說什麼都只讓顧濤簽字。Tony 和唐糖的事急轉直下，因為女星 L 受不了輿論壓力出來勇敢承認她跟 Tony 的假戀愛，一切都是娛樂圈虛無縹緲的炒作，唐糖是受害者。Tony 宣布無限期退出娛樂圈，把一大部分錢以顧濤的名義給了強強，然後留了一套國貿附近的房子，作為就此跟顧濤解約的「分手費」。

而唐糖，在照顧顧濤第三個月後，留給他一封信，就失蹤了。她的淘寶店東西全都下了架，朋友圈微博停在了三個月前那一天。

　　唐糖的信裡寫著：

　　如若最後遇到像是黑夜中靜謐的星空，那當初跋涉的這一路，扭傷腳的石子，走過冒失的風雪，在此刻都成了過眼雲煙。夜風徐徐，望著那片星空，心裡有一個可以想念的人。

　　聽一個信佛的姐妹說，印度是個有靈性的國家，給我無限期時間，祈禱沉澱，希望在我回來之前，我們都能重啟一番。

　　落款還寫了個備註：

　　這是我看完《唐頓莊園》的感悟，我也可以很有文化的。另外，別失憶。

　　北京秋天很短，幾次大風過後，氣溫就降至零度。顧濤的社區因為物業跟熱力公司鬧矛盾，停了暖氣，11月底的天冷得像冰窖，車禍醒來之後，他好像就特別怕冷，就算裹在被褥裡，手腳還是冰涼。半夜睡不著，迷濛中看了看手機，不自覺滑到很早前的聯絡人，給唐糖發了個小丸子的表情。

　　小丸子親她爺爺。

　　發完又覺得彆扭，趕快補上一個小丸子和花輪的，這才滿意地睡去。

　　顧濤的新工作是個自由撰稿人，完全擺脫了熟悉的娛樂圈，

給一些文化雜誌和報紙寫專欄，不講是非，講講環境保護和心靈雞湯。

耶誕節前，他買了一棵巨大的聖誕樹，還專程把強強接過來準備一起回家佈置，打開房門時，一股溫熱的暖流襲來，他詫異地朝裡看了看，心想物業什麼時候從良了。到客廳把聖誕樹放下後，他注意到桌上多了一套很別緻的杯子，形如黑白色的電腦按鍵，上面寫著「Ctrl」「Alt」「Del」。

他想像電腦上三個鍵的位置，Ctrl+Alt+Del=重啟。

他會心一笑，這時，浴室裡傳來一陣熟悉的歌聲。🪐

No.

05

沒 在 一 起
挺 好 的

Just for
Meeting You

　　阿翹這個名字的由來，源於她每到關鍵時刻絕對翹辮子的光榮紀錄，運動會一百米接力，腸胃炎翹辮子；體檢倒在抽血臺上，暈血翹辮子；期末考她手裡那張答案最多的小抄，任憑朋友在後面踹了多久的凳子，她都不敢丟出去，翹辮子。

　　翹辮子翹得最嚴重的，是她初二那年遇上張同學之後。

　　張同學，高一理科生，一米八三，全校知名風雲人物，夏天大家恨不得把彩虹穿身上他卻只有黑白基本款 T 恤；冬天大家裹成熊，他就穿一件單薄的風衣，領子要立起來那種；當時帥哥髮型都流行長劉海錫紙燙，唯獨他每天頂著一頭油亮的飛機頭。除了穿著

打扮特立獨行，還是校籃球隊的主力，當所有女生驚歎籃球愛好者們精瘦的身材時，張同學以一身壯實的肌肉成為球場上最醒目的那隻。對，他有特別的形容詞。

阿翹所在的學校初中部和高中部在一起，恰巧高一的停車場就在阿翹班門口，第一次見到張同學，她的雷達就開了，所謂一見鍾情不過是動物最低等的原始獸欲，腦補自己掛著對方結實的胳膊被拎起來原地旋轉的場景以及被按在牆角欲拒還迎地融在他寬闊的懷裡。可惜阿翹當時還是個不起眼的小姑娘，容易害羞體質，在全校都認識的張同學面前，她除了敢用眼睛非禮別人，行動上從不邁出一步。

暗戀模式開啟以後，阿翹的生活就以張同學為軸心，特別喜歡黑白 T 恤，特別喜歡做課間操，特別喜歡放學，知道他每天都會去打球，於是就假惺惺抱著課本去籃球場後邊的凳子上溫習；知道他喜歡玩網遊，於是也默默註冊一個號蹩腳地浪費時間；知道他們家要轉好幾班公車，於是傻乎乎地一有時間就跟著他擠公車；知道他喜歡梳飛機頭，於是專門去網上找各種各樣的髮膠，當時的志向是去韓國做髮膠代購，把最好用的都買給他。

但好在暗戀也不是毫無效果的，張同學最後認識了她。

在某個週一升旗儀式後，阿翹代表他們班上台演講，講到一半，人群中最顯眼的張同學突然抬起頭打量她，打量到阿翹直接恍了神，記不得稿子唸到第幾行，腦充血連字都看不清，傻愣愣待在台上，硬被旗手拽了下去。

既然認識了，那乾脆就碰撞出更多交集吧，不然有點浪費緣

分，這叫沉沒成本效應。

　　學校有個社會實踐的慣例，各年級各班輪流一週為學校監工，阿翹被分在高一的停車場守車。張同學是個遲到大戶，每天鈴響二十分鐘才推著車慢悠悠地出現，一看這幾天是阿翹，更是遲到得喪心病狂，直接第一節課過了才見到人，紅了櫻桃，綠了芭蕉，爽了小張，苦了阿翹，她不得不用「請×××吃飯」餐券買通駐守辦公室管遲到記錄的同學。

　　如此理所應當的原因很簡單，在他們第一次面對面交流時，張同學用三句話就擺平了阿翹，「你是上次升旗儀式演講的那個哦？」「輪到你們班社會實踐哦？」「那就不要記我遲到哦！」英語課本上「好阿油？」後面還要答一句「服愛恩，三克油！」的啊，完全不給回答的餘地，重點是阿翹完全招架不住他那一口台灣腔，而且張同學是河北人啊！後來阿翹有問過他這個問題，他說，當年刷了十幾遍《流星花園》留下的後遺症。

　　停車場圍牆對面是一家叫做「鬍子麵」的蒼蠅館，放學後常排隊，這幾天唯一的慰藉就是可以隨時吃到香噴噴的麵，只要在圍牆邊吼一嗓子，對面小妹就屁顛屁顛跑過來。更欣慰的是，張同學經常蹺課跑來一起吃麵。阿翹只搬了自己的桌凳下來，於是她坐凳子上吃，張同學坐桌子上吃，為此還招來不少同學的閒話。不過阿翹心裡倒是樂呵，能跟風雲人物傳緋聞，臉上多貼金啊，即使身體成不了戀人，但心裡也可以滿足。

　　張同學有多奇葩呢，一有空就逮著阿翹講《流星花園》，知道她也玩同款網遊的時候，非要對照著攻略書跟她一起研究，他每

天要吃三碗鬍子麵，加上三餐一天吃六頓，每次吃都很快，吧唧吧唧的，像吃滿漢全席一樣。阿翹也不厭其煩，純種腦殘粉對方的一言一行通通接受。

　　有一次阿翹問張同學，為什麼老遲到，他說因為他成績好，還說他坐在班裡後面牆角的位置，因為他上課愛講話，跟誰坐都講，還讓同桌也愛上講話，平時文靜得跟個聾啞人的姑娘，最後也能變成話癆。那你為什麼不好好聽課愛講話呢，阿翹問，他說不是他愛講話，是老師講得不好，人要多找找自己的理由。阿翹覺得這段對話該被消音。

　　社會實踐最後一晚，阿翹說了好多比如「這幾天真的很開心」「你要加油哦」這種莫名其妙的話，究其本意，是把這幾天與張同學的二人相處當作是約會，有些捨不得罷了，倒是張同學煞有介事地摸了摸阿翹的頭，說：「你可別幹傻事。」這一親密舉動讓阿翹的腎上腺素分泌過猛，當即滿臉通紅，吱喝著「呵呵呵呵」你想多了，為了紀念這幾天的革命友情，我請你吃鬍子麵，三兩，吃到爽！

　　晚上的學校空氣裡都是溫潤的泥土味，伴隨著阿翹一聲聲嘔吐以及哭喊，泥土味顯得有些油膩。

　　二人份的三兩鬍子麵，阿翹心情還未平復，吃得過於迅猛，大口咬著麵對張同學傻笑，直到吃到一口酸酸的東西才埋下頭看了看，筷子上還留著被咬掉的半截蟑螂，鬍鬚還在上面。

　　阿翹哭得媽都不認識，關鍵時刻繼續翹辮子。

　　那隻偉岸的蟑螂最後成了阿翹與張同學感情升溫的橋，他倆有事沒事混在一起，吃串燒的時候阿翹看見張同學鼻屎掛在鼻頭，

也覺得可愛，網遊打怪掉了好裝備，故意說網路卡讓張同學先去撿，他們還沒日沒夜地傳短信，從今天穿什麼到老師又講了什麼無聊課，事無巨細，為了那一毛錢一條的短信費，阿翹沒少省吃儉用。她覺得熱戀的情侶也不過如此吧，這應該是所謂的惺惺相惜，即將白頭偕老了吧。

初三那年愚人節，晚自習下課，同學叫阿翹說有人找，遠遠看見張同學穿著白Ｔ恤，手插褲兜一大隻走了過來，後面還跟了倆小弟，心花怒放的阿翹剛踏出教室門，就被突如其來的麵粉撒了整臉，然後伴隨著身邊女孩子尖利的笑聲，越來越多的麵粉撲過來。

阿翹眯著眼在一片白茫的視線裡尋找那個笑聲的主人，一個短髮戴著牙套塌鼻子的雀斑女孩。這人是誰啊，不等反應，又一坨麵粉直接衝向了眼睛。

「別丟了啊，進眼睛了！」

張同學把那個女生拉去一邊，阿翹揉著眼睛正想發大火，只見他把手搭在女生肩膀上，抱在自己懷裡。

麵粉都落了下去，視線也變得清晰起來。

「給你介紹一下，這是小波，你造（知道）的，我那位。」

「哪位？」阿翹繼續揉眼睛，心裡想，你啥時候養了個寵物我怎麼造（知道）！

「我老婆啦！」

「哦。」阿翹揉眼睛。

「沒一點表示哦。」

阿翹用力揉眼睛，不說話。

「不要以為你現在是雪孩子，就以為自己不會講話哦哈哈哈。」

「你能不用台灣腔講話嗎？」阿翹用手捂著眼睛，直愣愣衝張同學丟出兩個字，「傻×。」

阿翹沒有哭，眼睛紅是被麵粉熏的。

她是這麼安慰自己的。

她不覺得這是失戀，只是可能兩個同行的人前進的方式發生了偏差，一個走向熱帶雨林，一個回到冰河世紀，她不會在最冷的地方待太久，張同學也不會一直衷心於熱戀。他們一定會回到屬於彼此的位置，再相逢的。

張同學以為阿翹生氣是因為麵粉玩笑開過了頭，連發了一星期的道歉短信，阿翹假裝高冷都沒回，可背地裡要麼安排眼線，要麼親自跟蹤，把那個叫小波的女生摸了個底朝天。比自己大兩歲，身高一米六五，張同學隔壁班，因為聲音特別於是常給各種動漫愛好團配音，愛畫畫，喜歡周杰倫，曾經畫過一幅兩米乘以兩米的周杰倫油畫親手送給他，愛吃麻辣小龍蝦，頭髮是對面那家髮廊三號師傅剪的，喜好花花綠綠的衣服，一般男生絕對正眼都不瞧的類型，以及張同學每晚都要送她回家，因為他不是一般的男生。

因為和張同學的短信少了，於是憑空多出大段時間，阿翹書也看不進去，腦袋一挨著枕頭精神又立感抖擻，那段時期流行寫交換日記，阿翹就大半夜給張同學寫日記，還是報備每天穿了什麼、老師講了什麼，以及有多想他。

當然，那本日記從沒交到張同學手裡。

中考成績下來，分數線連學校最差那個班都沒過，升不了學，阿翹把自己關在臥室櫃子裡哭天喊地裝可憐，她知道老爸找關係肯定能讓她上，而且她指定要去高一7班，因為7班跟高三在一層樓。

後來就出現了這樣一道靚麗的風景，立領風衣男肆無忌憚地牽著聖誕樹雀斑女閒逛，所到之處背後必定帶著一個像女兒一樣的跟屁蟲。鬍子麵館被阿翹列入黑名單，於是每次就在旁邊買一籠包子看著張同學和小波吃麵，他們三個還一起去爬過峨眉山，一起去打乒乓球，一起蹺課去看周杰倫的演唱會，好在小波從沒有對阿翹夾在二人中間有半點不爽和疑慮。

悄無聲息地半年過去，小波決定考美術學院，於是大段時間都不在學校，每一次回來就跟變了一個人似的，頭髮變長，也瘦了，越來越漂亮。出於同性本能的排斥更何況是情敵，阿翹也不甘示弱，買遍了所有美妝雜誌學化妝，本想把自己弄得跟小波一樣，卻每每搞得像個鬼。

高三下學期，張同學經常跟小波吵架，本來見面次數不多，一碰面就以穿著打扮為導火線開始翻舊帳，鬧革命。最後一次吵架，是小波做雷射手術把雀斑點掉之後，張同學暴怒，當著小波的面把手機扔到樓下，說這輩子都別聯繫他了。阿翹心情很複雜，她覺得自己當臥底這麼久總算功成身退，張同學可以回到自己身邊了，可她看到張同學自此一蹶不振就心軟了。不振到什麼程度，第一名的成績在模考後瞬間落到第十八，不上課，風衣也不穿了，套著髒兮兮的校服每天泡在網咖裡。

有種感覺怎麼形容呢，就是你喜歡一樣東西，但又不能得到它，於是每天都捧著，看看就好。有其他人喜歡，說明是這個東西真心好，反正自己捧著，就當作擁有了。但如果有一天這個東西自己碎了、壞了，你就無能為力了，捧不住，只能求著能修好它的人，讓它回到原來的樣子。

　　阿翹還是去找小波了。

　　阿翹問她，為什麼要把自己變成現在這個樣子，小波反問，那你覺得現在的我漂不漂亮。阿翹停頓了一會兒，回答，漂亮。那不就行了，小波笑起來。可是他不喜歡你這樣，阿翹嗆聲。他不喜歡這樣？那你幹嘛還要學我化妝打扮呢，小波那個尖利的笑聲又飄了起來。

　　小波早就知道阿翹喜歡張同學，只是從沒把她當回事兒，不把比自己還不如的人當成敵人。她冷笑完丟給阿翹一句話，然後就離開了。

　　她說，你省省吧，醜小鴨能變成白天鵝，不是醜小鴨有多努力，而是她本就是。

　　第二天阿翹課間去找張同學，卻無辜被對方當成靶子，當著所有同學和高三學長學姐的面，被狠狠罵了一通。

　　「你去找小波了？你找她幹嘛？」

　　阿翹被對方抓著肩膀悻悻地擠出幾個字，「讓……讓你們和好啊。」

　　「你沒事雞婆！」張同學側身張著嘴大口呼吸，然後回過頭指著阿翹鼻子罵，「她已經有別人了，一個香港佬，那些整容買衣

服鞋子的錢都是他的，你是白癡嗎，你看不出來嗎？！」

阿翹眼睛有些紅，她想找一把麵粉塞進眼睛裡，她說：「我真不知道。」

「我就不想讓她覺得我在乎她，我都沒去找過她，你去！你誰啊，你就是想看我笑話，開心！」

張同學停不下來，一股腦髒詞屁話全湧上來了，這段時間的情緒跟他的飛機頭一樣，航空管制太久，終於可以起飛了。

居然這個時候全轉換成河北口音了，阿翹腦袋突然放空了兩秒，然後控制情緒的那個閥門突然開了，她咬了咬嘴唇，交換日記裡，失眠的晚上，那些沒說出口的話，全成群列隊從嗓子眼冒了出來，「我誰，我喜歡你啊我誰，喜歡你一年多了，網遊是為你玩的，每頓飯錢是為你省的，課間操的體轉運動是為你轉的，知道你愛遲到所以社會實踐去管車棚是為你求班長的，每次畫成鬼的眼線是為你畫的，468 轉 628 再轉 11 路公車的所有路線圖也是為你記下的，全世界都知道了，為什麼就你不知道，我是白癡，那你能醫好我嗎，醫不好你還對我這麼好，你是傻子嗎？！」

說完阿翹就哭了。

張同學說不出話，周圍的同學也瞬間啞了嗓。

後來阿翹覺得，還不如把全世界的麵粉都塞到她眼睛裡，或者說寧可在那一瞬間就死掉算了，只要不要讓張同學看見自己真的為他哭就好了。

她一直不能讓自己哭。

因為她在書上看過，說如果真的為了一個人撕心裂肺哭過一

次，那麼那個人就會從至關重要的人變成可有可無的人了，因為那個人能把自己傷害到那個樣子的機會只有一次。那一次之後，即使自己還愛他，可是總有一些東西真的改變了。

阿翹想一直捧著他，想一直在他身邊，不要給他任何傷害自己的機會。

後來半學期，他們倆都沒再說過話，有幾次遠遠地感覺要碰面，阿翹也刻意迴避了，自己也不知道在躲什麼。

時光匆匆，隨著學校門口的柳樹枯萎嫩綠間交替，高一學年結束，阿翹分去了文科班。高三放榜那天，她沒有在上面看到張同學的名字。

後來的後來，張同學就消失了，不知道他去了哪，畢業如一場告別的宴席，幾杯酒下去後就各自回家了，留在桌上的是彼此要做一輩子好友的誓言，帶走的是我們終會把各自遺忘然後再去遇見別人的明天。

阿翹高二的時候，被隔壁理科班的一個雙魚男追，因為他是住校生，會多上一節晚自習，於是常偷偷潛進阿翹班上，在她課桌上用鉛筆寫寫畫畫，加上班裡同學瞎起鬨，阿翹也沒有拒絕過，權當是多一個人吃飯聊天。只是有那麼幾次，她恍惚間把他看成張同學，直到對方牽起自己的手，她才意識到自己多想了。

那會兒，大家都對班上談戀愛的女生是不是處女這件事興趣頗高，阿翹自然沒被算在內，為了看熱鬧，好幾次還故意把她推進雙魚男的班裡，讓他們親一個親一個。

幼稚。

其實連跟他牽手都彆扭。

　　等到阿翹升高三的時候，校領導給他們在學校對面租了一個三層的寫字樓，專門給高三和重考生當教室，以便安靜備考。

　　雙魚男的班在走廊盡頭，與阿翹相隔甚遠，兩人不痛不癢地在一起了半年多，結果剛一進高三就被張同學殺了個回馬槍。

　　他竟然出現在重讀班上。

　　張同學說高考那天拉肚子，渾身上下都在想著法兒跟肚子友好交涉，沒心思答題。第二年去外校重讀，錄取通知下來，離他想去的 A 大差幾十分，被下面的次等學校錄取了，那個學校看著挺高大上，結果竟然是公共澡堂，張同學不喜自己的小弟弟被別人看了去，於是因為這個原因又跑回來重讀。

　　用他的話說就是，幹！

　　兩人再見面，好像往事都隨了風，誰都沒提過去，默契得就像久未見面的老友，在走廊上碰到就彼此會心一笑。

　　「過得挺好的吧。」張同學笑，「聽說有男朋友了哦。」

　　「嗯。」

　　「真好，改天一起吃麵吧，我請。」

　　「鬍子麵拆掉了你不造哦。」阿翹故意用台灣腔學他。

　　「……是嗎？不造，不造。」張同學若有所思。

　　「好好學習啦。」

　　他們保持碰面打招呼的客套，沒有過多交集，有時阿翹跟雙魚男吃飯的時候會遇見張同學，他也不來添亂，禮貌地坐在隔壁

桌，像兩個失去自由的木偶，被線扯著吃完，結帳，然後離開。

　　真得好好學習了。阿翹剛進高三是班上倒數十幾名，第一次模考之後她就每晚看書到凌晨 3 點，起初打瞌睡用即溶咖啡緩解，後來不管事兒了就喝罐裝的，等到對所有咖啡都形成抗體之後，她又開始喝紅牛，末了，只能站著看書。她把文綜每一科的書幾乎都背了下來，英語整理了十本錯題集，最難擺平的數學也來來回回做了好幾十套模擬卷。

　　二次診斷考試，阿翹衝到了班上第四名，一下子躋身重點本科行列，阿翹覺得世界都開朗許多，不僅同學和老師，連爸媽看她的眼睛都是帶著光的，真是沒白辜負她多長的幾斤肉以及快掉到下巴上的黑眼圈。

　　時間再快進，臨近 5 月中旬，這天下午阿翹到教室後，就開始跟同桌出拼音題，正在思考「檔次」的「檔」到底讀四聲還是三聲時，她就晃了起來。

　　她以為有人在搖她凳子，可是發現身邊人都在晃，依稀記得有個同學喊了聲地震，隨後整片記憶就變成之後所有人看到的樣子。她推搡著人群跑出教室的時候，好像看見雙魚男和張同學都向她伸出了手，但最後牽住了一個人的手，從走廊後門逃出了寫字樓。

　　來到還在搖晃的街道上，記憶才稍微清晰了一些，私家車的警報鈴和人群的哭喊混在一起，她歪著腦袋，看著牽著自己的雙魚男。

　　後來阿翹說，當年她最後悔的一件事，就是沒有去牽張同學。

她說，如果在他們重逢那天再熱絡一點就好了，如果早點告訴雙魚男其實自己只是用他來彌補張同學的遺憾就好了，可是哪有那麼多如果，喜歡一個人最卑微的，不過就是在對方面前，那種說不出口的假裝灑脫。

　　畢業後，阿翹考取了本地的大學，雙魚男因為家裡有安排，直接出了國，阿翹跟他本來感情就不牢靠，加上異地戀，大一沒撐過，兩人就和平分了手。

　　張同學如願去了Ａ大，時間進行到這裡，屬於張同學的時代才正式來臨，飛機頭和他這種壯漢體形流行起來，而且能把基本款和風衣穿得如此不違和的也只有他了，加上性格乖張，他很快成為社團的風雲人物，一三五彈吉他唱歌跑酷，二四六跟外校打籃球賽，幫學姐拍的小廣告還被各大網站轉載過，校內網全是粉絲，每天有偷不完的菜，幾次學校成為媒體熱點，都拜他所賜。

　　當然，這一切阿翹都看在眼裡，在他成為校內紅人之後，每發一條狀態底下都有成團的留言，發一張照片更是，阿翹建了一個小號，在他每條狀態照片以及日誌下留言，不知道說什麼，就回一個「早」、「安」或者「哦」然後打很多「～～～～」符號。

　　阿翹大學四年都沒再交過男朋友，她沒辦法接受男生有劉海，沒辦法看見瘦骨嶙峋的男生穿花Ｔ恤，更不能看到任何人把POLO衫或者風衣領子立起來，她喜歡台灣偶像劇，因為覺得台灣腔親切，她喜歡張孝全楊祐寧一切跟張同學一個型的男明星。阿翹多希望他不在身邊，但身邊的每個人都像他，說實話就是放不下張同

學，她相信時間最後一定能磨平所有傷口，但過程應該會很久。

可笑，她知道，沒有哪個女生比她還自作自受了，重點是「作」那個字。

故事的結局，是兩年後的事情。

阿翹在北京一家雜誌社工作，做內容編輯，第一次獨立參與選題拍攝四個剛發片的新人，其中一個叫陳清蘇的看著特別眼熟，但因為對方氣場太強阿翹也沒有過多打量，跟服裝編輯對好服裝，就默默去一旁寫稿了。拍攝結束後，陳清蘇留在棚裡，招呼助理去買了星巴克，然後遞給阿翹一杯，說了句，好久不見。

阿翹就呆了，雖然面前高挑的美女笑著露出一排整齊的牙齒，但也能瞬間把過去那排牙套腦補在上面。她是小波。

那天兩人聊了很久，她說跟張同學有過聯繫，還說他這幾年一直是單身，而且他好像最近也來北京發展了。

你不知道嗎，小波問。

張同學簽了一個空殼影視公司，拎著行李箱到了北京之後，才發現上了當，還被騙了 3 千塊，這隻鬼靈精為非作歹那麼多年，認識那麼多人，最後在明星夢面前卻丟了智商。

接到張同學電話讓阿翹有些措手不及，兩人約在望京的韓國烤肉店見面，四年之後再碰面難免有些尷尬，結果張同學還一言不發只顧著吃免費的醬蟹，阿翹就挑著盤子裡的辣白菜吃，偶爾抬眼看看對方。

「今天這頓我請。」張同學突然說話了。

「好。」

「但是作為交換，我今晚住你家哦。」張同學鎮定自若地又找服務生要了一盤醬蟹。

「為什麼？」

「沒有找到房子，又沒人收留，就找你了。」

非常理所應當的對話，跟初中讓她不要記遲到一樣，完全不給阿翹開口問他現在是大紅人為什麼不去住飯店，為什麼不去找小波，或者直接一點為什麼這麼多年都沒聯繫，唯有默默應和著。

「你為什麼會來北京啊？」張同學發問。

「嗯……想試試一個人可不可以，」阿翹說，「也想開始新的生活。」

「那開始了嗎？」張同學開始吃旁邊的冷麵。

「嗯。」

「這麵不好吃，」張同學吧唧吧唧嘴，「沒有鬍子麵好吃。」

「不要再提那個麵。」

「哈哈對哦，蟑螂應該很想念你。」停頓了一下，「挺想念的。」醬蟹來了，幫阿翹擋過了回應，她尷尬地低下頭發了會兒微信。等烤肉上來，兩人才在熱騰騰的煙氣裡重新熟絡起來，各自講了講最近幾年的經歷，看過的電影，去過的地方，國家發生的大事，連世界末日那天做了什麼都聊了，唯獨繞過很多重點，那些發生過的假裝忘記的。

兩人飯後又去三里屯的酒吧坐了坐，霸佔一張桌子玩遊戲，開始只是喝莫吉托，後來玩開心了誰輸誰就喝店裡最烈的酒，店家取了個很可愛的名字，叫「寶貝睡三天」。兩人來來回回喝了六大

杯，阿翹覺得尿脹，搖晃著進了廁所，剛走出來就被張同學按在牆上，這麼多年，他的飛機頭還是沒變，感覺一靠近就能聞到濃濃的髮膠味。

張同學一隻手撐在牆上，瞇起眼，兩人的距離很近，近到能互相交換鼻息，但僅此而已。他們沉默了好久，沒人知道那幾分鐘他們都在想什麼。

世界上每天都有許多愛情故事發生，或遺憾，或悲傷，或幸福，或虛假，每個善男信女向空中拋出「我想愛」的信號，撞上了一些人，避開了一些人，經歷了拋物線最高的高點，也落回最初的原點。當故事要結局的時候，才發現過去那些所謂遇見分離，最後都會化為平淡，再轟轟烈烈的我愛你你愛我，歸根結底，都會落入平淡。

出發回阿翹家的時候已經接近零點，兩個人已經喝到需要互相攙扶才能走的程度，上了計程車，阿翹努力想了好久才想起自己小區的名字，兩人踉蹌地進了電梯，到了 17 層電梯門打開，阿翹走在前面，結果沒站穩向後栽了一下，被張同學自然地牽住，她想起地震那年，沒有牽的那雙手。

阿翹想掙開，但對方牽得很緊，於是任由他整個人貼著自己。掏鑰匙開門，但樓梯間光線很暗，怎麼都找不到鑰匙眼，一股無名火躥了上來。

張同學突然把阿翹扯向身邊，然後大聲說：「阿翹，我……」

門在這個時候開了，不是阿翹開的，而是裡面的人開的。

雙魚男穿著家居服站在門口，阿翹當下很清醒，但故意裝醉

102

地跟張同學介紹，這是她男朋友。

阿翹的最後一篇交換日記寫著：

喜歡了你十一年，寫了十一年的交換日記，有好幾次，我真以為我們能在一起了，但最後都落了空，一直都覺得如果此生都沒能跟你在一起，那也算是虛度了愛情。

不管我做了多少事，最後除了感動我自己外只能換你一聲謝謝，這我能想到。

跟你稱兄道弟是為了提醒自己，不要表露心跡，會很委屈，這我能想到。

喜歡你就已經失戀了，這些我都能想到。

我能想到所有的情況，直到此刻，唯獨有一種情況，我預料不到，或許根本是我不夠堅定，或許是被時間治癒得太完全，也或許我本該就待在我的冰河世紀，你好好生活在熱帶雨林，我百思不得其解。

就是有一天我突然不喜歡你了。

終於不用給你喜歡我的機會了。

張同學尷尬地杵在門前，直到雙魚男準備拉他進屋，他才讓理智佔據了上風，朝屋裡的阿翹擺擺手，示意不進去了。

「很不方便耶。」他撒嬌。

然後就強忍著酒精上頭的脹痛，邁著大步進了電梯，他知道就算電梯門合上，阿翹也不會衝進來挽留他。

如果阿翹把交換日記都給了張同學，張同學會寫什麼呢？

或許他也會寫很多：

小波當初告訴我你喜歡我，我蒙了，不知道怎麼辦，所以才會控制不住罵你是白癡。

高考拉肚子，因為公共澡堂又退學重讀都是藉口，回來想跟你一起畢業才是真的。

寫了那麼多狀態，發了那麼多照片，收到那麼多讚，卻少了你那一個，不爽。

其實我很孬，沒勇氣主動聯繫你，只好用你的 QQ 號 GOOGLE 你所有的資訊，看到你在交友貼吧下面留了 QQ，於是我申請了好多帳號把你的帖子淹過去。

我覺得我不是喜歡你，而是習慣有你；我覺得我不是失去了你，而是失去了最好的青春。

沒在一起，也挺好的，如果一早就在一起，或許我們也就不是我們了。

「你這個月發短信花了多少錢？」

「一百二，窮得已經把下週買模擬卷的錢先墊了。」

「哥養你。」

「那剛好遊戲點卡也沒了，不謝。」

「真羨慕你這麼年輕就認識我了。」

「誰給你的自信啊。」

「哈哈，2點了，你還不睡哦。」

「失眠啊。」

「睡不著就打給我，我不關機。」

No.

06

還好

最後是你

Just for
Meeting You

在做完第五十個深蹲之後，蘇雯倒在瑜伽墊上，覺得全身肌肉在排兵佈陣集體抗議，這已經是她靠健身來麻痺自己的第十五天了，陪她一起來的還有從大學開始就混跡在一起的 Emma，作為當紅時尚雜誌的主編，她健身的原因，不過是為了保持她打小就有的天然腹肌，以及跑到反胃之後，晚上不用吃飯而已。

　　蘇雯在兩週前接到出版社的通知，將不會跟她簽訂下一本書的合約了。從大學畢業後就以全職作家的身分出了三本書，大體上都是針對職場的青少年勵志的書，但一本比一本銷量差，總編說現在這樣的心靈雞湯氾濫，她需要那種能觸摸到青春的文字，具體說，就是言情小說。但非常不幸的是，蘇雯在高二跟同桌曖昧去學校對面吃過幾次麻辣燙外，到現在連男孩子的手都沒牽過，戀愛經驗為零，24K 黃金處女。但沒吃過豬肉也見過豬跑，她一度看完了豆瓣上所有高分愛情電影，自信滿滿本以為會寫出一個媲美《羅密歐與茱麗葉》那樣的愛情悲劇，結果寫出來的東西被 Emma 笑了三天三夜，點評為比《喜羊羊與灰太狼》更感人，比《人再囧途之泰囧》更催淚，比《士兵突擊》更讓她相信愛情。

　　蘇雯閉著眼，額頭上沁出一層密密麻麻的汗，想想當時出版了第一本書，親戚朋友都把她以巨星規格對待，小日子過得像貼滿了亮堂堂的金箔。如今世風日下，命運可謂是坐上了全世界最陡的過雲霄飛車。

　　健身房外，下班時間的主要幹道上已經堵滿了車，喇叭聲像是怪異的協奏曲吵得歡樂，司機們一個個黑著臉無聲抗議，唯有坐在車後座的陸燦戴著耳機一臉輕鬆，坐在他旁邊的同事阿歡，正翹著蘭花指發朋友圈抱怨。等到他們那輛車緩慢移動到路中間的時

候，陸燦看了看時間，詭異一笑，然後讓司機停車，沒等阿歡反應，就把他拽出了車，牽著他往前跑。兩個人一前一後穿梭在擁堵的車流中，被夕陽打上一層朦朧的逆光，若是加上一段音樂和慢鏡頭，應該可以媲美奧斯卡獲獎動作片——阿歡被後照鏡撞上腰，痛得掛滿一臉迎風淚。

他們跑了一條街才停下，阿歡一邊操著一口濃重的台灣腔罵他，一邊不停撥弄已經分叉的劉海。陸燦問他什麼感覺，阿歡白了他一眼說：「神經病吧你，以為自己劉翔啊？」「少廢話，我是問，爽不爽？你們女生被別人這麼牽著跑，是不是特別有感覺？」陸燦扶住他肩膀，急切想知道答案。阿歡愣住，忍著腰痛把剛才的經歷回想了一遍，意猶未盡地點點頭。

陸燦一臉滿足地拿出筆記本，邊走邊記錄，少女心氾濫的阿歡又回味了片刻，然後才恍然，追出去用氣沉丹田的奶聲大喊：「陸燦你好討厭哦，什麼叫『你們女生』！」

陸燦和阿歡，幸福體驗師。現代男人的焦慮與恐慌，在工作繁重收入高的人群中尤為常見，他們除非遇上自己稱心如意的人，否則絕不輕易談戀愛，若是碰上一個情商爆表的成熟女性，那就隨時閃婚，最怕的就是遇上胸大無腦，臉美但吵的 Drama Queen（做作女王），要是不小心掉入她們的桃花陣，勢必沒有富足的時間製造浪漫逗她們開心，而幸福體驗師的工作，就是幫他們去體驗各種浪漫生活，然後把最浪漫的方式告訴客戶，提供最有性價比的驚喜方案。

陸燦靠著從小到大看過的龐大影視庫，在狗血韓劇、懸疑美劇、婆媳國產劇裡提取了無數靈感，加上平日裡還有這個好朋友阿

歡幫他體驗，半年來業績爆棚，成為同事們公認的戀愛高手，但他的說法是，能有今天這成績，全仰仗於自己背後有個德藝雙馨的女朋友，點子都是從她身上挖的。

對此，大家深信不疑，連陸燦一度都覺得自己真的有個女友。

「我不生氣，不代表我沒有脾氣，我只是在等待適當的時機，一刀砍了你。」陸燦特別設置的說唱鈴聲響起來，他後背一驚，是那個更年期老闆打來的電話。

蘇雯接到小悠的電話時剛洗完頭，來不及吹乾，抓起鞋櫃上的鑰匙就衝出了門，與此同時，三公里外的 Emma 也從她的高檔社區裡開車出來直奔小悠的公寓。幾分鐘前，小悠哭著在電話裡跟她們說：「我受夠了，我要自殺，誰都不要攔我，我現在就去開瓦斯。」結果等她們在小悠家門口碰上面，幾乎下一秒就要報警的時候，敷著面膜正在吃泡麵的小悠緩緩打開了門。

那一刻空氣凝結了。

在 Emma 刺蝟病發作的當下，小悠識趣地大哭起來，眼淚嘩嘩地掉，面膜都劈了半邊，小悠說她打開瓦斯爐的時候，突然感覺很餓，於是不想死了，便煮了碗泡麵。不過，見到二位閨蜜之後的眼淚是真的，她說她死心了，要徹底跟她的男神告別。

小悠嘴裡的男神，某偶像男歌手，小悠從初中就瘋狂迷戀他，發誓今後一定要成為他的女人，大學為了他學的編導，畢業後想盡一切辦法認識他，後來一次偶然的機會，成了他的生活助理。只要對方一有通告，就會帶著小悠，看似夢想實現了大半，人生得以完整，結果付出了慘痛代價。因為男神說小悠太瘦，助理要胖一點帶

出去才有氣場，於是小悠用半年時間增重二十多公斤，胖得非常有誠意，外加上常年奔波，日曬雨淋的，原本一個成都白妹子，活生生折磨成了塊黑炭，跟蘇雯和Emma走夜路的時候，經常被她倆虧，「咦，怎麼有件衣服飄在空中。」

小悠說昨晚陪她的男神跟朋友聚會，其間一直有個野模挑逗他，結束之後各自回家，到了半路，小悠發現男神的鑰匙在自己包裡，於是折返回去給他。在小悠的心裡，男神是負責帥的，乾淨美好得跟喝檸檬水一樣，絕不輕易開葷，更不會在誘惑面前低頭。沒想到到男神樓下時，看見他竟然摟著那個野模進了自己的高檔公寓。

說完小悠哭得更厲害了，Emma繞過一堆零食包裝袋和飛著蒼蠅的外賣盒，把抱枕砸在她臉上，然後開窗戶通風，她覺得這間屋子裡的病毒能輕易把她殺死，她甚至想拿消毒水往小悠身上澆，順便治治她腦回路的問題。

「你們能理解嗎？失戀的感覺！」小悠拽著抱枕抽泣著。

「人家壓根兒就沒理過你，還失戀，你頂多算一低級病毒沒了宿主，活生生等死罷了。」Emma的嘴一刻也不閒著。

小悠撇著嘴轉頭向蘇雯尋求安慰，蘇雯忙搖頭說：「別指望我理解，就是因為無戀可失，結果現在失業了。」

「為什麼，你那些心靈雞湯不是挺多人喜歡的嗎！」小悠成功被轉移話題。

「是啊，現在是個人都能講道理，我隔壁那家小孩，3歲就能把他媽說哭了，就連你小悠腦殘的時候還能冒金句呢，道理多了就成了傷疤，誰願意整天跟自己過不去啊！」Emma捏著鼻子夾起衣

架上的襪子說。

　　這下換蘇雯沮喪了。

　　「你啊，真該好好談場戀愛，經歷了一見鍾情、激情、失戀之後，你的寫作人生才可以完整，否則你真以為外面那些母貓動不動嗷嗷叫是因為經痛呢。」

　　「母貓也會經痛嗎？」小悠問。

　　Emma 想罵回去，但又覺得浪費口水，索性翻了一個非常飽滿的白眼當作回應。

　　「我明天還是去找一下總編吧。」蘇雯靠在沙發上，若有所思地說。

　　當地有一個叫「蘇荷」的酒吧，每逢週四週六，有外國的辣妹表演，康康作為這些香豔情報的第一手線人，自然少不了組局宴請兄弟。陸燦跟康康小時候是同住一個四合院的鄰居，第一次看 A 片是康康帶的，第一次吻女生是康康逼的，第一次談戀愛也是康康牽的線，本以為兩個人可以一輩子對酒當歌把妹泡，結果這個淫少半路成了富二代，高中沒畢業就被爸媽送出了國，再回來的時候，成了陸燦和阿歡他們公司的風投股東，於是組成鐵三角，自此江湖狼煙四起。

　　酒吧的人越來越多，陸燦喝了兩口酒，在一邊刷起手機。

　　「幹什麼啊你，有妹子不看，抱著手機意淫。」康康搭著陸燦的肩，按下他的手機鎖屏。

　　「老闆讓我明天就交報告，我哪有時間寫啊，又不想爽你約，就只能拚一下拿著手機敲了。」陸燦又按亮螢幕。

「我說兄弟，用不著那麼努力，報告就算不交，你這業績升總監也是絕對沒問題啊。」

「誰知道。」陸燦的語音剛落，就被阿歡驚慌失措的尖叫給嚇住了。台上的辣妹開始扭著屁股假模假式地脫衣服，阿歡掙扎著想看，但又不好意思，索性用手遮住眼睛，露出指縫偷看。

「你就這點出息！」康康敲了一下阿歡的頭，阿歡嚷嚷，「人家害羞嘛！」「你再給我『人家』一下，信不信把你扒了丟台上去！」康康暴躁地把阿歡的臉擠成一團。

陸燦笑著搖搖頭，繼續在手機上寫起報告來。

第二天蘇雯一早就到了出版社，殷勤地給總編帶了她最愛的美式咖啡。

「給您加了脫脂奶。」蘇雯把咖啡放在總編桌上，掛著一張剛格式化過的笑臉。

「說吧，想幹什麼？」總編把咖啡推到一邊，不吃她這套。

「我就是想來跟您聊聊下本書的事。」

「不是都說不簽了嗎？」

「總編，您看我都已經寫了一大半了，當時找來的那麼多家出版社我都給拒了，您現在不給出，我確實尷尬，您說我一個沒工作的大齡女青年，不寫書，我真的就要喝西北風了。」

「你喝龍捲風都跟我沒關係，機會又不是沒給你。你說說你，第一本可以寫大學生找工作的心靈雞湯，第二本是找工作的心靈雞湯第二部，行吧，我忍。第三本了，你又是職場心靈雞湯，結果我印了 1 萬冊現在都還堆在庫房裡呢，現在可是第四本了，你告訴我

還要寫雞湯，一直喝湯也是要喝吐了吧，你的人生除了講道理能有點別的花樣嗎，你怎麼比我還無趣呢？」

「總編，我人生就是這樣啊。」

總編越聽越怒，從抽屜裡抽出一疊資料夾在桌上，「這個是昨天青春部那邊討論出來的選題，你要想有出路，就轉型寫言情去，否則出門左轉，前面有個收容所，裡面住著舒服。」

蘇雯看了看選題題目：愛情的感覺。她感覺腦袋缺氧。

「不寫就放桌上，我有很多『90後』作者等著出書呢。」

「寫！」蘇雯大吼。

「漂亮，給你一個月時間，逾時不候。」

陸燦的老闆是個 30 多歲的女強人，從小在單親家庭長大，無比獨立，對自己狠對別人更狠，大學靠全額獎學金獲得英國交換生機會，在英國遇上了現在的外國老公，生了小孩後，禁不住全職太太的寂寞於是回國創業，獨闖蹊徑開了個幸福體驗公司，成了國內外雜誌都爭相報導的創意產業新興紅人。

老闆在公司是出了名的辛辣刁鑽，沒人能逃得過她溫婉笑容下的鋒利匕首，特別擅用全世界通用逼死人不償命的溝通黃金二字──呵呵──讓你體無完膚。在陸燦交上熬了一整晚用手機趕出來的報告時，老闆掛著老牌微笑快速掃了一遍，然後放到旁邊，跟他閒話家常起來。

「陸燦，你今年多大了？」

「……29。」陸燦說。

「跟女朋友結婚了嗎？」

「沒、沒有。」

「什麼時候叫她來跟我吃個飯，你看人陪你體驗了那麼久生活，結果還沒嫁給你，不應該啊，讓我跟她聊聊。」老闆手裡來回轉著中性筆。

「跟您說過，這丫頭特別怕生。」陸燦眉頭微蹙，用力繃著一抹微笑。

「呵呵。」老闆的筆掉到桌上，陸燦不敢講話了，心裡默默把眼前的畫面按了靜止，在時間暫停的間隙，他已經自動套上防彈裝備，罩好安全帽，準備英勇就義了。

「你升總監的事兒，先暫時擱置吧。」

「……為什麼？」炸彈在陸燦身邊爆炸。

「下個月，有家知名電視台要給咱們公司做個特輯，深度記錄幸福體驗師和其女友的生活，帶給觀眾十個最幸福的方案。大家推薦你和阿炳，但阿炳說把機會讓給你，自願退出。那個傳說中給你立下汗馬功勞的女朋友，該見光了，咱們公司能不能擴大宣傳，就靠你倆了。好好表現，這事如果做好了，總監的位置給你坐，否則，呵呵。」

陸燦沉默，殘缺的防彈衣掉下來，身上全是槍打的窟窿。

後來，陸燦碰見過同事阿炳，他眼神飄忽，在陸燦耳邊悄聲說，你葫蘆裡賣的什麼藥，我都知道。陸燦一身雞皮疙瘩，平日的謊話終於有了報應，在一個月之內去哪兒找一個三頭六臂的女朋友，弄十個實在的方案呢。

Emma和小悠說蘇雯這麼多年感情空窗的主要原因是太糟蹋自

己，在所有女人開得嬌豔的時候，甘心做一株雜草。20多歲就穿媽媽們才買的衣服，用的護膚品也是廣州工廠生產的那種，素面朝天，連起碼的放電都不會，簡直對不起胸前那讓人豔羨的傲人雙峰。於是在蘇雯接受新書選題後，Emma特意為她請來自家的造型師和服裝編輯，立誓要改造醜小鴨，從根源上給她找寫作靈感，徹徹底底把她丟給一個男人，感受愛情的冷暖，享受生活的饋贈。

當最後蘇雯以一身超過七萬元的行頭現身「蘇荷」的時候，路人都以為是哪個明星來了，那些穿A貨的小妖精風光不再，眼睜睜盯著自己的金主們紛紛掏出手機偷拍蘇雯。一旁的小悠也不閒著，穿著一身大紅色的長裙，拎著LV包時不時擋住蘇雯搔首弄姿，最後被Emma一句話打回原形，喪氣地縮在她們身後，「再貴的東西放在你身上，也讓人覺得你窮得不省人事。」

康康跟阿歡在「蘇荷」裡已經掃視一晚上了，目標是找一個四肢發達頭腦簡單的純潔少女愛上陸燦，幫他解決後顧之憂。但陸燦不為所動，直覺出入這裡的女生，就算把全世界最浪漫的東西放到她們面前，應該也只會問「多少錢」。

直到他看見蘇雯。

「那個不錯。」康康揚起下巴示意陸燦。

陸燦看著蘇雯，若有所思地點點頭。

「哥兒們，你儘管上，最後若是愛上了那就皆大歡喜，若是搞不定，等電視台錄完節目，哥用錢把她打發走……」康康看到Emma拖起尾音，鬆了鬆領口，像看上獵物一般接著說：「旁邊那個交給我。」

「我呢？」阿歡小聲嘀咕。

「那隻送你。」康康指了指小悠。

「前面9點鐘方向那三個男的看到沒，那個摸領子的，一看就是純種渣男，堅決不能收，旁邊那個有劉海的，可能是個妹妹，依我看，就中間那個最正常。」Emma給蘇雯小聲分析道。蘇雯用餘光瞟了眼陸燦，短髮，長臉，簡單的T恤襯得肌肉線條很好看，像是那些潮流雜誌裡的男模，標準的衣架子。

「他們過來了耶。」小悠躲到蘇雯和Emma身後。

「別怕，這裡黑，沒人能看見你。」Emma安慰她。

那晚他們簡單寒暄之後，康康闊氣地叫來兩瓶威士忌，玩起真心話大冒險，傳說中只要在這個遊戲裡親吻的男女，勢必會發現自己究竟想親的是誰，而後或成就一段佳話。康康用盡所有招數撮合蘇雯和陸燦，但兩人就是輪不到一起去，Emma又從始至終保持高冷，沒一個遊戲能難倒她，最後都報應在自己身上，跟小悠親得最開心，哦，還有阿歡。

在小悠第八次跟康康接吻之後，她已經記不清自己男神長什麼樣子了，她身體裡的荷爾蒙急速分泌，以前看過的韓劇和春夢裡跟男神發生的桃色片段全都自動腦補，她恨不得下半輩子給康康生無數隻猴子。

到了後半夜，Emma打了個冷顫從椅背上坐起來，才發現自己睡著了，回頭一看，阿歡醉得在一邊唱京劇，小悠抱著康康的大腿躺在他褲襠，兩個人睡得十分溫馨，蘇雯和陸燦已不知去向。

「蘇荷」的對面，夜宵排檔還開著門，蘇雯滿足地吃完一碗蹄花，抬頭見陸燦皺著眉辛苦地咬著一塊豬蹄，結果肉沒咬下來，掉到碗裡濺了自己一身湯。

　　「吃蹄花要用吸的，」蘇雯笑著噘起嘴教他，「喏，對著骨頭這裡。」

　　陸燦用力一吸，結果把自己嗆到。蘇雯忍住笑遞紙巾給他，只見陸燦直接把臉湊過來，在紙上蹭了蹭。手指碰到他的皮膚，蘇雯覺得自己肯定臉紅了。

　　「你是做什麼的？」陸燦問。

　　「哦，我啊，自由職業。」

　　「哇哦，所以是富二代？你這拎包我在雜誌上見過，人民幣後面得跟四個零吧。」

　　「哈哈哈，這都是跟 Emma 借的，我就是一文字工作者。」

　　「明白，職業水軍，」陸燦笑了笑，「或者是點評化妝品的，你們女生都愛這個。」

　　蘇雯用大笑來掩飾尷尬，「你就當是給 Emma 他們雜誌做外援的吧，那你呢，做什麼的？」

　　「我啊，逗女孩開心的。」陸燦沒好意地笑。

　　蘇雯也笑。

　　「你今晚開心嗎？」陸燦問。

　　蘇雯點點頭，攪拌起碗裡剩下的蹄花湯問：「所以，要付你錢嗎？」

　　兩個人又繼續笑，眼看氣氛稍微有些緩和，突然 Emma 打來了電話，蘇雯藉口上廁所躲到大排檔的小隔間裡。Emma 問她戰況

如何，她說在對面啃豬蹄，能感覺到對方白眼翻到了天靈蓋上，Emma 義憤填膺地說：「主動！看上眼了第一招就是想辦法跟他回家，親親抱抱即可，絕對不能讓他全壘打，第一晚是女人的黃金矜持期，也考驗一個男人靠不靠譜，第二晚你再大大方方給他上，好肉煮熟了再吃，對你沒壞處！」蘇雯聽完有點頭暈，好像剛剛喝的酒現在才起了反應，於是跟 Emma 說自己感覺有些醉了，Emma 趕緊補充，「很好，就是要醉，假裝醉到不行，說沒玩夠，說要跟他走！」蘇雯頭更暈了。

　　蘇雯扶著牆出來的時候，見陸燦趴在餐桌上，把他叫醒後，他居然喊頭痛說起胡話來，蘇雯整個就呆住了。陸燦嚷嚷著還沒玩夠，蘇雯眯起眼睛，也假裝微醺起來，配合他說：「那我們去哪裡啊？」陸燦身子開始晃悠說：「去我家吧，我家酒多，繼續喝！」蘇雯茫然地盯著他，吞了一口口水，說：「好啊！」

　　陸燦的家不大，簡單的一房一廳，牆壁刷成湖藍色，傢俱又是乾淨的白，像是到了希臘。到家後的陸燦藉口去廁所，打電話給康康，剛才用了康康說的辦法把蘇雯帶回家，接下來他不知道要怎麼辦，想說電影裡這時兩人已經啃上了。康康說：「點到即止，如果對方對你一見鍾情不可自拔，那你就撲倒，戴好套，拒絕一切創造新生命的可能，」陸燦剛想問為什麼他聲音那麼抖，就聽見小悠放浪形骸的喘息聲，陸燦撇起嘴，「康康你不會吧。」康康清了清嗓子說：「我不入地獄誰入地獄，做男人吧，得把大愛灑向人間啊啊啊啊。」然後電話就掛了。

　　「第一次跟男人回家的感覺，像是要打一場明知道肯定會贏

的仗。」蘇雯在手機裡記錄心情。

「在做什麼？」陸燦拿了兩塊薰香蠟燭出來，問她：「薰衣草味道的喜歡嗎？」

蘇雯把手機藏在身後，點點頭。

他們看著點燃的蠟燭，在床頭坐了有十分鐘，直到兩人心裡的鬧鐘同時響起來，才轉頭開始熱吻對方，陸燦用手撫摸她的身體，蘇雯起了一身的雞皮疙瘩整個人貼到他身上，鉤住對方的脖子，二十多分鐘後，陸燦突然鬆開嘴，問她：「覺得浪漫嗎，刺激嗎？」

蘇雯愣住，腦子裡掠過很多高級詞彙，但最後脫口而出：「非常浪漫！非常刺激！」

然後二人就結束了，背靠著對方乖乖躺在床上，蘇雯掏出手機記錄，「舌吻的感覺，就像是吃著剛出爐的起司蛋糕，表面起伏不定，口感綿密得像奶油，但有人規定你只能吃一口，於是哂吧幾下吐出去，過會兒再吃一次，直到化掉。」

陸燦也在一旁寫下，「帶女孩子回家，點蠟燭，主動吻她，她會感覺浪漫。」

他們簡直可以入選史上最有科研含量的邂逅。

天雷勾動地火，正中雙方下懷，蘇雯和陸燦自然而然在一起了。陸燦把在電視劇裡學到的橋段悉數用在蘇雯身上，為蘇雯精心製作了「燦爺美食地圖」，把自己這麼多年在這座城市裡吃過的獲五星好評的餐廳全部標記了出來，結果蘇雯不愛那些山珍海味，就愛吃黃燜雞米飯，害他變成人肉外賣，大老遠跑到二環上最出名

的那家店買一份黃燜雞米飯。生活上蘇雯是個很無趣的宅女，晚上寫東西，白天大部分時間都在補眠，陸燦想學文藝片男主角在她家樓下舉著一捧藍玫瑰驚喜，結果等了一天，花都蔫了，蘇雯還在睡覺。

好不容易出門約會，在人潮最洶湧的百貨公司前，他打開後車廂，粉色的氫氣球飄出，結果其中一個在蘇雯臉上炸開，還惹來了保全。

他把那些客戶高讚的情侶 App 介紹給蘇雯，私密聊天，心想女人都愛壞壞的男人，於是有時候正經得像個三好生（學習好、品德好、身體好），有時候又色得翻江倒海，奈何蘇雯完全不解風情。連讓阿歡曾經充分肯定的在擁堵的車流裡奔跑，跑完整條街，蘇雯送來一臉鄙夷，因為下一條街更堵，且還沒空車。

陸燦引以為傲的浪漫招數，在蘇雯身上全軍覆沒。

不過蘇雯倒是覺得陸燦滿身萌點，看他每天為自己忙碌的樣子，感覺就像面膜取下來發現皺紋變淺了，像終於變成了吃多少都不胖體質，像是眼睛裡感覺顏色的那部分機能失調，路上的行人樹木高樓都褪成了灰色，只有陸燦是彩色的。

原來愛情這麼容易獲得，也這麼美好。蘇雯覺得自己這二十多年感情空窗，遇見陸燦之後，全都值得了。

七夕節那天，蘇雯和陸燦像普通情侶那樣約會，逛街，看電影。電影看到一半，突然陸燦把牽著的手收回去，蘇雯轉過頭，發現他抹了把眼淚，電影裡白百何得了癌症，彭于晏抱著她哭，蘇雯心想，真是一個淚點低的男人啊。結束後為了讓他收拾心情，

蘇雯提議去玩密室逃脫，難得沒說回家宅著，陸燦欣然答應。後來到了才知道，蘇雯選的密室主題是個日式鬼屋，叫「魂之盜夜」。

信誓旦旦說罩著他的蘇雯在進去後的第一個房間，就被房頂掉下來的皮球砸到腦袋，開啟了全程尖叫模式，縮在陸燦身後看他鎮定地解密。

後來兩個人被困在第三關，陰森的房間裡只有一盞吊燈亮著，陸燦怎麼也找不到線索，開始敲起牆壁來。

蘇雯緊貼著他，轉移話題緩和心情，「你剛剛為什麼要哭啊？」

「白百何哭得太醜了，嚇的。」

「噗，真想向她的腦殘粉舉報你。」

「噓……」陸燦把手指放在嘴唇上，蘇雯見狀立刻撲到他懷裡不敢說話。果真牆壁有一塊是空的，陸燦用力一推，整面牆連著他們兩旁的牆壁向前移動，身後露出了最後一間房的通道。

「因為我覺得很可惜，兩個原本能走在一起的人，最後走散了，是世界上最遺憾的事情。」陸燦進去之前，對蘇雯說。

最後一個房間，放著幾個穿著和服的無頭人形模特，等他們把地上帶鎖的盒子打開時，模特兒突然動了一下，只見房間的天花板慢慢朝他們壓下來，蘇雯嚇得已經長在了陸燦身上，她看盒子裡的畫布上畫著一個小女孩跪在和服模特面前，模特右手上揚，左手摸著小女孩的頭，於是讓陸燦趕快抬起模特的右手，自己則跪在地上，怯生生地抬起模特兒的左手，一下下摸自己的頭。

結果當然沒有反應。

天花板越來越低，情急之際，陸燦發現面前模特的衣褶和畫

上的前後順序反了，於是不慌不忙地調整好衣服，密室的門就開了。

蘇雯披頭散髮地被陸燦牽出去，她說她再也不玩密室了。

吃宵夜的時候，陸燦問她，去鬼屋浪漫嗎，蘇雯一口水差點沒嗆著，正想說一點都不，但想想躲在陸燦身邊的感覺又換了口風，不一樣的浪漫。陸燦會心一笑，在手機上記下，「一個女人喜歡你，其實不在乎你們去了哪，做了什麼，而是跟你在一起的時候，你有沒有讓她覺得，你是在乎她的。」

「你在寫什麼啊？」蘇雯問。

「哦，寫一點心情。」

「什麼心情？」

「記蘇小姐跪在女模特前，監視器旁的密室工作人員笑成狗的一天。」

蘇雯哈哈大笑，覺得面前這個男人，實在是太可愛了。

那晚蘇雯在電腦前，起筆新的故事。女主角是一個沒心沒肺的小白領，偶然在某個酒局上玩大冒險認識了男主角。她寫道，跟男主角戀愛之後，她就像小狗遇見主人，那笑得叫一個蠢啊。

是啊，戀愛沒有別的感覺，她未雨綢繆想像的所有情節最後只退化成一件事。

看著陸燦，傻笑。

康康 30 歲生日的時候，請好兄弟去香港旅行，還盛情邀請了 Emma 和蘇雯，他的主要目的當然是泡 Emma，但到了機場後，小悠左手抱著一個嘻悠猴（一款網路卡通貼圖）的公仔，右手拖著一個屎

黃色的行李箱跳到他身上，嗲嗲地說不捨得花康康的錢，就自費跟了過來。雖然康康恨不得立刻把這隻女版包青天就地處決，但為了在 Emma 面前保持一個「中國好男人」形象，認栽地對小悠露出專業的八顆露齒笑。

陸燦早就做好了四頁紙的攻略，準備帶蘇雯度過一個難忘的假期，這下兩兩配對，只剩下阿歡和 Emma。阿歡除了蹭旅行外，最重要的目的是去看張智霖在紅館的演唱會，他跟 Emma 說，以前對他是喜歡，後來演了《衝上雲霄》後就是愛了，純羨慕又嫉妒的那種愛，Emma 說，得了，想擁有的那種愛還差不多。

張智霖演唱會那晚，阿歡早早就到了現場拍照裝 B，演唱會開始後，見旁邊的位置沒有人坐，便索性一屁股坐中間，呈大字形看演出。張智霖第一首歌唱畢，有人拍了拍他的肩，說屁股挪過去點，他轉過頭，Emma 露出一張被老公捉姦在床的臉。

「我是無聊才來看的啊！」Emma 紅著臉解釋道，結果當晚每首歌她都跟著張智霖邊唱邊哭，唱到〈歲月如歌〉的時候直接現了原形，她說，你知道嗎，我有那麼多藝人朋友，但在他面前，我就永遠有那個粉紅少女心。

於是兩個人揮著螢光棒一起陪他唱。

後來是 Emma 渴了，坐在外面的阿歡自告奮勇去買水，結果這個路癡出去後找不到回來的路，一個人蹲在門口聽完了全場。結束後發現手機沒電關了機，他四處張望找不到 Emma，便拿著給她買的水出去了。

阿歡在紅館外的十字路口準備叫車，聽見 Emma 在後面叫他，「你是白癡嗎，我打了你十幾通電話，一個人走了也不跟我說一

聲，這麼不靠譜，真不敢相信我跟你是同一個物種！」阿歡被她噴得委屈，他說：「我以為你走了，我想你也不會願意跟我一路回去啊。」Emma皺著眉，「你又不是病毒，我幹嘛不跟你一起回去？」阿歡說：「我喜歡女生的，剛剛你激動的時候拉我的手，我都會害羞的。」Emma尷尬起來，她說：「你能換個例子嗎？」然後招手攔了一輛計程車，坐上了後座，阿歡愣在車外不敢動，「進來啊！白癡！」Emma又罵他，阿歡立刻躡手躡腳地坐到她身邊。兩人全程沒有講話，直到阿歡把礦泉水遞給她，Emma看著已經被捏皺的包裝紙，抬眼對他說了聲「謝謝」。

也是這個晚上，康康把小悠送給他的嘻悠猴從酒店窗戶扔了出去，他對著小悠大喊：「這位巨嬰，一夜情而已，你情我願的，第二天就各找各媽了，你真不用上我這裡找奶，你真以為我是跟你談戀愛呢？」

小悠哭著衝出康康的房間，這時男神打來了電話，問她最近這段時間怎麼不上工，她抹了把淚，回頭看了眼幽深的走廊，然後對男神說：「對不起，我要辭職了。」

洗完澡出來的康康聽到門鈴聲，他從貓眼裡看了看，沒人，以為是惡作劇，轉身又覺得不對勁，打開門的時候，地上放著那只被他扔出去的嘻悠猴。

第二天，蘇雯和陸燦脫離購物的大部隊，去迪士尼樂園過二人世界，一進園，兩人的心理年齡就瞬間低了20歲，又是跟人偶拍照，又是在各個娛樂項目間興奮地尖叫。在坐了三遍「飛越太空

山」後，蘇雯啞著嗓說她好幸福。

因為蘇雯喜歡《怪獸大學》的蘇利文，於是後半段的行程基本都在紀念品商店裡買買買，蘇雯選得開心，在一個鑰匙鏈上犯選擇恐懼症時，回頭想尋求陸燦幫助，陸燦卻不見了。

五分鐘前，陸燦在紀念品店門口看見一個穿黑裙子的長髮女人，他拋下蘇雯去找她，結果因為下午5點的花車遊行被人群衝散，等到人群散去，長髮女人卻消失了，他心裡被封存許久的感情抽絲剝繭，焦急地四處張望，後來在廣場上一個賣氣球的工作人員那裡再次看見她。

她正抱著一個兩歲大的小孩，跟一個儒雅的中年男人在一起。

陸燦跑過去，拍那個女人的肩膀，叫了一聲「韓沁」。女人轉過頭來，陸燦發現是自己認錯了人，但她從眉眼、身段到氣質，確實特別像他以前認識的那個人，便不知不覺中一直盯著她，站在她身邊那個看著像是她丈夫的中年男子見狀護住妻兒，警惕地把陸燦逼向一邊，睥睨著眼神像是隨時要開戰一樣，這時站在對街的蘇雯，也看到了這一幕。

康康問過陸燦，你放下了嗎？自從韓沁患腦癌過世之後，你有從陰影裡走出來嗎？

五年前在陸燦求婚的當夜，那個青梅竹馬的韓沁毫無徵兆地倒下了，一睡就是一輩子，剩下陸燦在最需要人陪的時候獨行。經歷了消沉的那段日子後陸燦突然明白了，他說人到最後終究還是一個人，沒有人有義務陪你，為你負責，於是任憑多少人在他身邊來來去去，他也不曾停下有些許留戀，一晃就是五年。

康康問：「兄弟，你對蘇雯認真了嗎？」

他說：「我不知道。」

「我覺得她是真喜歡你。韓沁的事過去這麼久了，能放下就放下吧，扛著沉，哥們兒看了心疼你。」

從香港回來之後，蘇雯就消失了，除了不間斷地微信回絕陸燦吃飯的邀請，便再無音信。陸燦回歸到朝九晚五的上班族生活，看著已經記滿筆記的本子，問過自己無數遍，喜歡蘇雯嗎？從一開始就把對方當作籌碼，讓她喜歡上自己，給公司交差，最後好聚好散，要換作以前的他，肯定是做不出來的，但現在默默跟康康上了賊船，也變得這麼不負責任了。

若僅是收集十個浪漫感受，那怎麼會收集到現在，有種悵然若失的感覺，倒不是可能面臨著沒有女友錄節目的窘迫，而是在為對方做了那麼多以前沒做過的事，突然停滯，感覺茫然起來。

「我不生氣，不代表我沒有脾氣，我只是在等待適當的時機，一刀砍了你」，老闆的奪命電話一響，陸燦的思緒從幾千里外奔回來，他看了看錶，不知不覺到了下班時間。

辦公室裡，老闆把客戶的回饋扔在桌上，她輕描淡寫地說：「這個月的電視台特輯如果沒搞好，總監的位置就給阿炳吧。他業績比你差，但客戶評價都很高，你知道為什麼客戶給你的評價越來越差嗎？因為他們說你的浪漫越來越難實現，你跟你那小女友每天生活得有這麼驚心動魄嗎？你是很努力，努力到九分又怎樣，別人往往只看得到你做得不好的那一分。有時候，選擇比努力更重要。」

陸燦灰頭土臉地出來，在電腦前發了會兒呆，在同事們準備收拾下班的時候，一個送花的快遞進公司，叫了陸燦的名字。

　　一大捧雛菊，沒留名。

　　同事七嘴八舌開他玩笑說女友品味挺特別啊。

　　後來這捧雛菊只是冰山一角。收到雛菊的第二天，陸燦又開始收到各種便當，從川菜、杭幫菜到壽司、烤麵包，雖然這些便當跟餐廳裡做的有差距，但每份食物都有種奇妙的熟悉感。最誇張的一次是某個加班的晚上，收到一大份包裹，上面寫著「蜜雪兒的深夜急救箱」，字下面畫著一個大大的紅「十」字圖案，他打開箱子，當場就跪了，原來是一個點心盒，裡面放了他所有愛吃的零食。

　　吃到話梅的時候，他就哭了。

　　想起雛菊是他跟韓沁去公園踩鴨子船的時候，看見水上漂著的，陸燦全部撈起來，他說，最喜歡這個花；想起那些便當，是這座城市裡他跟韓沁最愛去的餐廳的招牌菜；想起急救箱裡的零食，費列羅（義大利巧克力品牌）是韓沁以前嫌貴，每次只吃一半，把另一半留給他的，話梅是陸燦一煩心的時候就會吃的東西。

　　他以為韓沁回來了，於是第二天發了瘋地從快遞那裡尋找寄件人的蛛絲馬跡，最後來到了蘇雯的公寓前，看著她拎著幾袋蔬菜回家，纖瘦的身子像一道陽光打下來的陰影，到了暗處就散了。

　　他後來才恍然，他跟蘇雯在花店前買多肉植物時，自己在雛菊前發了好久的呆；那些便當的菜系，是他送給蘇雯「燦爺美食地圖」裡的；費列羅是他們逛超市，自己拿起來看看又放下的。所有失落的細節，原來早被蘇雯看在眼裡，以為這些都是他喜歡的。

　　做著幸福體驗師，結果被對方製造著浪漫。

說起當初從事這一職業，像個情場老手教客戶製造浪漫，其實也是為了彌補對韓沁的虧欠。跟蘇雯在一起後，自己原形畢露了，其實，他根本不懂如何讓愛的人真正幸福，他才是愛情裡失意的一方，根本無計可施。

　　那天陸燦直接到了蘇雯家裡，看她拿著菜刀一臉驚訝，家裡凌亂得像剛被偷過，滿屋的油煙味。陸燦把她抱在懷裡，問：「你消失這一週，就躲在家裡做菜啊？」她說：「不然呢，讓一個只會吃的人做菜是很不容易的。我忍住沒有去問康康你過去的事，反正從香港回來後，我就覺得，不管你過去怎樣，至少在此刻，你是我的陸燦，此前跟你在一起，我都在明白獲得，現在，我只想專注付出。」陸燦抱著她，心裡全是自責，或許現在只有這個擁抱，能化解所有的尷尬和眷戀的過去。

　　晚上陸燦沒有走，他們躺在床上，保持靜默，放著輕音樂，薰香味道很濃，像是馬上要進行一場儀式。蘇雯感覺全身發燙，從沒這麼緊張過，聽 Emma 說第一次會很痛，她這個連打針都害怕的人，萬一過程中掃陸燦的興怎麼辦。除了自己的胸還能爭口氣，她對自己的身材一點自信都沒有，印象裡看過一次陸燦裸上身，標準大胸六塊肌，如果看到她的肚腩，會不會以為要跟一包子做愛？轉念又想，就要正式擁有這個男人了，便莫名多了一份變態的期待，她聽到自己肚子嗷嗷叫，像是十年沒開葷的色胚，看到小羊羔自己把自己烤熟掛架子上，口水流了一地。

　　蘇雯的心臟快跳出來了。這時，陸燦打起了呼嚕。

　　色坯現在想自行了斷。

與此同時，在康康家的別墅裡，從跑步機上下來的小悠一身大汗地黏在康康身上，這已經是她住進別墅的第三天了，儘管康康說他只是動了惻隱之心收留了一隻流浪寵物，哦不，流浪野獸，但小悠仍然活在自己的粉紅色世界裡，甘心一輩子纏著她的主人。她用身體乳把自己塗成一塊發亮的黑森林蛋糕，然後穿著玫紅色的睡衣像一尊被烤焦的臥佛躺在床上，等康康洗漱完出來，差點沒被這個場景嚇死。他坐在床上，再三強調：「我不喜歡你啊，只是作為一個靠譜男人，負責照顧你的。」小悠仰起腦袋，露出脖子上的「米其林」，妖嬈地說：「那我就是負責乖乖懷孕的。」

　　「你給我死開啊……」康康話沒說完，就被小悠環住脖子，把他按倒在床上，隨後整個房間傳出康康銀鈴般的笑聲……和叫聲。

　　陸燦沒有再每天變著花樣地想浪漫招數，而是順其自然地跟蘇雯相處，沒工作的時候就在家陪她看電影，也不再費心研究什麼美食地圖，而是偷學了黃燜雞米飯，在家做給她吃。蘇雯看書，陸燦打遊戲，即便不說話，也不覺得尷尬。陸燦很久沒有在他的筆記本上記錄了，最後一次，還只寫了一句話：最好的浪漫，就是平淡地相處。你知道對方就在那裡，很踏實，所有的時間都得以安放，像是忘記你們正在談戀愛。

　　終於把身體送給陸燦之後，蘇雯刻意避開他，在家趕了一天的稿子，新的小說已經快臨近尾聲。她寫道，女主角第一次跟男主角親熱，感覺就像是吃了一大口中心無籽的西瓜，像是在炎熱的盛夏突然飄來一朵下著雨的雲，像是懼高患者站在來回晃動的木橋上，又興奮又害怕，很想跑起來。

晚飯後，兩個人窩在沙發上看電影，蘇雯躺在陸燦懷裡，不知不覺就睡著了，再醒來的時候發現陸燦一直默默地看著她，蘇雯虛起眼，把臉貼在他的胸膛上，害羞起來。

　　「再過幾天，我們就在一起滿一個月了。」陸燦的聲音很溫柔，像是在講一個秘密。

　　「是啊，好快。」蘇雯若有所思地點點頭。

　　「能答應我件事嗎？」

　　「嗯？」

　　「明天去見一下我老闆。」

　　「啊？為什麼？」

　　「她跟我一樣，期待你的出現很久了。我必須要讓她看看，我的女朋友有多麼優秀。」陸燦笑起來，瞳仁在客廳昏暗的光線下閃著光。

　　「燦，我想跟你說個事，關於我的職業，其實我不是 Emma 的外聘編輯，我——」蘇雯剛想說，便被 Emma 的電話打斷了。

　　電話裡 Emma 聲音很低沉，她說：「我出車禍了，現在走不了路，你不用大驚小怪，也別哭啊，你瑪姐福大命大，現在什麼都好，就想喝碗排骨湯，你今晚好好睡個覺，明天來醫院陪我。」

　　也正是這通電話，把蘇雯和陸燦看似趨於平淡的生活，翻起了波瀾。

　　第二天一早陸燦醒來的時候，蘇雯已經走了。

　　蘇雯拎著從 Emma 最愛的中餐館裡打包的排骨湯，敲開病房門，看見 Emma 右腿被掛在半空中，躺在床上像個少女一般噘著嘴，

阿歡在一旁餵她排骨湯，見蘇雯進來，阿歡嚇得直接一勺倒在了Emma身上，Emma大叫著：「白癡，燙死我了，你是要謀殺嗎！」

「好像我這碗有點多餘啊。」蘇雯把排骨湯放在桌上，打量了一下他們，心想一大清早千里送湯，這倆啥時候成好姐妹了。

「小悠跟康康去廈門了，讓他來照顧我，姐妹情深。」Emma摟住阿歡的肩膀解釋道。

嗯，她一定懂讀心術。

見到蘇雯後，Emma的刺蝟病復發，前前後後罵了一個小時，聲情並茂地講自己是如何開車碰到一隻野貓結果方向盤一轉撞樹上的，罵到動情之處，還拍了一下自己的右腿，結果痛得嗷嗷叫，沒想到阿歡反應神速，起身安撫Emma，還倒了杯白開水遞給她，讓情緒衝到頂峰的Emma當場就怒了，她嚷嚷：「生病喝白開水，痛經喝白開水，我腿骨折了也讓我喝白開水，白開水這麼解百毒，人白開水（意指對方像白開水無趣不解風情）知道嗎！」

「人家是看你講了這麼久，口乾啊。」

「舌頭捋直了再說話。」Emma凶他。

蘇雯聽著他們倆一人一句，生病、痛經等關鍵字往腦子裡灌，她需要時間以及空間來消化這個不爭的事實。兩個人越說越歡，直接拌起嘴來，蘇雯正想找機會開溜，Emma對阿歡吼道，「你還不去上班，以為公司是你開的啊。」阿歡一聽急了，吼回去，「你信不信我跟我們燦爺一樣也找個女朋友上電視，分分鐘當領導，到時候我就杵這兒天天陪你。」

「你咒我一輩子走不了路是吧！」Emma的京腔冒出來。

「阿歡，你剛剛說什麼？」蘇雯問。

陸燦給自己做了早餐，還沒吃兩口，老闆的奪命電話又打來，讓他現在立刻改一份方案，他欣然答應，順便跟老闆約了下午的時間，要帶女友見她。

　　陸燦打開蘇雯的蘋果電腦，因為不太習慣蘋果的作業系統，點開PPT的時候，不小心把未保存的文檔也滑開了，是蘇雯的稿子，他正準備關，偶然看見上面寫著完稿於2014年10月20日，於是鬼使神差地讀了幾段。

　　情節好熟悉，情感好熟悉。隨便打開幾個便箋，也全是跟他相處的心情紀錄。別人的名字，自己的故事，

　　陸燦去公司前給蘇雯打了個電話，對方關機。他心裡覺得失落，攔不到車，便落寞地進了地鐵，地鐵裡有跛足眼盲的乞丐，

　　陸燦取出錢包，給了乞丐300塊錢，順帶把他跟蘇雯在迪士尼城堡前拍的拍立得也一起給了他。

　　整個下午，陸燦都消沉地躲在自己的座位上，下班前老闆叫他去了辦公室，問他，聽節目編導說女友掉鏈子（意指關鍵時刻出差錯）了？他把筆記本藏在衣兜裡，只是遠遠地站著，像個犯錯的小孩一言不發，兩個人僵持了一會兒，老闆沒了耐心，起身準備離開，辦公室的門突然開了。

　　阿歡佝僂著背走到辦公室裡，故意躲開陸燦的眼神，悻悻地跟老闆說：「老、老闆，陸燦的女朋友來了。」

　　兩手插在風衣口袋裡的蘇雯，出現在門口。

　　陸燦後來怎麼也記不清那天蘇雯說過的話，只記得她淡定地

跟老闆寒暄，還讓他把那本筆記本拿出來，一頁一頁地翻給老闆看，上面全是讓她幸福的方法，遠遠超過十個。

沒有哪個女人能招架得住這樣一個懂得浪漫的男人，和消費感情的混蛋。

她甚至還錄了那個電視台的節目，全程像沒事似的，對著鏡頭一直誇他，陸燦幾度想終止錄影，但看著攝像機背後的老闆又退縮。錄製結束後，陸燦拽住蘇雯的手讓聽他解釋，結果那些「雖然開始是目的，但結局是真愛」的告白也變成牽強的說辭，蘇雯就是接受不了，勇敢付出的愛情，竟然是一大盤棋局，今天來錄了節目，就不欠他了。陸燦也覺得委屈，勾著腦袋來回踱步，一衝動指著蘇雯大喊道：「我看過你的稿子了，也看過你的選題策劃書了，你明明是寫書的，為什麼要騙我，為了感受什麼叫真愛拿我當試驗品？那請問我給你創造的靈感還好嗎？或許我們可以再轟轟烈烈一點，你也好有更多素材！」

「所以你要給我什麼素材？」蘇雯滿臉是淚。

陸燦向空中擺擺手，然後頭也不回地走了。

下班時間的路上，滿世界都是行色匆匆的路人，他們路過了多少悲傷與相聚，看見情人接吻，愛人吵架，早已練就得不動聲色，彷彿只是早上路過煎餅攤，看見店主剛出爐一塊香噴噴的煎餅。這個城市太大了，每天有多少愛情故事上演，相聚離分，「我愛你」與「我恨你」不過是轉眼一瞬。

《重慶森林》裡說，不知道從什麼時候開始，在每一個東西上面都有個日子，秋刀魚會過期，肉醬也會過期，連保鮮膜都會過期。

我開始懷疑，在這個世界上，還有什麼東西是不會過期的？

蘇雯看到這兒的時候，問過陸燦，如果兩個人足夠愛對方，愛情應該不會過期吧。

陸燦當時沒有回答，他在心裡默默想，愛情，無非就是鎧甲和軟肋，堅硬到可以匹敵世間萬物，也能脆弱到分秒之間便歸於破敗。

只是他沒想到他們之間會以這樣的方式，宣告破敗。

蘇雯失魂地在路上走著，兩個匆忙的情侶從她身邊跑過，女的對男的吼：「就跟你說該打的啊！電影都開場了！」男的無奈，「是誰睡到現在才起來啊？」

她面無表情地向前走了兩步，看見陸燦平時最愛吃的那家餐廳排起了長隊，一男一女在點單，男的怪女的菜點少了，女的嘟起嘴說：「幹嘛，減肥不行啊？」男的笑道：「你四十幾公斤還減肥，讓體重超過三位數的其他女人怎麼活啊？」

一陣秋風經過，蘇雯覺得冷，把手放進風衣口袋，正準備走，

看見鞋帶鬆了，她蹲在地上，把鞋帶一圈圈繫上。

回到家裡，蘇雯再也忍不住，淚水滂沱，她意識到一些很嚴重的事，就是不會有人對她吼「是誰睡到現在才起來」卻耐心地等她睡飽，也不會有人跟她說「你其實一點都不胖」，她跟那個每次都幫她繫鞋帶的男人在一個小時前告了別。

就像是本來生活裡所有地方都充斥著的回憶，突然之間跟你一點關係都沒有了，曾經一同走過的地方、一度養成的習慣，全變成了傷疤，一碰就疼，此前天地都不怕，現在最怕回憶翻滾。

感覺自己的人生，突然變得突兀起來。

蘇雯打開電腦，重新改寫了小說的結局。

電台隨機播到華語情歌，蘇雯邊寫邊哭，因為由始至終都是謊言，女主角最後跟男主角分開，自此，這個世界上的電影都只有一個主題，吃過的東西說過的話亦不能再提，當時聽不懂的情歌，到現在都有了意義。

Emma 出院那天，蘇雯和阿歡都來了，Emma 看見阿歡就跛著腳用手包砸他的腦袋，嚷嚷著你們這些做不法勾當的渣男都去死，看起來是誓死站在蘇雯這邊，結果轉頭看見一個高個美女朝阿歡走過來，殷勤地牽住他的手，跟阿歡獻殷勤，說是以前的客戶，Emma 就受不了了，像是見到紫薇的容嬤嬤（《還珠格格》角色），憤憤地叉腰橫在他倆中間，仰起頭用鼻子指著高個美女問：「你誰啊？」

高個美女答：「我是 Sophia Lauren。」

「你是什麼玩意兒？」

高個美女尷尬地翻著白眼走了。

阿歡和 Emma 都笑了，突然 Emma 臉色一沉，阿歡忙像照顧小主一樣點頭哈腰地扶她。

他倆向前走了兩步，Emma 才反應蘇雯還在後面，回過頭想說抱歉，蘇雯笑著向她擺擺手。

真好，女王最後也有了歸宿，她披荊斬棘，扛著一身的氟利昂氣息（一種製冷劑，意指高冷女）愛過無數金主富二代，最後拜倒在一個小太監身上，也不失為最好的結局。

往往意想不到的才難忘，男女互補才是天生一對。

想想也是幾天前，小悠從帛琉打來國際長途幫她療情傷，說

跟康康的環球旅行計畫正在往南半球擴展，還說在帕勞碰到了自己的男神，康康非常男人地在男神面前親了她，男神現在就是一坨翔（一坨屎。源於一名「軍神李翔」網友自稱是一坨屎，後其名中的「翔」便成為「屎」代名詞），她說自己現在瘦了十公斤，掛電話之前，還說，蘇雯，康康向我求婚了。

　　兩個月後，陸燦向老闆遞交了辭職信。

　　老闆很詫異，勸他好不容易坐上了總監的位置，好好考慮，他婉言謝絕了。交完辭職報告，便馬不停蹄地收拾座位，他看見自己腳底下的那個空落落的「蜜雪兒的深夜急救箱」，一陣回憶湧上心頭。

　　想到那天看到這些零食，終於願意放下韓沁的時候，他就在心裡對自己說，冬天賴床的時候，明明已經醒了，也知道不能再睡了，但還是捨不得溫暖的被窩，那時覺得沒關係，就再睡一下吧，因為你知道，你總會起床的。是時候起床了，外面有一個更值得擁抱的人。

　　當時蘇雯在自己懷裡問他愛情會不會過期，他確實猶豫過，也確實想過他們有一天會因為一些事變得陌生，只是想不到那麼快就抱不到佳人，到了保質期的愛情，瞬間就變成記憶裡的美好。

　　他其實好不甘心，覺得自己特別幼稚。

　　陸燦離職後，老闆無意中看到他的辭職信後面貼了一張紙，明顯是從他的那個筆記本上撕下來的，上面寫著陸燦的筆記。

　　「最好的浪漫，就是平淡地相處。你知道對方就在那裡，很踏實，所有的時間都得以安放，像是忘記你們正在談戀愛。」

「所以我們這個工作，其實早可以廢了。」

「陸燦你是死了嗎，這麼久才接電話！」電話裡 Emma 尖利的聲音把半夢半醒的陸燦直接抓回現實，宿醉的腦袋傳來一陣鈍痛，他歪著頭，有氣無力地聽著 Emma 說話，「蘇雯要走了，說是回老家，她那本小說根本就沒交上去。我跟你說姓陸的，你做多少混帳事，跟她隨便怎麼分手都行，但你現在弄得她要活生生從我身邊離開，我就不樂意了。」

陸燦沉吟半晌，問：「什麼時候走？」

「剛給我打的電話，人都在路上了！」

陸燦騰地坐起身子，不管亂成一團糨糊的頭髮，套上羽絨衣就奔了出去，一到樓下，視界裡白茫茫一片，這是入冬以來的第一場雪。

路邊沒有一輛空車經過，最可恨的是連黑車都沒有，他把手伸進袖子裡，狠狠打了個寒顫。

跟 Emma 通過電話之後，蘇雯就關了機，她看著霧濛濛的車窗發呆，手裡拎著一捆書，都是她之前的作品，昨天這個時候，她到出版社跟總編見了一面，總編問她為什麼在一個月期限到的那晚，把發來的文稿郵件撤回了，她說，很多事，自己知道就好了。

蘇雯說，那些潸然淚下的愛情故事她真的寫不了，既然取悅不了更多的人，那她就選擇讓自己開心吧，不能印刷成書，還有微博博客很多可以寫東西的地方，隨手寫寫心靈雞湯，做自己的太陽也好。

蘇雯寫的這部愛情故事，被永遠塵封在自己的硬碟裡。

在她改過的那個結局裡，女主角說了這樣一段話：

多希望現在認識你，而不是當初，我不知道你有沒有真心喜歡過我，但沒關係，因為我愛上你了。

在愛情面前，我們都不是好人，不然我怎麼會允許你就這樣從我身邊離開，而我也不敢在你背後大聲叫住你，請再看我一眼，再抱我一次。縱使此生我們都不會再見面，但我仍希望你過得好，至少比我好，不然我會不開心。

如果最後一定要說什麼來終結我們的故事，那就三個字吧。

對不起。

計程車堵在二環。

蘇雯用手抹開車窗上的水霧，一片雪花黏在窗上慢慢融化，恍惚間看見前面有一家黃燜雞米飯，那是陸燦經常為她打包的店。

蘇雯看看錶，對師傅說，放我下來吧。

時間過去二十分鐘。

在陸燦最無措的時候，一輛 Land Rover 停在他面前，車窗搖下來，康康叼著菸，把墨鏡摘下一半問，帥哥去哪兒啊。

下雪天戴墨鏡作不死你，陸燦笑著上後座，旁邊穿得像一棵聖誕樹的小悠向他說：「Hi！」

即便大雪造成擁堵，但康康把車開得像玩命關頭，抄小道用幾分鐘就走上了大路，陸燦盯著手機上蘇雯的微信視窗，輸入框寫

著一句「等我，別走」，手指冰冷地僵在半空中，遲遲不敢按下發送。直到一晚沒充電的手機最後一格電量耗盡，螢幕變黑，他才如夢初醒，還在矜持什麼呢，陸燦自責道。

在上機場高速前，康康問他：「二環現在很堵，我們要不要走三環啊？」

「嗯。」陸燦心不在焉地應和。

下雪的城市，萬事萬物像是融進了一個慢鏡頭，康康吐著的煙圈緩慢上升，他打了右轉方向燈，準備變道。

陸燦心裡全都是蘇雯，睡著時砸嘴的樣子，吃到黃燜雞米飯時眼睛忽閃忽閃的樣子，覺得自己好像養了一個小孩，忍不住逗她，親她，疼她。

他們頭頂上方路過向右轉進入三環的指示牌。

在迪士尼樂園坐飛越太空山的時候，蘇雯一直拽著陸燦尖叫，她說，以前一直不知道這些爬上爬下、飛來飛去的遊樂設施有什麼意義，現在懂了，在每次失重向下墜落或是嗓子眼被扯著向上狂奔的時候，只要身邊能有人一直牽著，就有了冒險的意義。

「我願意一直跟你冒險。」

紅燈亮起來，慢鏡頭結束，路虎車臨近路口，減慢緩行。

「我們還是走二環吧。」陸燦突然抬起頭說。

那個時候我們都以為愛是我喜歡你，你喜歡我，以為愛是我所希望的就是你所希望的，以為愛是兩人份的炸雞，是一個香噴噴的屁，是被手肘壓住的長髮，是開在土地裡卑微的花，後來才知道，愛是金風玉露一相逢，便勝卻人間無數，是相看兩不厭，

以陪伴互為終點；愛是舒服的沉默，是和有趣的人一起浪費人生，是靈魂伴侶，是原來你也在這裡。

　　還好我們最後都懂了愛。

　　還好最後是你。

Just for
Meeting You

和你
趕上

最好的
相遇

No.

07

這個世界上的愛情分為多種，一種是心靈伴侶，靠一碗雞湯秉承愛就是不見也不散；一種是卑微如塵，對方給你一巴掌，你還會關心他手為什麼這麼涼；另一種是彼此折磨，兩個人像周瑜打黃蓋，一個願打一個願挨；還有一種是無間道宮心計，互相猜，好像瞅準了看誰先出軌似的；最後一種，是心照不宣的曖昧，就像電影裡說，你想和她上床，她也想和你上床，你們都知道總有一天你們會上床，但不知道你們會在哪一天上床，這就是最好的時光。

　　以上，Mickey 小姐翻了數十個白眼，在她眼裡，愛情只有一種，那就是騙與被騙，簡單如菜市場買菜，不用動之以情，曉之以理。

　　之所以這麼說，這要翻開她驚心動魄的戀愛史。Mickey，南國小美人，初戀在大一，愛得死去活來，畢業時男友哭著說父母要把他送去英國讀研究所，為此 Mickey 還咬牙送了他一條名牌手鏈，見鏈如見人，結果沒倆月就看見他跟別的女人在隔壁王阿婆家吃冒菜（成都小吃，冒指快速煮熟之意），那條手鏈明晃晃地掛在小三手上。被渣男欺騙硬是療了一年傷都沒痊癒，那個時候她土醜土醜的，於是瘋狂瘦身美容，終於熬成天鵝，男人便如外賣自帶保溫上門。

　　男人成了她最唾手可得的東西，Mickey 當即下了決定，不做帝王的三宮六院，揚言要當武媚娘，讓天下男人都來爭寵。她在不同男人面前變成不同的女人，遇到保護欲強的，就二十四小時裝脆弱，看 3D《鐵達尼號》哭，看 3D《史瑞克》哭；遇到動漫愛好者，就穿著女僕裝約會，一、二次元無障礙轉換；遇到霸道總裁，就每天嬌滴滴被陣風都能吹跑；遇到花心男，就成了耐追的綠茶婊（意指外表清純卻工於心計，玩弄感情的女人）；遇到色胚，就把自己捆好放床上。

用周星馳的話說就是：其實，我是一個演員。

幾輪下來，十二星座集齊，她聲稱對男人瞭若指掌，精采履歷攢到一起都能寫個前任攻略。她有一個閨蜜叫大花，大學同個社團的，男友是公務員，不過性格保守呆愣，遲遲不敢求婚。一早從良的大花作為 Mickey 這一路輝煌戰績唯一的見證人，沒少忍住去報警的衝動。她最大的心願，除了男友有天被雷劈了大膽跟她求婚，就是希望 Mickey 能再次墜入愛河，嫁做人婦，沒有買賣就沒有殺害。

大花本以為這個心願要再兜售個三五年，結果中途被人出高價買了。

故事起因是這樣的，Mickey 被大花拉去一家新開的 Pub，看那個傳說中讓女人流淚、男人沉默的帥主唱。Mickey 起初還不以為然，結果直接掉坑裡，主唱聲音溫柔得像有砂紙在心口磨，唱歌的樣子又認真到讓全身荷爾蒙不自覺打架，腦中那根弦，突然一緊，彷彿一躍回到大一，看到男人就好奇的自己。

主唱說得沒唱得好，中間串場的台詞兒都結巴，因為緊張不停揉搓那一頭自然捲的傻氣樣子，全然陶醉的 Mickey 燃起一個變態的想法：想聞聞他的頭髮。

嗯，揮了再久「老娘不愛」的大旗又怎樣，還不是一見鍾情，沒得商量。

她通過強大的情報網搞到主唱比人肉搜索還詳細的資料。周沛，28 歲，老爹是政府官員，某原創音樂網站人氣歌手，說話急了會口吃，頭髮除了捲且天生黃，海賊王控，喜歡聽蘇打綠陳綺貞田

143

馥甄，至今還有寫博客的習慣，最愛的導演是王家衛，念念不忘，必有回響，跟他前任女友分分合合五次，單身一年。

基本確定對付這種男人，要變身女文青。她跟大花打賭，用三天時間讓周沛愛上她。

Mickey 把頭髮燙直，摘掉假睫毛，扔了口紅，鋪上輕薄的 BB 霜，穿上碎花棉麻衣，腳踩 Converse，揹著帆布包，製造各種與周沛的偶遇，高密度刷臉。

這天周沛唱完歌，在 Pub 門口碰上拎著行李箱的 Mickey，他瞪著圓滾滾的眼睛，指著她的行李箱一臉疑惑，Mickey 用平淡的語調說：「哦，剛從機場趕來看你演出。」完了再送上一抹恬淡的微笑。她心裡想，「好了，他現在一定覺得這個偶遇多次的女生很柔弱，保護欲頓時氾濫。」果不其然，周沛乖乖幫她把行李箱搬上自己的車，說送她回家。一路上，Mickey 始終保持一副不食人間煙火的樣子，路過一片亮著燈的樹，她突然非常認真地問：「帶我走好嗎？」她的聲音很輕，但周沛竟然點點頭，然後就帶她回家了。

只用了兩天時間，他們好上了。

周沛有一個自己的 LOFT，上面一層是臥室，堆滿了各種海賊王公仔，下面一層準確來說都是工作間，因為從進他家門口到錄音室，都堆滿了各種 CD、音響、吉他和鍵盤。

周沛寫歌的時候，Mickey 也在他的鍵盤上有模有樣地亂彈，在錄音室錄音，Mickey 就拿出安妮寶貝的書看，看累了，放起蘇打綠的歌。等周沛休息，就陪他一起看海賊王，看到艾斯之死，哭得不能自已，鼻涕流一地，說什麼也要寫一篇文章表達此刻澎湃的感情，於是打開了博客頁面。

她做的每一件事，都會迎來周沛的目瞪口呆，結巴著說：「我們的愛好簡直……一模一樣。」Mickey 表情淡如水，亮著明媚的眸子，從肺部無力地冒出兩個字：「是，嗎。」

在心裡樂開了花。

兩個文藝青年相處融洽，生活處處有驚喜。有天早晨，Mickey 從夢中驚醒，與周沛四目相對，嚇得她打了個激靈，周沛帶著盈盈笑意，在她臉上留了個吻，然後把她手機遞給她，說：「有人給你發了個信息。」

Mickey 接過來一看，差點昏倒，某前任發的，「老婆，我怎麼不能給你微信發消息？」

只見 Mickey 哈哈大笑，尷尬地瞪著眼解釋說這是她閨蜜大花，互相叫「老婆」萌萌噠，還當著周沛的面給大花一個電話打過去，張口就喊：「老婆，你再發一次試試，估計是你信號不好！咳咳咳。」

聽著咳嗽的暗號大花翻著白眼全程配合，掛上電話後，她那個呆子男友在旁邊一臉無辜地問：「我怎麼聽見剛剛電話裡有人喊你老婆，而且還是個女的……」

事後大花在電話裡嚷嚷：「米琪琳你這個賤人！」Mickey 哭笑不得，連賠了好幾個不是，不過沒忘了威脅她，再敢叫她大名，就搶了她男人。是的，Mickey 有一個特別的大名，她略有文化的爹媽一定不知道，如此甜美可口的名字，有一天會變成輪胎品牌名。

讓輪胎小姐沒想到的是，這條前任的信息只是噩夢的開端。

某天他們在劇場門口準備看話劇，周沛排隊買票，Mickey 就在街邊晃著她的棉麻裙子老實等著，結果那個前任又出現了。此男被

甩之後全然變成了另一個人，清秀小臉長滿了鬍碴，毛孔大得像是剛把臉擱地上吸了個塵，他不確定地叫了 Mickey 一聲「老婆」，Mickey 警惕地盯著他，倒吸了口涼氣，「你認錯人了，Mickey 是我姐姐，因為得了絕症，才故意跟你分手，前不久去世了，節哀！」說著 Mickey 邊抹眼淚，邊指著不遠處的山說：「家姐就葬在上面，她希望你能勇敢，不要難過，做最好的自己。」聽完後，那前任一把鼻涕一把淚地塞給 Mickey 一筆錢，就朝那座山跑去了，嗯，用跑的。

看完話劇後周沛問她，買票的時候跟她說話的男人是誰，她果斷地大手一揮，「大學義教認識的一個學生，多年沒見，孩子長這麼高了。」

後來又發生多起此類事故，前任們像約好似的回這裡閱兵，在她微博下面評論刷屏的，在星巴克寫個博客突然跪地求復合的，甚至用個叫車軟體，都能碰上轉行當司機的。不過 Mickey 運氣好，靠她三寸不爛之舌和堪比奧斯卡影后的演技平安度過，直到周沛在她的衣服口袋裡掏出一枚鑽石戒指。

時間如同被任性的教授凍住，Mickey 盯著那枚戒指，以往任何囂張的謊言都捉襟見肘，她依稀看到過去的畫面，某個在杜拜遇到的前任說愛她愛到不能自拔，在帆船酒店最頂樓，跪地，掏出了這枚戒指閃婚，她接過來，說讓我考慮一下，然後第二天，就帶著這枚戒指逃回國了。

周沛把吉他抱在胸前，把戒指往自己無名指上套了套，露出一個天真的笑容，說：「鑽石好大！」

「這是大花的！」Mickey 激動得都破了音，撥弄著自己的空氣

劉海，煞有介事地強調：「這是大花她上司給她的，怕被男友看見，暫時放我這兒，你可別露餡了。」

周沛信了，做了個噓聲的手勢，點頭如搗蒜，那一頭鬈毛也跟著抖。突然從這一刻開始，Mickey心裡升起一陣愧疚。

後來，為了圓這個謊，她硬把戒指給大花戴上，大花說本來這根無名指只能留給公務員男友，一百萬個不情願，但看到這麼大克拉的鑽石，全然忘了自己的承諾，男友先一邊去吧。結果接過戴上去忘了摘，被男友看見了，不能出賣Mickey，啞口無言，那個傻愣的男友一時間竟無比篤定，一口咬定她在外面有人了，翻天覆地地吵了一架，流著男兒淚出走了。

大花把戒指摔在Mickey身上，哭著說：「你以為愛情就是這樣容易，隨你糟蹋嗎？這幾年我真的受夠了，誰沒失戀過，以為把身邊的人弄得遍體鱗傷你就贏了，但你知不知道，那些男人最多就是抹把淚，翻個身照樣瀟灑人生。你呢，除了最後只能用化妝品遮你臉上的皺紋，你得到什麼了，他們一直都是火焰，你才是那隻飛蛾，誰都不傻，根本就沒有任何人在爭著寵你，他們只是爭著看你有多麼可笑。米琪琳，如果今後全世界都恨你，一定記得還有我，我也恨你。」

失去大花，Mickey的人生從此多了一大半的陰天，因為她發現再也沒有第二個像大花這樣的朋友了。宿醉之後，她把遮瑕膏塗在黑眼圈上，拚命用夾板拉直頭髮，她對著鏡子裡的自己說，Mickey，你一點都不快樂。

她獨自消化了傷心，繼續扮演那個美好的文藝青年。周沛在原創網站的歌曲點擊量又創了新高，好幾家唱片公司拋來橄欖枝，

要給他出個人專輯，於是那段時間，他都窩在家裡，蹲在一排的樂器前寫歌錄歌。Mickey 還是彈著他的鍵盤玩，又怕吵到他，就坐在錄音室外，靜靜看著他，隔著玻璃悄悄在空中撫摸他的鬢髮，突然覺得自己觸摸到了彩虹，好像她忘記跟大花說，自己早就對眼前這個男人動心了。

　　「有些人淪為平庸淺薄，金玉其外，而敗絮其中。可不經意間，有一天你會遇到一個彩虹般絢麗的人，從此以後，其他人就不過是匆匆浮雲。」這是她看過的電影裡，最喜歡的台詞。大概就是現在這樣的心情吧。

　　因為越來越忙，周沛在 Pub 做告別演出，最終曲唱畢，圍著他的美眉們無限傷感，但等他正式把 Mickey 介紹上台後，氣氛變得微妙起來，台下射來無數道奧特曼打小怪獸的雷射，Mickey 虛起眼睛，想用力記著那些恨她的臉，目光最後落在那張再也熟悉不過的臉上。

　　她看見了大學的初戀。

　　四目相對以後，只見他緩緩走到台前，舉起手問周沛，能否讓他唱首歌。不明就裡的周沛樂呵地把他請上台，還招呼身後的樂隊配合，然後拉著全身僵硬的 Mickey 走到台下。

　　初戀唱了一首〈盛夏的果實〉，這是他們大學的定情歌。唱完歌，他說了一個故事，他曾經很喜歡一個女孩，但因為她那要命的自負，像變相囚禁一樣把他一次次逼退，終於讓他下決心離開她。現在這個年代，感情都是你情我願，不喜歡就是不喜歡了，勉強對誰都沒好處。結果那個女孩為了報復他，想盡辦法破壞他跟新女友戀愛，直到他們分手。後來她用不同身分騙了更多的男人，

148

自以為是地供養那顆高高在上的自尊心，踐踏所有人的感情。她最新的獵物是一個主唱，就在剛才，那個主唱還傻乎乎給大家介紹了她。

故事講完，台下立刻嘈雜起來，一向能言善辯的 Mickey 一時間丟了話語權，刻意與周沛保持一段距離，不敢看他。只是沒想到周沛把吉他往地上一丟，上前指著初戀的鼻子大罵道：「說什麼呢，存在感也太強了吧，你剛剛也說了，是你先離開了她，就因為人家黏著你，就被無辜掛上一個『前女友』牌子，你跟人剛在一起的時候，怎麼沒嫌她黏人呢，等到她死皮賴臉地把時間端平了送給你，你一句不喜歡了，就白耽誤她四年，人家憑什麼不報復！女孩不是用來給你人生漲經驗值的，是用來疼的，你先把這件事搞清楚！」

周沛字字鏗鏘，竟然沒有結巴。觀眾傻了，其中一個胖女孩帶頭鼓起掌，周沛熄了火，他按住瘋狂跳動的額角，回過神，Mickey 已經不見了。

一路塞車，等周沛到家，Mickey 已經清空了她的東西。空氣淨化器突兀地冒著蒸汽，地上還是一堆散落的 CD，好像這個家從來沒有女主人出現過。

Mickey 把杯裡的最後一口酒灌進喉嚨，用力咳嗽了一聲，整個人癱軟在桌上，意識趨於模糊，心臟抽搐著疼，再加上冷風一吹，後背騰起一陣雞皮疙瘩，她覺得自己是不是快死了。

突然一件衣服搭在她身上，Mickey 抬起頭，是大花。

「被拆穿了就走啊，幹嘛還這麼戀戀不捨。」她在 Mickey 身邊坐下，那天在 Pub 發生的事她都聽說了，「騙人也要騙得有點骨氣吧。」

「我喜歡他。」Mickey帶著哭腔喃喃道。

大花一陣沉默後，搶過身邊服務員盤子裡的酒，悶頭就是一整杯，恨不得把杯子都吞下去。想起距離她們上一次這麼喝酒，還是在Mickey第一次失戀的時候，那時的她還紮著頭髮，小圓臉，一身的奶氣，看看現在她這狼狽的鬼樣子，說不出的心疼，自愧欠了她好多杯酒。

那晚，兩個失戀的女人醉得不省人事。

這年的跨年，公車站燈箱都換上了周沛新年音樂會的廣告，地點在中央廣場，將首唱他最新單曲。那晚Mickey和大花都去了，她們在人流中差點沒給擠吐了，實在沒這能耐，只能遠遠地看他。

一個多月沒見，周沛好像瘦了，他頂著那頭標誌的鬈髮，接連唱了好幾首別人的歌，終於輪到唱自己的歌之前，他結結巴巴說了好長一段關於夢想啊人生啊的文藝感言。

俗套，Mickey想。

不過歌是真的好聽，廣場上人真的也越來越多，她們兩個瘦小的身子被人群推搡著，直到看不見周沛。大花勸她：「別再苦苦盯著這只風箏了，你現在放手，他能飛得更高，他根本不是你能擁有的人啊。」

Mickey抿著嘴，踮腳張望了一下，然後把臉縮進圍巾裡，轉身想走。這時，周沛在台上說，接下來這首歌，要送給一個很傻的女生，我知道她一定在現場，我想讓她知道，我喜歡她。

前奏剛一響，Mickey努力去想這段旋律為何似曾相識。她突然停住，眼圈唰地一下紅了，嘴巴和鼻子邊氤氳著霧氣。周沛溫柔的聲音灌進耳膜，Mickey突然轉身往回擠，四周的路人皺著眉惡狠狠

地凶她，大花見狀也跟著跑上前，抓著Mickey的胳膊，幫她一起擠，送給那些人同樣不懷好意的眼神。

兩個「少女」擠得可開心了。

人嘛，就是要在關鍵時刻不要臉，我們平時就是乖太久，才會在愛降臨的時候，按部就班，像是經不起一點委屈的溫順兔子，被雞湯洗腦，高喊著要在愛裡活出自己的口號，一遇到刁難就折腰。其實在愛面前，我們什麼都不是，我們並沒有想像的那麼偉大，清風能醉人，塵埃能致命。既然如此，不如徹底放肆，破壞規則，最是青春留不住，青春也不須留。

Mickey想起了，過去她在鍵盤上憑空彈的每一個黑白鍵，都被周沛記錄下來，譜成了現在這首完整的曲子。

「十⋯⋯九⋯⋯」大螢幕上進入新年倒數，台下人聲鼎沸。終於擠到最前面的粉絲團裡，Mickey抬頭看著逆光裡的周沛，正與她四目相對，他取下話筒，用他的招牌笑容步步迎向Mickey，伴隨著整個廣場連綿不斷的倒數聲，他在話筒裡問：「你知道我為什麼說你傻嗎？」

Mickey眼眶裡堆著淚，匆忙搖搖頭。

「三⋯⋯二⋯⋯」周沛來到她面前。

他把話筒放下來，湊到她耳邊，悄悄說：「這位輪胎小姐，其實我早就知道你是怎樣的人了。」

「一！」

彩帶和煙火此時在空中亮起一片璀璨。

在Pub第一次看到Mickey，周沛就對她一見鍾情，為此緊張得連串詞都唸得結巴。事後用錢弄來一份關於Mickey事無巨細的資

料，米琪琳，26歲，無業遊民，曾是某時尚雜誌的服裝編輯，哭的時候會流鼻涕，在大學時經歷過一段失敗的感情，後來成為千面嬌娃，對男人有無窮自信，培養出了一支龐大的前任軍隊，秉承偉大哲學思想具體問題具體分析，喜歡聽各種男人喜歡的歌，喜歡看各種男人喜歡的電影，永遠處於戀愛或正要戀愛的路上，不過，這一秒還是單身。

他笑得燦若桃花，如此有難度，但他就愛挑戰，堅信能用真愛改變她。「各懷鬼胎」的兩個人會讓這個故事變得異常美妙起來。

好了，把畫面轉回跨年。

Mickey 和周沛在人群裡抱在一起，她一隻手努力捏著鼻子，仰著頭猛哭，生怕鼻涕流到周沛身上，等眼淚流乾，才想起大花去哪了。

人群那頭突然喧鬧起來，大花被擠在幾個壯碩的男人中間，像是在哭。Mickey 拽起周沛又是一頓亂擠，好不容易擠到大花面前，看見她的公務員男友正跪在地上，舉著一枚比當初那枚還大的鑽石戒指。

「白癡，誰求婚雙膝跪地啊，你在拜祖宗啊！」大花破涕為笑，用力地點了點頭。

後來大花老公給 Mickey 發過很長一段信息，大意是說，感謝你，要不是因為那枚戒指，也不會讓我終於鼓起勇氣帶大花走向下一段人生。

她回了一句，不客氣。

總結一下吧，這個世界的愛情無論是哪種，只要還稱之為愛

情，都不容易。

　　這個世界從不缺好的故事，故事的結局，靜香沒有嫁給大雄，晴子可能也就負責打開櫻木花道的初戀大門，有人曾牽手，但不會到最後。就像剛好在趕不同的列車，可能就與緣分失之交臂，抑或是原本以為能長久同行的人，結果提前下了車，看似遺憾，但人生海海，總要允許有人錯過你，才能趕上最好的相遇。

　　願你愛的和愛你的人，早日相逢，平安喜樂，萬事勝意。

親愛的，
好自為之

Just for
Meeting You

有一種女生的存在堪比《X戰警》的變種人，憑藉三寸不爛之舌和「我作故我在」的人生信條，在前方阻擊敵軍，在後方混淆視聽，讓討厭她的人加倍討厭卻不得不羨慕，讓喜歡她的人翻足了白眼卻怎麼也離不開，不費吹灰之力，佔地為王。

　　李萱就是這麼一個姑娘，用一張嘴開天闢地，除非終極怪獸跪在她面前求饒，否則絕不輕易拯救銀河系，因為嫌棄打打殺殺地弄髒衣服。

　　她的脾性，全仰仗背後有一個極品老媽。

　　年過半百，活得比18歲的小女生還精緻，每天衣服不重複，出門必是大濃妝。萱媽年輕時是鎮上的鎮花，在當時那個年代，每天都能收到好幾封情書，那確實是漂亮到驚天動地，土財主、官二代、小文青都追過她，但最後卻跟了一個賣酒的私營戶。她說人這一輩子，其實就是一汪安靜的清泉，如果想弄點漣漪，自己就去當那枚石子。於是她婚後跟老公一起打拚酒業，三年時間自己開了個酒廠，在最風光的年頭，聽別人說開賓館賺錢，就貿然把酒廠賣了，自己拚人脈路數，買地建賓館。頭幾年生意還挺好，2003年遇到SARS之後，賓館就垮了，老公邁不過這個坎鬱鬱而終。她卻不氣餒，拎著當時只有十幾歲的李萱從頭做酒去，中間過程之坎坷省略幾百字。現在她已經是某白酒的北方總代理，小男友從鮮肉模特到跨國公司年輕老總，各型各款，發出好人卡的次數甚至比李萱還多。

　　而李萱則成了名副其實的富二代，且還是個自帶背光頭頂隱形皇冠的女王富二代。

第一次失戀她給男友寫了兩千字的長郵件，把對方缺點標黑加粗，末尾不忘提醒一句「歡迎下個女友補充」。當然在她最難過的時候也哭過，但萱媽一句勸她就立刻愉快得像個彈力球蹦躂走了，萱媽說：「被郭德綱（中國天津人，相聲演員，亦曾擔任影視劇演員及電視脫口秀節目主持人。）甩了哭個什麼勁，這樣吳彥祖還敢不敢娶你了？男人就該分為三六九等，你現在碰上的這些都是給你練手的。」與此類似的還有李萱高考發揮失常，去了個不太理想的傳媒大學，萱媽就說：「妞啊，什麼大學都要有人上是不是？」

於是李萱在大學四年一路披荊斬棘，德智體美全面發展（主要是美），不給其他女生一點活路，當時在杭州唱花籃都能唱出一個自己的社團，成為校園神話的同時也付出了慘痛代價：沒有男生敢追她，形成了可持續發展的感情空窗。

好不容易挨到畢業聚餐，菜還沒上大家已經喝茫了，更有甚者，已經抱團哭了起來，其中有個矮個子男生紅著臉，端著酒杯慢慢挪到李萱面前，正準備運氣表白的時候，她突然拍桌對著服務員就是一頓吼：「我們從坐下來到現在已經四十分鐘了吧，一個熱菜都沒上，你當我們是過來表演酗酒的啊？」

然後，成功把男同學嚇跑了。

再然後，畢業五年的李萱已經成了知名唱片公司的宣傳總監，每天精緻地遊走在上海這座小資城市。第一次踏入上海，在外灘眺望遠處的東方明珠塔時，她浮躁的內心立刻得到和解，彷彿在前二十多年的苦海中掙扎遊走，就是為了尋覓這一座燈塔，自此，她洗心革面，痛改前非，全神貫注地認真裝起來，一句話主謂賓必

須帶英文單詞,一日兩餐(過午不食,若食必當誅之)必須講究營養均衡,每週必須做護理,每天微博上發的自拍必須得穿不同衣服出鏡(儘管為了省事基本都是雙休在家一次性拍完,儲備著每天發一張),朋友圈必須曬自己做的美食(樓下的餐廳叫的),諸多必須。就像有兩條平行的路,她在其中一條名為「作死」的路上走得特別體面,另一條全是迎面向她走來的男生,即便她擺手問好,都逃不過眼睜睜看著他們一個個成為錯過的命運。

　　27歲的李萱還沒嫁出去,準確來說,還沒談過一場超過三個月的戀愛。男人最怕的,就是在女人身上找不到存在感,李萱繼承萱媽的石子理論,給彼此生活激起千層浪,最後每個男人都帶著一身傷含恨離去。

　　為此,在感情史上奪得滿貫的萱媽沒少操心,很後悔教給女兒這套理論,因為別說郭德綱了,李萱的世界裡,吳彥祖都容不下。

　　她說女人沒有男人滋潤會更年期提前的,還說李萱公主病太嚴重,不過李萱倒是不在意,反擊說她從萱媽的肚子裡出來那刻,就已經進入更年期了,以及公主病是指窮人作大死,但她不是,儘管作,至少也是隻真金白銀的鳳凰。

　　事情變得有意思起來是因為一個專輯企劃會。

　　老闆給了KPI,公司今年要重推幾個簽約的新人,所以從專輯收歌階段,李萱就要全程參與。這次的企劃會,除了李萱都是男的,還有兩個專程從台灣過來的製作人。待她用慣常的客套微笑寒暄後,立刻像一座雕塑坐在人堆外靜默不語。

男人們都抽菸，於是整個會議室煙霧繚繞。那倆台灣人坐在一起，其中一個長得很像《花邊教主》裡的 Nate，這也是讓李萱全程冷面不語的最大誘因，雖然她孤傲得像是一隻不會分泌多巴胺的怪物，但仍然抵不住強大的男性荷爾蒙侵襲，在任何靠顏質取勝的男人面前，一定會有女人留燈。

這次，她開了雷射燈。

煙霧中李萱用餘光一直打量著高仿 Nate，直到對方從煙霧中伸出手朝他右邊指了指，她才抹掉嘴角的口水，傻愣愣地把桌上的礦泉水遞出去，「是要菸灰缸啦！」那個一直坐在 Nate 旁邊抱著吉他的台灣人打岔道，弄得好不尷尬。

在這之後，李萱與高仿 Nate 有過幾次眼神交流，雙方都帶著電伏，李萱默默轉動了一下自己的隱形皇冠，直覺八九不離十，等會議結束後看見微博提示一位新粉絲，她就冷笑了一下，好像終於收復了覬覦已久的城邦。

那個時候微信還沒開發出來，微博是時下最火的交流工具。自從那個台灣人加了她的微博，李萱就進入高級裝瘋模式，隨時等著對方第一條評論第一封私信，敵不動我不動。不過對方微博總共就發了十條，還都是轉發，一週了都沒動靜，於是她開始每天刻意發很多自拍照，上班造型，回家睡衣造型，連敷個面膜都要讓別人知道長啥樣，終於迎來對方第一封私信的時候，李萱都快哭了。

因為他問：「你是有開網店嗎？好多衣服和面膜，嘿嘿。」

見過那麼漂亮的賣家嗎！李萱感到自尊心嚴重受挫，義憤填膺地敲下一行字回過去：「沒有啦哈哈哈哈哈哈哈〔害羞〕〔害羞〕」

「很漂亮，我是上次在你們公司會上要菸灰缸的。」

「哦，好像有點印象。不過你是說衣服漂亮，還是人漂亮，還是說面膜漂亮啊？」發完這封，李萱想割腕自盡。

　　幾封私信來回之後，他們正式拉開了微博戀愛的序幕，那次企劃會第二天，對方就回了台灣，他們隔著海峽和陸地聊工作聊八卦聊政治，幾乎都用私信溝通，話說不完就打 skype（網路電話），事無巨細，每天抱著手機取暖。

　　好幾次終於聊到感情話題的時候，李萱都盼著對方露出男兒本色發幾個黃色笑話聊騷一下，但對方就是抓不到重點，最多也就停留在一個擁抱的表情。

　　本以為這段網戀會無疾而終，變成李萱寂寞生活的一小截陪襯，誰知在朋友生日當天，台灣人給李萱發了條私信，說專程飛來了上海，想見她。

　　要知道，李萱今天穿了一件金色鑲鑽的裹胸長裙去給朋友慶生，收到私信後，根本來不及換下，就找藉口放了朋友的鴿子，像參加頒獎典禮一樣拖著長裙去靜安寺的泰國料理店跟她的高仿 Nate 見面。初相遇那天他們連話都沒講過，這次李萱給自己下了軍令狀，勢必發揮畢生口才，絕不讓兩人落入尷尬，以及她已經做了一百二十個心理準備，只要對方開口，晚上就隨他去飯店。

　　私信裡對方說坐在窗邊，很顯眼。

　　確實很顯眼，李萱一進門就看見了，不過坐在那裡的是上次開會高仿 Nate 旁邊的吉他男。李萱當即心跳加速步履蹣跚起來，

在心裡默唸一定不要跟我打招呼一定不要跟我打招呼。

那個吉他男熱情地喊了她的名字。

喊的。

李萱覺得自己又一次失戀了，而且烏龍到連對方是誰都沒搞清楚，對她來說，那個吉他男像是大學時連名字都懶得記的一個同學，或是某個星巴克裡一臉沒睡醒的職員，平凡普通，還沒走入自己視線範圍半步，就提前畫了很大的一個叉。

剛好在人生又一次跌進谷底的時候，萱媽談戀愛了，海歸醫生，比李萱就大六歲。她躺在醫生的懷裡嬌羞得像個懷春少女，全程熱聊事業、旅行和未來，這些人生關鍵字像是一把把匕首直戳自己的親女兒身上，坐在對面的李萱恨不得把咖啡杯都捏碎了。

臨走前，萱媽問：「妞啊，你上次說那個台灣人最後怎麼樣了。」

「死了。」

「啊？」

「坐飛機的時候喝汽水嗆死了。」

「被嗆死」的吉他男叫方煜恒，名字起得跟瓊瑤戲男主角一樣偶像又文藝，但實則是個沒有生活情調、性情粗鄙的巨蟹男，每天的生活除了做音樂，就是宅在家裡玩 X-box，台灣最流行臉書那會兒沒趕上，後知後覺跟著大陸的朋友一起玩微博，但從不會發自己的照片，那天他確實向李萱要了菸灰缸，他也以為企劃會上李萱帶電力的眼神是看向他的，就連後來收到她嬌滴滴的私信，都肯定對方是對自己有意思的。

所以當李萱坐下不到五分鐘就藉口離開，然後回去發現不能

160

私信給她原來是被取消關注之後,方煜恒就覺得異常莫名其妙。打了幾天電話未果,在他動身回台灣當天,李萱發來一條私信,說她接受不了異地戀,就此別過吧。

正常的男人應該會想盡辦法要女方一個解釋抑或罵幾句髒話認栽收手了吧,但方煜恒倒挺奇葩的,發不了私信就在微博上放自己彈唱的視頻隔空獻愛意。

一唱就是一年。

他一直以為李萱有難言之隱,或是這個女生還沒準備好談一場轟轟烈烈的異地戀,他也根本不會想到,李萱對他的態度180度轉變的最大原因,就是愛的根本不是他這個人。

那一年,各大社交網站湧現很多翻唱偶像,方煜恒在眾多老外和華裔中脫穎而出,靠幾個簡單的和弦唱原創,視頻常被各大網站分享,因為歌詞都圍繞「不再聯繫」「我很想你」等虐心的字眼,被網友冠上了各種狗血故事,成了悲情男神。

當李萱終於看到這些視頻後,心就軟了,一邊哭笑不得地聽著那些藏著她名字的歌詞,一邊跟那些編故事的人吵架。有一次有些想念,想回頭看看他們的私信,才發現當時一衝動都給刪了。

說白了,全是寂寞使然。這一年,李萱轉行做了品牌公關,除了那次烏龍的碰面,她跟方煜恒再無半點交集。一切都還是老樣子,沒有特別的人闖進她的世界,她的世界也仍然只容得下一個主角。當她輾轉於飯局之間,靠酒精拿下一個個案子後,回了家仍然忍不住惆悵,這個年紀,卸了妝有皺紋,喝多了胃會痛。一個人住在 LOFT 裡,上下樓梯都覺得踩不穩,滿世界的寂寞。

也是這一年，萱媽跟她的海歸醫生結婚了，李萱說她在外面了這麼久，終於肯收心，安安分分找個家了。還記得婚禮前一晚，萱媽突然打來電話說要上她的 LOFT 來陪她睡，結果半夜哭出聲把李萱吵醒了，她像個孩子般抽泣著說，夢到萱爸了。

　　萱媽整個後半生兜兜轉轉這麼久，找了那麼多男人，卻始終成不了歸宿，不是因為自己貪玩，而是想通過各種方式忘記離開的人。在夢裡，萱爸給她斟滿了一杯酒，說酒這種東西，不用非得兩個人才能一起喝的。萱媽把錢夾裡唯一一張萱爸的照片抽出來，眼淚汪汪地說她現在終於不愛喝酒了。

　　李萱的工作經常需要做 PPT，一台放了薰衣草精油的水氧機，和塞滿整個播放清單的輕音樂就能讓她輕鬆地工作到下半夜，可能是因為作息的關係，時不時胸口會疼，她自己其實都不明白自己這麼拚到底是為了什麼。有時候實在撐不住了，就翻出方煜恒的視頻看看，每一個轉音，每一個煞有介事的小動作，都讓她忍俊不禁，真是呆到死的男人。方煜恒保持著每月兩首歌的更新頻率，李萱也養成了固定聽歌的習慣，但幾乎不評論，一來二去，時間又快進了一年。

　　不知道從什麼時候開始，方煜恒的唱歌視頻裡憑空多了個女人一起合唱，雙頰飽滿，眼波流轉，愛穿白色長袍，仙風道骨得像是從森林裡冒著煙出來的，評論頁面裡，多數是網友的八卦意淫和善意的祝福，唯獨時不時會蹦出那麼幾個留言說，這女人是誰，**醜醜醜醜醜**，沒錯是李萱發的。

後來，萱媽跟她的醫生以美國為圓心，環遊了大半個地球，因為經常不在李萱身邊，就花了一大筆積蓄在華山路附近給她買了棟別墅，請了個做飯的阿姨照料起居，還嗆她說反正這輩子嫁不出去，有大把時間可以在院子裡種花種菜，提前感受老年生活。

　　住進別墅的第一天，李萱就被超強地暖蒸得流了一晚上鼻血。

　　臨近 12 月的時候，李萱請同事來家裡開派對，喝得爛醉的她站在沙發上亂跳，全然失了形象，直到其中有個同事的鈴聲響起，她才停下，原來是方煜恒的一首原創。她突然命令大家不要講話，專心聽那首歌，那個同事嚇得不敢接電話，全部人傻愣愣地等鈴聲結束。李萱從沒感受到這樣的悵然若失，她鼻子一酸，背過身抹了把眼淚，一手拿著個空酒瓶病懨懨地晃著身子說：「我打小就覺得，我李萱今後肯定是最幸福的那個人，結果到現在，我連個幸福的影子都沒見到。上海真的太大了，大到有時我覺得一閉眼，所有東西都屬於我了，但是一睜眼，我除了能從金融卡裡找到自信，就根本什麼都不是，甚至連你們任何一個人都不如，一個人吃飯，一個人睡覺，一個人作到死，沒有人願意過來拉我一把，有一天我打個噴嚏都心肌梗塞，也沒人會敲我的門，連我自以為是的風景都沒有人肯來破壞一下，沒有人和我搶被子，沒有人帶我去旅行，更沒有人看到我的可憐兮兮。」

　　李萱覺得天旋地轉，腦子裡的酒精全變成了生化武器。鼻子再一次發酸，她以為是鼻涕，用手背用力一抹，全是血，然後身子打了個寒顫，向後栽了下去。

萱媽當初看張嘉佳的書看到哭，李萱就在一旁冷嘲熱諷，說見不得大叔瞎矯情，一看內容就想起少不更事時看的那些三五塊的雜誌，上面那些密密麻麻的豎條小字兒再配上一幅慘絕人寰的黑白插畫，絕了，後來她搭飛機的時候，碰巧同事也帶了那本書，於是邊讀邊在飛機上哭。還有一次，萱媽搭上了一個遊戲設計師，兩個人整天泡在家裡玩網遊，帶著李萱也有事沒事玩一會兒，不過她不喜歡跟他們去野外打怪升級，而是視死如歸地不停刷副本，她說老娘指著大怪物掉裝備，沒空跟你們打小怪，人生要搞就搞大的，後來她半夜爬起來，偷偷去野外刷經驗，因為那些從遊戲走到現實中的情侶玩家，都是在野外打怪時打出感情的。

　　她其實柔情似水，骨子裡也相信愛情，只是在現實面前，自負的皮囊高過一切，跟那些在愛情裡失意的種子選手，其實可悲得不分伯仲。

　　李萱的胸部長了腫瘤，去醫院做了手術，好在是良性的，術後做好調養即可康復。

　　動完手術那幾天她都惴惴不安的，總覺得自己胸小了，嚷嚷著那破醫生定是吸瘤子沒吸準，把脂肪一起吸了去。

　　雖然是微創，但傷口一動也會痛，李萱乖乖地宅在家，刷微博看劇，難得有靜若處子的時候。偶然發現不知什麼時候微博用戶端多了一欄未關注人私信，點開後，她覺得從腳趾頭到腦子，都在痛。

　　全部是方煜恒的私信：

今天來上海出差，去你部門找你，同事說你辭職了，嗯，換工作挺好的。

今天發的這首歌是我喝酒時寫出來的，你說你媽媽是做白酒生意的，所以你特別能喝，為了你我也成酒鬼了，想說雖然跟你在不同地方，也許正做著同一件事。

……

可我就是喜歡你啊。

有些人談戀愛，很像逛超市，想買薯片怕熱量太高，想買牛奶又怕長痘，心想還是買瓶洗髮精吧，但好像在網上買會便宜很多，於是最後空手而返。說實在的，人也就那幾年青春有心力感受愛情的甜頭，等時間一熬過，就發現愛情靠標準衡量最後只能等來孤單，如果可以，當有人掏出心窩子奉到你面前時，試著學會珍惜。

因為台灣簽證過期，李萱裹著紗布勇闖出入境管理局，與排隊的一群大媽搶位，趴在玻璃上用高難度的體位填完申請單，然後用幾乎要把人說哭的演技讓櫃檯的妹子儘快受理她的申請。五天後，她坐上了飛往台北的班機，在飛機上編了大段的私信，大概是解釋之前發生的事以及這兩年的心情，落地後想發給方煜恆卻提示字數超限，來回刪減也無果，於是腦袋一熱直接發了「老娘要你」

165

四個字過去。

　　萱媽打來電話的時候，李萱正在前往方煜恒公司的計程車上。在梵蒂岡那頭的萱媽聽說她在台北後，一切都懂了，她說女兒你那什麼炸天（令人驚訝之意）啊，跨越台灣海峽千里追夫，兩岸關係進一步的和諧全靠你了。李萱翻了個白眼，說，娘你都在說什麼啊，萱媽那邊傳來一陣嚶嚶的笑聲，她說，別以為我不知道，偷偷看了人家那麼多的視頻，人 ，還是不要太自信，永遠不要那麼快說答案是錯的，既然上天讓你遇見了，自有它遇見的道理，其實最後和你在一起的人，一定背棄了你的原則，是你意想不到的例外。娘你當在演電影兒 ，台詞說得跟王家衛一樣，我忙，不說了啊，李萱匆匆掛了電話，滿臉通紅，完全被萱媽說中要害。

　　有個這麼鬼靈精的媽其實也是一種福氣啊。

　　公司接待說方煜恒在信義區的錄音棚，於是李萱又輾轉十幾公里，結果到了那裡，又被助理攔在客廳，說他現在正錄音，讓她等著，李萱見狀故意打起電話裝忙，一個人默默走到牆角，看了一眼私信，方煜恒沒回覆她。在等待的空檔，她看見牆上很多方煜恒跟大牌歌手的合影，在一張他跟那個森林系女孩的合影前停下，上面用繁體字寫著「紀念」兩個字。

　　李萱鬼使神差地繞到錄音室門口，見門虛掩著，便彎下腰從縫隙中偷看，看見方煜恒背對著她，右手摟著那個森林系女孩的腰。

　　李萱連夜飛回了上海，在自己的別墅裡哭了一整天，沒人知道她為什麼哭，總之差不多把一輩子流淚的額度都用上了。

　　再次醒來的時候已經是第二天的凌晨，嗓子像被火燒過般疼，

李萱從床上艱難地爬起來找水喝，沒戴眼鏡的她，視線有點模糊，聽著飲水機裡的水「咕咚」跳了一聲，然後旁邊的手機亮了，她原地愣了愣神，然後慌張地滑開自己的大螢幕手機，提示收到新發來的私信。

她虛起眼，還沒看清楚是不是方煜恒發來的，結果不小心手滑，直接把那條私信刪除了。

她覺得上天一定在捉弄她。

讓她 30 歲之前過得太過舒坦，在自己的王國裡飛揚跋扈囂張過了頭，才會在而立之年，在一個男人身上破敗得窮困潦倒。方煜恒就像一件皇帝的新衣，讓她自以為獲得了稱心如意的衣服過後，貽笑大方，但後來發現人生沒什麼值得銘記的大起大落，偏偏就記得這件衣服，曾經讓她這麼喜歡又徹底失望過。

李萱全然失了睡意，她舉著手機，猶豫要不要再發一條私信過去。

突然電話響了，從台北打來的。

方煜恒在電話裡說他在玩《俠盜車手》，剛剛搶了一個男人的車，準備開去好萊塢，說今天台北的同志遊行，竟然看見他妹在隊伍裡面，他妹就是跟他一起唱歌的那個，還說他最近在健身，因為馬上要出自己的單曲，得練出六塊腹肌，他還說自己沒有自理能力，弄丟了很多東西，牙刷、筷子、充電線，還有人。

李萱聽著對方如此平靜地閒話家常，忍住不掉眼淚，太陽穴像有小錘子在一下下鑿，她蜷縮在沙發上，像是一隻被煮熟的蝦。

從家裡出來天光已經放亮，方煜恒摸著已經發燙的手機，還在閒聊，他說有點餓，於是去便利店買了盒泡麵，便利店放的音樂

是林俊傑的〈那些你很冒險的夢〉，李萱剛入職那家唱片公司的時候，做的就是這張專輯，她最喜歡的歌，也是這首。

那些你很冒險的夢，我陪你去瘋。

「我去上海找你吧。」方煜恒邊從便利店出來邊說。

李萱覺得他在開玩笑，一個窮酸歌手，馬上耶誕節，機票貴到死，以為自己是某說走就走的 App 啊。

方煜恒回到公寓，套了件運動衫，因為從沒自己訂過機票，不懂線上訂票，也沒有信用卡，從抽屜裡取了幾捆現金就風塵僕僕去桃園國際機場了，到了櫃檯，空服人員說最近飛上海的航班他們不受理現金，只做線上訂票的接待。缺根筋的方煜恒也沒空去問，就一個勁纏著那個空服小姐，他急躁地說，我要去上海，我想見我女朋友。

後來聽說是空服小姐被感動幫他刷了卡還是怎麼，當事人已然記不清了，全身心備降上海。到方煜恒落地前一刻，李萱都覺得對方在開玩笑，她看著六個小時的電話通話紀錄，恍然間以為是場夢，夢裡的人，只是和她舊相識的人長得很像而已。

方煜恒剛從浦東機場裡出來，就被凍成狗，一件單薄的運動衫抵禦不了江南冬天的寒冷，還沒見到李萱，鼻涕就不爭氣地往外冒。

重新聯繫上後，他們見面的地方選在一家小龍蝦店，李萱在旁邊的優衣庫給他買了件羽絨衣，方煜恒吃得高興，李萱則戴著手套手足無措，眼睛快翻到天靈蓋後面去了，但她仍保持著盈盈笑

168

意。直到方煜恒隨口說了一句「怎樣，不喜歡哦」，李萱就立刻不計形象吃了起來，剝蝦剝得指甲縫都疼，最後她說，從沒吃過這麼好吃的東西。

　　從龍蝦店出來的時候，居然毫無預兆地下起了大雨，積水已經漫上台階。

　　「冬天也會下這麼大的雨啊。」李萱若有所思。

　　「帶傘沒？」方煜恒問。

　　只見李萱從包裡掏出一把小得可憐的遮陽傘，兩個人面面相覷，她把傘護在胸口說：「幹嘛？這把傘很貴，我可捨不得用來遮雨。」於是方煜恒把羽絨衣脫下來遞給李萱，然後在她面前蹲下來說：「我揹你，你遮好雨。」

　　李萱愣住，看看周圍困在雨裡四處逃竄的行人，挺了一下胸，慢慢趴到他身上。

　　「抓穩了哦。」

　　「嗯……啊！」沒等李萱說完，方煜恒就衝進了滂沱大雨裡，

　　李萱根本來不及把羽絨衣罩住腦袋，頭髮衣服就全被淋濕了。方煜恒揹著她一路狂奔，整整跑了一條街，李萱全程抱緊他的脖子，既害怕又忍不住興奮地尖叫。

　　最後他們在久光百貨前，像兩隻剛被打撈上來的水怪一樣擁抱對方。車和行人越來越少，從遠處看像是電影裡一個空曠的鏡頭，兩個分別許久的戀人擁抱取暖，若是《歸來》的結局被改寫，馮婉瑜記起了陸焉識（張藝謀執導改編自嚴歌苓小說作品，男女主角陳道明、鞏俐），在積雪的車站擁抱，也是挺好的。

　　那時他們滿身都是龍蝦味，但李萱覺得，這比香奈兒 5 號好

聞太多。

　　「我以為我這輩子都不可能再戀愛了。」李萱在方煜恒耳邊怯怯地說。

　　「噓，別說話。」

　　「當初發現你不是那個 Nate 的時候，我很想死，覺得這是我人生的污點，智商的敗筆，後來這些年，每每回想當時跟你發私信的日子，就覺得，還好你不是他。可是我沒勇氣啊，只能遙遙地像個傻 × 一樣看你的視頻，不敢按讚，不敢評論，我怕你越來越好，然後我越來越像個大齡粉絲，等到我終於有機會站在你面前的時候，你卻牽著另一個女人，對我說謝謝。」

　　「噓。」

　　李萱把頭埋進方煜恒的脖子裡，方煜恒背後傳來一陣涼意，手臂上起了一層密密麻麻的雞皮疙瘩。

　　「這一切真像一場夢，不想醒，我怕我醒了，又摔得特別慘。」方煜恒感覺到李萱身子在抖，一下不知如何招架，只能像哄小孩一樣順著她的髮絲，支支吾吾地講了些奇怪的閩南話。

　　「方煜恒……」李萱帶著哭腔叫他的名字。

　　「嗯？」

　　「我突然想起，我是開了車來的。」

　　然後方煜恒打了個無比巨大的噴嚏，臥床燒了整整一週。

　　這年的耶誕節，萱媽萱爸和李萱方煜恒兩對情侶一起去台北旅行，頭幾天的墾丁行，好巧不巧大姨媽光臨的李萱痛苦得縮在沙灘邊什麼都幹不了，只能看著萱媽穿著三點式披著大絲巾和萱爸在

一旁拍豔照，方煜恒則抱著衝浪板在她眼前來回晃悠。

　　平安夜，台北的街頭火樹銀花，年輕人成堆地擠在心願走廊許願，路上的行人互相交換禮物，來往的公車上亮著「聖誕快樂」，好不熱鬧。重生的李萱說要喝酒慶祝，本來說買洋酒，但方煜恒說他最近喝酒過敏，於是他們去超市買了幾瓶米酒和冰塊，李萱邊嚷嚷著敢情私信裡說為了她變成酒鬼是個幌子啊，邊在半杯冰塊裡倒了一小口酒給他，用非常地道的台灣腔說：「米酒又不是酒了啦，你就當是餿了的椰子汁嘛！」

　　那晚，月色朦朧，已經入夜的台北依然熱鬧，他們坐在窗前，看著來往的車流，舉杯共飲。

　　李萱說，這個場景她以前就好像經歷過。

　　真是個美好的二人世界啊，後來，方煜恒抱著馬桶吐了一整晚。

　　當初在那些未關注人私信裡，方煜恒發來的最後一封說：

　　微博就這點最好，我們總共發過的兩千五百封私信，就算換了手機，更新了設置，也一直存在，我很感激我擁有一段淡淡的感情，卻是記憶裡的最美好。

　　書上說，刻意去找的東西，往往是找不到的。天下萬物的來和去，都有它的時間。

　　上帝很忙，每天要安排那麼多人相遇，他沒時間等你茁壯成

長，也根本沒心思聽你的溫言軟語，那些出現在你生命裡的人，抓住了，就是你的，自己放手了，也別可惜。未來能給你更好的人，也能給你一輩子孤單。

　　反正山高水長，你還有那麼多時間可以囂張，只是別在疼的時候才發現錯過的有多難忘。

　　親愛的，好自為之。

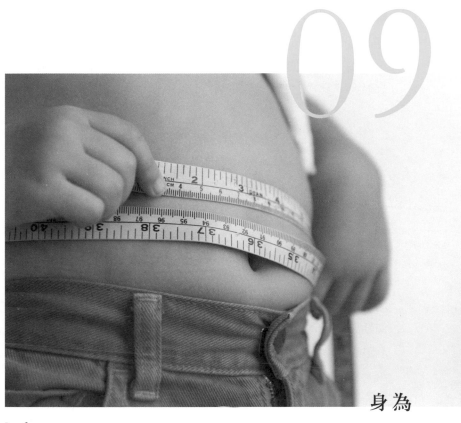

身為

一個胖子

Just for
Meeting You

胖子的人生三大難題，早中晚吃什麼，如何不運動也能減肥，以及減肥如何不減胸。圓圓在這三道題上困頓了許多年，均不得解，她打小最怕別人說她可愛，捏她的臉和肚子，還必須得表示友好，否則就會變成別人眼裡不可愛的死胖子，被組團欺負。

　　她常跟我抱怨，每個胖子都不容易，這世界還給他們施加精神暴力。

　　要說我跟圓圓怎麼認識的，得追溯到幼稚園大班去。

　　她打小就是個胖墩兒，而我特別愛吃藕，我們第一天在幼稚園碰面，我就一口咬上了她的胳膊，於是她狂哭，事後我挨我爹一頓揍。現在想來也覺得自己委屈，她的胳膊真的跟藕是一家的，長得實在太像了。

　　因為這一嘴，我跟圓圓結下了梁子，她搶我的餛飩，我搶她的蠟筆，兩個人因為一些個破事兒每天哭一段不重複的交響曲，老師都沒轍。後來非常不討巧的是，我爹媽換了單位，結果跟圓圓她媽成了同事，兩家人在麻將桌上一來二去成了至交，他們把我跟圓圓放在一個太空船的拍照板後面，露出半個身子，大喊著，笑一個，然後咯嚓下了我今生最想銷毀的一張照片。

　　圓圓很像個在太空站吃得太好的太空人，大氣地佔了半邊兒，而我被擠得只露出了半張臉，還被擋了光，陰沉沉的那種，像是被她豢養的一隻營養不良的外星人。

　　我情竇初開是在小學，當時學校因為我個兒高外加大眼睛皮膚又白，於是被選上當旗手，跟班花一起在每天的升降旗裡，培養出了友達至上的曖昧。雖然當時不懂愛，但我能肯定班花對我有意

思，但尷尬的是處於變聲期的我，聲音特別像女孩子，於是常自我否定，班花對我會不會是出於一種姐妹的愛。

　　小學這六年，非常幸運的是我跟圓圓沒分到過一個班，但不幸的是我媽說圓圓是女孩子，讓我每天放學要手拉手陪她回家，一拉就拉到五年級，不光班花給拉沒了，就連同學們也因為我近墨者黑對我嗤之以鼻。我們年級是出了名的熊孩子集中營，男生都針對兩種人，一種是胖子，比如圓圓，一種是娘娘腔，比如我，儘管我幾百萬個憋屈，喉嚨長這樣又不怪我，但仍生活得小心翼翼，講話都刻意裝男人壓低十個調。那個時候，我跟圓圓受了不少欺負，但她好像對這些外來的傷害天生免疫，每天只關心校門口賣麻辣燙的阿婆有沒擺攤子，倒是我，愚鈍又喪氣，尤其是知道作業本上的腳印班花也有份貢獻之後，還委屈地在操場抹了把淚。

　　直到現在我還記得，圓圓用她龐大的身軀一下下踩在班花的本子上，把那些欺負我的人的書包丟到了校門口的噴水池裡，然後拉著我逃逸的畫面。儘管我最後還是被揍了，但仍然窮開心，這個平時只知道麻辣燙體重超標的胖姑娘，竟然能厚實地講一回義氣。

　　怎麼說，像是打殭屍遊戲裡，兼具吐炸彈功能的堅果牆。

　　後來這堵牆，在初中被一個叫阮東升的高能帥哥炸毀了。

　　我們是全國第一批小學升初中參加軍訓的幸運兒，學校把我們拉到校外的一個基地，可能是當時的教官見到這麼多小鮮肉太過興奮，於是訓得特別嚴謹，每天早晨6點被號角吵醒，被子疊成豆腐塊，然後上來就是兩個小時軍姿，兩小時正步，吃飯靠搶，沒有白開水供應，只有消暑的十滴水，喝那玩意跟喝一肚子鐵鏽差不多，最殘忍的是一表現不好，教官就打屁股，開始只打男生，

後來男女混合雙打。直到有一天，圓圓跳到一個教官身上，在他肩膀上留下一圈牙齒印，教官再也不打了，改為一天四小時軍姿，四小時正步，晚上再唱四小時軍歌。

我拚死命諷刺她：「你懂這種心靈上的體罰有多痛苦嗎？！」

圓圓盯著阮東升說：「我懂。」

圓圓去咬那個教官是因為氣不過他踢阮東升的屁股，後來午飯爭當值日員清理整個食堂的殘羹，是為了能第一個進食堂把馬鈴薯燒牛肉搶給阮東升吃。被我發現她喝自來水解渴，這胖姑娘騙我說錢都買飲料花光了，又不想喝十滴水，其實是她把最愛的可樂都買給了阮東升。

我覺得她傻，對方再帥，再大鼻子長睫毛一米八，再對她笑起來臉上像掛著太陽，他又不瞎，怎麼可能真心喜歡胖姑娘。

軍訓最後一天實彈射擊，圓圓擠在阮東升旁邊，像隻鵬依著她的楊兄弟，按標準言情片裡，這個畫面應該是洋溢著青春荷爾蒙與閃閃逆光的，但現實非常油膩，一個眼睛被擠在高挺的顴骨裡，外加兩坨豐滿高原紅的胖子，趴在從漫畫裡走出來的精瘦少年旁邊，在對方子彈聲聲裡，悄悄對他說：「東升同學，我喜歡你。」

在外人看來，此處配的台詞應該是：「這聲兒大的，哎喲我去。」

整個初中三年，圓圓上演了一本暗戀百科全書，那些玫瑰色的心情發表在知乎（一家創立於 2011 年 1 月 26 日的中國大陸社會化問答網站，產品型態模仿了美國類似網站 Quora）上絕對能成為最佳答案。阮東升對星盤特別有研究，誇張到別人還在看心理雜

176

誌上的每月星座運程時，他就能指著人家的月亮太陽指點江山了，專業程度不亞於星座大師蘇珊‧米勒。圓圓為了搞研究，省了生活費買了好多專業書，目的是為了跟他有話聊。阮東升喜歡用中性筆，於是圓圓也丟了鋼筆改用中性筆，尤其愛用哈密瓜味道的，當時那些真彩的中性筆筆芯收集了一大盒子。阮東升一個大老爺們，偏偏愛吃棒棒糖，圓圓就每天揹一書包，碰到就塞一根給他。在大頭貼最流行的時候，阮東升只要照來新的，圓圓就大噸位擋在所有人面前挑一張最帥的，貼到自己那個彩色的小本子上。

那個時候吧，暗戀一個人，提到什麼都拐著彎想到他身上，想讓他知道，又不想讓他知道，無比糾結，上學變得有意思起來，共同興趣這個詞兒不過都是為了接近對方的藉口。

亂矯情。

直到初中，我媽都還叮囑我多照顧圓圓，加上幼稚園咬了她胳膊，小學受了她幫忙，這輩子莫名就好像欠她點什麼，於是我成了她的暗戀特助，專門負責幫她幹一切跑腿丟面子的事兒：肖楠，幫我去買支哈密瓜味道的筆芯；肖楠，幫我去買這個月的星座運勢，肖楠，幫我買兩根棒棒糖；肖楠，幫我找阮東升要一張他的大頭貼。

高中文理分班，阮東升學理去了一樓，我跟圓圓留在三樓，這天各一方的距離對圓圓來說就像活生生從祖國媽媽身上割了塊地，當然她屈服不得，於是每節課課間都會拉著我去開水房打水，故意以慢放十倍速度路過阮東升他們班，看他在座位上安靜看書睡覺聽 MP3，而我則在一群女生中間，舉起一個 Hello Kitty 的水杯尷尬地接開水，後來實在忍不了了，我送了圓圓人生中第一個禮物，

一個不鏽鋼杯子，超大容量的那種。

　　阮東升高中開始住校，平時除了上課，就是去食堂買了飯宅在寢室裡，聽他室友說，他活得就跟貓一樣，以他的下鋪為圓心，一米為半徑畫個圓，他乖乖地待在裡面，神秘兮兮地自說自話，偶爾看看全是英文的星象書。圓圓為了掌握他的動向，還專程派我帶著棒棒糖去他們寢室跟他從詩詞歌賦聊到人生哲學，偶爾再指著北斗星算一卦，好不瀟灑。

　　這還沒完，阮東升平時研究星星也就算了，一個沉穩的內向小哥竟然在高二進了辯論隊，圓圓背著我也填了申請表，我那肖楠兩個大字兒寫得比她自己的名字還漂亮。結果天不從人願，我跟阮東升被分到反方，圓圓分到正方，辯論賽題目赫然寫著「高中生該擁有愛情嗎」，圓圓當然就「你值得擁有」的理念發表了一系列高談闊論，我知道台下的同學詫異的原因是，這樣一個先天資本殘缺的厚重少女，在飽受冷眼之後，除了能擁有學校門口的炸雞柳麻辣燙和烤串外，她是怎麼能如此幸福地高喊該擁有愛情的。

　　我也不懂。

　　所以我當下忘記該成為阮東升隊伍的攪屎棍，而磨刀霍霍向豬羊，操著我雖然變了聲但仍然細到不行的嗓子跟圓圓辯論了起來。

　　「所有這些個單相思的小情小愛都是耍流氓，是掛著文藝皮囊的高級意淫，是二十四小時開屏的孔雀，全身都是笑話。」

　　圓圓氣得高原紅又冒了出來，她大吼：「對方辯友這是吃不到葡萄說葡萄酸，你壓根兒沒喜歡過誰，也無法體會買個肯德基都不能第二杯半價，全世界都在過情人節，你還是單身的感受！」

「你身為一個毛沒長齊的胖子，談什麼單身不單身，喝白水的時候非得去學別人喝卡路里高的飲料，你不知道太胖的話有佔用公共資源的嫌疑嗎？是什麼人過什麼節，為過兒童節你是不是還得專門去撞成個癡呆啊。」

「對方辯友你這是人身攻擊。」

「我這是罵醒你，真當自己望夫石啊。」

圓圓一急：「對方辯友放屁！」

於是這場辯論在全場哄笑中結束，事後圓圓跟我絕交了一個禮拜，她說肖楠你個孫子，說話能帶那麼多比喻，沒見你作文考過高分啊，於是我特別長臉地在期末考試裡，作文拿了五十四分。

作文的題目是：我的胖友。

寫得那叫一個催人淚下，八百字裡一半都在說因為跟青梅竹馬的胖子朋友絕交後我的悔意，當著全班同學朗讀完這篇作文後，圓圓息怒了，重新通過了我的 QQ 好友驗證。

在這之後沒少請她吃麻辣燙，還變本加厲地陪她暗戀阮東升，因為辯論賽上的表現，圓圓成了同學們開玩笑的對象、PS 素材、課間的談資，甚至還收到過一兩次沒署名的長篇情書，好在她心寬體胖，一笑而過。高三那年，我跟圓圓約好，本來一起學美術考藝術生，結果她臨時放了我鴿子，轉頭勤勤懇懇地背書做模擬卷。因為她覺悟，這場暗戀停不了，她要跟阮東升考去同一所大學。看著圓圓每天吊著雙黑眼圈，又因為壓力性肥胖整個人腫了幾個立方，作為革命戰友我挺心疼的，尤其是我那時很篤定，身邊這個胖子是沒有幸福的，至少阮東升的世界裡，根本容不下她。

拿畢業證書那天，圓圓告訴我，她跟阮東升填了同間學校。

我回答：「哦。」

她說：「我決定去跟他表白了。」

她還是拉著我一起去的，遠遠地就叫了阮東升的名字，經歷了慘絕人寰的高考，這個精瘦的少年還是這麼好看，說真的，人家臉上的五官排兵佈陣是有講究的，我這等簡裝的修煉八百年也趕不上。

還沒走到他身邊，他就笑得燦若桃花。圓圓方寸大亂，明顯挪動的步子慢了半拍，她盯了我一眼，兩頰的高原紅又慢慢浮上來了，她咬緊下嘴唇。

「那個，我喜歡你！」阮東升臉也唰地紅了。

我們現在距他大概兩百五十釐米。

「你說什麼？！」圓圓瞪大眼睛，一臉不可思議的嫌棄。

「哦，不是你，是你。」阮東升指著我說。

後來那天發生的事可以載入我人生史冊，以至於長大後看過的所有瑪麗蘇韓劇和所有燒腦美劇，都不如這段情節精采，那是我第一次被人表白。

「4月出生的白羊座，你的上升是天蠍，金星落在金牛座上，要天長地久的愛情，我落在雙魚座，要愛情不要麵包，別說，我倆還挺搭的。」我記得當時在阮東升寢室，他幫我算星盤說過這段話，可我正咬著棒棒糖，滿腦子都在回憶圓圓的金星落在哪。

搭來搭去，搭成了腐女眼中的佳話，常人眼裡的笑話。

從此我再也聯繫不到圓圓。

一整個暑假她都刻意躲著我，幾次去她家找她，她媽都說她

不在，我媽質問我是不是欺負她了，我剛想辯解，莫名一陣愧疚湧上心頭，圓圓這六年的暗戀，因為我，都付諸東流。

真是最可恨的欺辱。

最後一次去圓圓家找她的時候，他們的售屋資訊已經貼在了樓下的房產仲介上，我媽說她那個從未出現的神秘老爸這些年在國外賺了大錢，倉促地把她們娘倆接走了。我上了 QQ、空間、學校貼吧、所有一切能知道圓圓消息的地方，都杳無音信。這女人太狠了，絕交好歹也留個言吧，至少讓我知道，哪怕你從此討厭我，至少我在你心裡也留了個念想啊。

時間再一晃就到了大學，我如願考上了美術系，學的藝術設計，每天就是做女紅、染布、剪紙、畫油畫，作業一大堆，全靠體力勞作，不比當年高考輕鬆。中間兩次高中聚會我都去了，我是我們班唯一一個學藝術的，自然懂點審美，頂著一頭黃色卷毛，紅色大衣吊褵褲出現在老同學中間，仍會被好事者拎出阮東升的事揶揄，我在人堆裡掃視許久，都沒看見那個熟悉的龐大身影，也沒再聽見她在我耳邊嘮叨。

這麼大一團肉，竟突然就消失了。

該死。

大四畢業那年，大家都奔波於就業，大部分當初有鴻鵠之志開創新版圖的同學最後都憋屈去了小公司做設計，每天在 PS 裡存下一個又一個「修」「二修」「三修」「最後修」「最最最後修」「媽的絕對最後一次修」的圖層，被客戶折磨得不成人樣。我是屬於那種小時候被欺負慣了，長大就絕不委曲求全的類型，所以一個

招聘會都沒跑,一封簡歷都沒投,幻想等著最好的工作機會敲中自己。最後室友都找到工作實習了,就我無所事事,入不敷出,又好面子不願向我媽要生活費,後來無計可施,便把之前的作業在人潮湧動的天橋擺了個攤。躲避警察的同時,練就了一嘴推銷功夫,大部分功績還得多虧當年跟圓圓一起參加的幾場辯論賽,在把最後一條紮染方巾賣出去後,那個說南方口音的顧客問我,他是房地產公司老闆,願不願意去給他們做銷售。

於是我由一個擁有偉大抱負的潮流少年變成了金牌房仲。

一做就是三年。

當時我們老闆的新建案叫「緋紅樹」,名字還是我給取的,一共造了三期主樓,還有二十戶左右的小別墅,開盤第一天接待中心就被擠爆了。其實當一個房仲真沒有太多技術含量,如今大中國三步一個土豪,心情好的時候下樓買個菜的空檔就捎上倆建案,圈地為王,坐地起價,鋼筋混凝土秒殺渾身名牌的虛假繁榮。

那天我同事手裡的小別墅被一個富婆連買了三間。

我見過那個買家,看上去比我年紀還小,一頭棕色長鬈髮,隨手拎著一個黑色小手袋,即使半個身子被披巾裹著,也能看出那妖嬈嫵媚的小身板。不用說,大家心知肚明,這類女土豪在我這沒少見,花著別人的錢,糟蹋著自己的愛。

可我壓根兒沒想到,她就是圓圓。她連名帶姓改了一個非常瓊瑤的名字,夏芷凝,拗口,還是圓圓好聽。只是她再也不圓了,纖瘦的身子,皮膚白裡透紅的,顴骨上的肉沒了,露出一雙黏著假睫毛的眼睛,我特別沮喪,問她:「你的高原紅呢?」

我都快哭了。

圓圓手裡點的菸已經燒到菸蒂，一口沒吸，她用修長的手指夾著菸，戲謔著說：「別怕，姐不會抽，點著裝酷的。」

我真的快哭出來了。

圓圓高三畢業後被她爸接去了美國，自己犯了六年的傻也該是時候醒了，於是斬卻過往從頭來過，結果到了美國才知道，媽媽沒有跟過來的原因是，她爸美國的房子裡住著另一個女人，最關鍵的是還抱著一娃。她早猜到爸媽已經離婚，卻沒想過她爸開了外掛進度如此之快，跟這一大一小每天冷眼吵鬧著過了兩年，她忍氣吞聲，終於崩潰，輟了學直接逃回老家找她媽。

可能是老天動了惻隱之心，圓圓 21 歲那年，在屢次減肥失敗放任自流後，喪心病狂地讓她在半年時間裡瘦了二十公斤，她媽心疼這孩子是不是得了什麼病，結果到了醫院一查，除了血脂有點偏高外，一切正常。後來她越來越瘦，瘦成了怎麼吃都不胖的體質，幾次回眸之間，竟然有點像稍微打了點折的宋慧喬。

時間跨度再往後拉兩年，她跟媽媽說南方有家廣告公司想簽她做模特兒，於是拎著行李箱就貿然南下了，結果在酒席間被那個所謂的老闆非禮數次，一衝動，直接把桌上的叉子插進對方手背裡，就是這麼任性。

在被對方送了兩耳刮子之後，圓圓成了南漂一族。

圓圓認識她現在的「老公」是在一個 KTV 裡，對方穿著一身城鄉結合的爆款，一看就是一內向的大齡理工男，圓圓起勁了非逼他邊唱邊跳〈小蘋果〉，一個字都不能錯，否則就罰酒，結果兩人 PK 了所有廣場舞金曲，喝得斷了片兒。圓圓奓拉在理工男身上，

嚷嚷著說她千杯不醉，理工男打電話叫車，她又嗆他說這個點沒司機接單的，結果不一會兒一輛法拉利停在他們跟前，上面下來一個立領風衣男，對著他就喊「老闆」，圓圓沒忍住胃裡一口酒噴到人臉上。

　　第二天一早圓圓在頭疼中醒來，理工男還在旁邊睡覺，她側過身，扯起被角遮住自己光滑的胸，然後發了漫長的一個呆。沒人知道那靜默的二十分鐘她想了些什麼，直到理工男醒後，從身後抱住了她。

　　他們好上了。

　　理工男對她的好特別實在，就是打扮她，衣服鞋子，各種名牌包包，估計小時候沒少玩芭比娃娃，後來更是直接甩了張副卡給她，人不經常在身邊，就換鈔票陪伴。

　　圓圓在我面前補妝，特別雲淡風輕地說：他說他是開餐廳發起家的，但我從來沒在他身上聞到油煙味；他說他特別愛我，但我看見過，他手機裡躺著他老婆的號碼。這麼多年我悟到對付男人最聰明的招數，就是別主動，傷身傷心。男女之間，總歸是有條界線，跨過去，就不會自由了。」

　　我罵她：「認識你這麼久，沒見你這麼賤過啊。」

　　她冷笑兩聲，「肖楠，我們都長大了，我已經不是過去那個胖子了，我的人生裡不會再出現第二個阮東升，我不會再要求任何一個人屬於自己，不需要愛情，我要自由，你懂嗎？很多時候，我們就是習慣依賴別人太多，就看不清如果自己一個人，能堅持多久了。」

　　而圓圓嘴裡的自由，就是不用擠在窒息的一小截車廂裡上班，

不用看薪水決定中午吃超值套餐還是乾脆熱一個隔夜飯，就是可以擺脫手機的綁架，就是不用考慮對方怎麼想。

就是假裝自己愛他。

那個給她錢買樓的「老公」長年出差，我就見過他幾次，果真如她描述長得頗為內向，話不投機半句多，唯一叫過我兩次大名，還「N」「L」不分，叫得跟工藤新一的女友一樣，內在外在都不是一路人，想用一些美好的詞彙在他身上都捉襟見肘。

跟圓圓重逢的第二年，我爹媽開啟高級催婚模式，我一衝動咬牙用內部折扣價付了「緋紅榭」小別墅的頭期款，特地把房證掃描給他們發過去，證明我現在過得很好，萬事俱備，媳婦不久後的事兒。

哦忘了說，我跟圓圓成了鄰居。

一時間我們彷彿又回到了小時候，有事沒事約著一起吃飯、健身、泡溫泉，她沒有工作，但報了很多課程，瑜伽烹飪拉丁舞阿拉伯語，每週的行事曆滿得比我們受薪階層還要緊湊。

圓圓每天出入社區跟走紅毯似的，久了自然成了那些好事大媽的談資，仇富仇得沒一個好眼神，一個個見到圓圓都跟容嬤嬤附體一樣，恨不得集體站隊施展打小三拳。圓圓跟小時候一樣心寬，絲毫不受影響，反正社區裡名聲再不濟，出門拿著她那些 VIP 卡也能翻身做女王。

說到 VIP 卡，大到精品店，小到連鎖米粉店，圓圓所到之處均能享受店家五體投地的服務，可能是彌補她畢業後的不告而別，我也同樣沾光走上了人生的 VIP，只是出於曾經「情敵」的憤怒，我成了她的專用拎包員。

臨近年底，某名牌會員內購，圓圓看中一個錢包，轉身在挑骷髏頭雨傘的時候，聽到後面有點吵，店員正在解釋：「這已經是顧客挑中的貨品了，很抱歉啊是最後一個了。」圓圓放下雨傘走過去，看到一個燙著梨花頭（日本著名模特兒梨花帶動流行之蓬鬆中短髮型）、妝容誇張的妹子，趾高氣揚地說她喜歡，要買給男友做生日禮物。店員為難，圓圓倒是很大度地擺擺手說：「沒事，她喜歡就給她吧。」結果那個梨花女在從頭到腳打量了圓圓跟我一番後說：「沒必要，搞得我不講道理，我們看誰的 VIP 等級高就誰拿吧。」

　　店員說梨花女是白金卡的時候，她臉上的玻尿酸都要笑炸了，但刷出圓圓這個頂級黑卡客戶，還轉向問我們，看中的七件貨品需不需要結帳的時候，梨花女的笑僵在半空中。

　　我長那麼大，從沒有這樣的時刻，似乎感受到心裡有一支香檳「嘭」一聲打開，泡沫四濺，空氣裡都是愉悅的香味，奧運會站上冠軍領獎台，看著國旗升起的感覺也不過如此吧。

　　事後我跟圓圓都陷入沉思，她為啥要買一個女款錢包送男友。

　　到了圓圓的錐子臉姐妹生日宴，大家都對她的「老公」真面目期待很久，但臨近最後一刻，理工男放了鴿子，說人在香港回不來，以新款包包賠罪，圓圓氣不過，人不到就算了，最關鍵是這款包他之前已經送過了。她死要面子把我搬了出去，我想也沒想一口答應，我這奮力長了二十六年的臉和強勁的審美也是時候派上用場了。

　　就在這個生日宴，我們又遇到了那個梨花女。

　　有時候真覺得我們是上帝創造出來的 RPG 遊戲人物，明明開

啟了龐大世界觀的地圖，但註定要遇見的人，無論是在新手村還是最終關的迷宮裡，也一定會遇見，六度人脈理論有時甚至可以打個折，通過一個人就能遇上老熟人。

當我們跟梨花女話中帶刺地喝酒裝熟時，她的男朋友來了，我看了一眼，心想完蛋，於是猛地低頭刷起手機，擔心圓圓尷尬，於是用餘光瞟她，她正就著昏暗的燈光補妝。

阮東升現在的職業是古典占星師，某時尚雜誌的星座專欄作家，這麼多年未見，除了他鼻子變得更大五官更英挺外，身上仍然一如既往地瀰漫著一股神經病氣質。

他顯然沒認出圓圓，被身邊一群錐子臉各種猛誇長得帥還一個勁地推脫哪裡哪裡，都是女友漂亮，近朱者赤。我保持低頭的姿勢，心裡罵娘，你個 Gay 要什麼花言巧語。

圓圓大氣地主動伸手跟阮東升問好，還叫了他的名字，估計是場地的燈光太暗，阮東升仔細看了她好久，才有點眉目。明顯能感覺到他挺拔的站姿瞬間縮得像是犯了錯的小孩。

「瘦了」，這是阮東升磕磕巴巴後說的第一句話。

他當然也看到了我，只是沒想到我一整晚的侷促最後都成了可笑的荒唐。我喝多了，跑到廁所裡吐，吐到我覺得已經沒辦法正常走回包廂的時候，阮東升突然攙住了我，我害怕事隔多年後，他又跟我表白，我真不是愛情終結者。在我倆推搡之間，他突然提起當年的事。

話語間，我只聽到了幾個重點，他說他最討厭喝可樂，但當時軍訓圓圓隔三差五就變出來一罐，他只能硬著頭皮喝；他討厭拍大頭貼，但圓圓愛收集，於是拍了很多，想把自己的照片撐滿她一

整本；他最討厭用有香味的中性筆寫作業，但為了讓圓圓能聞到遠遠飄來的哈密瓜筆芯味道，嗆了自己好幾個學期；他為了知道圓圓的星盤，還大費周章地接近我。他老早就喜歡這個胖子了，但總覺得她把自己當哥們，就連最後掙扎了許久在畢業操場的告白，也因為最後那點走失的信心而變成一個烏龍。

「哥們，你真玩死我了。」我扶住走廊的牆壁，想趴到他身上再吐一次。

「我以為你們會當玩笑，笑笑就過了的，其實後來我想找你說清楚來著，但很多事，就欠一個機會。」

「滾你大爺的，這詞兒是那些打胎青春電影教你的嗎，我們的青春什麼時候這麼矯情了，你喜歡她，你就說啊，她那個時候胖成那個鬼樣子，往前五百年往後五百年，沒人要她，你穩贏的。」我情緒激動，胃裡翻江倒海。

「我一直以為她喜歡你的。」

我愣住，終於忍不住，吐了一灘胃液出來，真的太難受了，此時千言萬語竟無法成段說出，只能苦笑道：「愛，其實很簡單，只是我們把它弄複雜了。」

這真是我這輩子說過最娘炮的一句話。

後來吧，圓圓跟梨花女上演各種宮心計，梨花女在哪裡美容，她就去哪，跟阮東升去哪個超市逛街，她就拉上我推著車買買買，就連他們去哪裡旅行，她也屁顛屁顛地跟著飛過去。我嗆她這是何必呢，不是已經不在乎愛情了嗎。圓圓翻著白眼說，我就想知道，這女人到底啥能耐，能把阮東升拿下了。我沒有搭話。

一個月後，圓圓的副卡突然失效了，理工男人間蒸發，電話

關機，到這時圓圓才醒悟，她根本不知道能如何聯繫上他。圓圓想把三間別墅賣一套兌現，結果我去公司一查，屋主根本不是她，更戲劇的是，後來這三間房子也充公了。沒人知道理工男在香港做了什麼，總之就像電影裡演的那樣，所有財產瞬間化為糖衣，食不果腹。

斷了經濟來源，圓圓現了原形，七夕情人節那天去阮東升和梨花女常去的餐廳當電燈泡，又見證了他向梨花女求婚的全過程，偃旗息鼓過了一段特別頹喪的日子，每天就以酒精麻痺神經，大腦渾渾噩噩全是過往片段。

就連我這個青梅竹馬，只能暫時接濟她，把二樓的房間騰出來給她住，對於心理上的督導，全然束手無策。她的性子我太瞭解了，罵沒用，打不聽，她心裡自有一個權衡利弊的天平，什麼時候傾倒，什麼時候保持平穩，所有怪力亂神學術上解決不了的心思，她都能自我消化。

她買了好多時尚雜誌，阮東升寫的那些專欄她都認真拜讀且批注過，偶爾還會跟我討論，提出質疑，因為說到底，她也是研讀過星相學的人。除了看雜誌的時間，她都一個人悶在家裡喝酒，不怎麼進食，於是愈加消瘦，瘦到見她頂著一顆大頭我都會心疼她的脖子。

終於在她第三次醉在 7-11 門口時，阮東升把她扶了起來。圓圓瘦小的身子被他包在大衣裡，貼近他胸膛，心安穩許多，她把袖子艱難地撩起來，露出胳膊肘上一圈圈白色的紋路。

她兀自說：「這是每個胖子瘦下來後留下的證據，跟妊娠紋一樣，很多是吧。你越想忘記，就越記得清楚，就跟人一樣，拚命

喜歡的時候放在心裡，想念的時候，就一直放在腦子裡。你想從頭來過，想否認以前的一切，不可能，回憶就是最大的證據。」

那晚阮東升聽著圓圓的碎碎唸，一直把她護在懷裡，保持沉默。

這之後的一段時間，阮東升都像單身貴族一樣守在圓圓身邊，陪她賣掉家裡堆成山的包包，幫她介紹了一份還算輕鬆的秘書工作，也是第一次帶她去這個城市的邊邊角角走了走，以至於圓圓全然忘了，他家裡還有個不入法眼的未婚妻。

圓圓問過阮東升，到底喜歡梨花女什麼，他說，真實，特別真，就跟當初的圓圓一樣。

聽到這裡圓圓眼睛就紅了，他們兩人端著一罐德國黑啤酒坐在日落的江邊，不停有過往的江輪鳴笛，美得好像是一幅油畫。

「我真喜歡過你。」阮東升說，那個「過」字也真的特別刺耳。

「少來，你少不更事的時候，就喜歡過肖楠吧。」圓圓笑著說，遠方的我躺槍。

阮東升心弦一緊，挖空心思講了大實話，過去那些一點一滴的暗戀都串成線索，一路身經百戰堅挺到現在，給了圓圓實在的一耳光。

圓圓因為太生氣把啤酒罐捏得變了形，啤酒灑了一手，阮東升剛想制止，她一股腦把罐子丟到江裡去，然後拎起小包撇下阮東升頭也不回地走了。

那晚我去找圓圓，跟她吵了本世紀最大的一次架，估計一輩子吵架的巔峰也就如此了。

圓圓紅著臉大吼：「我再說一次，我不需要愛情，愛情就是

狗屁，生理功能失調，人格魅力喪失才需要的東西！」

　　「你被陸琪（中國暢銷心靈勵志作家）洗腦了嗎，要做獨立女性，當年那個為愛驍勇善戰，恨不得在娘胎裡就鼓吹愛情的人死了嗎？你根本不喜歡那個理工男，非得把自己活成個小三，在烏托邦裡過得安穩，何必呢！你不在乎那錢，我知道，這根本就不是你。」

　　恍然間回到當年那場辯論賽，我們身後巨大的布幕上，投影著辯論主題：「高中生該擁有愛情嗎」。站在我對面的圓圓，正在面紅耳赤地喊著，她需要愛，非常非常需要。

　　保持這樣的節奏，我們大吵三百回合，從白天吵到黑夜，直到我把矛頭指向阮東升，說他已經去民政局跟別人結婚了，她的情緒突然峰迴路轉，像世界盃賽場上的球員，冷不丁把球踢進了自己的球門。

　　「你不需要我，我不需要你，喜歡一個人能喜歡到這般獨立，那都是放屁，我沒那麼大能耐，我也不可能被你傷害了，還跟沒事人一樣，能用時間磨平的都不叫傷口，那叫記性不好。說真正的放下是不動聲色？刪掉號碼？我又不是菩薩，你離開後過得比我還好，我就不甘心。我需要你待在我身邊，需要時時刻刻感受到你在乎我、愛我，需要你帶給我很多很多，我想把對你的所有欲望都寫在臉上，我憋不住，我也受不了。我這輩子最後悔的事，就是當年喜歡得不夠實在，結果你說你在我最喜歡你的時候，偷偷喜歡我，滾大爺的，我不幹了！」

　　帶著髒字的一番話說完，圓圓眼圈就紅了。

　　「對方辯友，你贏了。」我繳械投降。

　　聽完這話，圓圓捂住臉，放聲哭了出來，最讓我心軟的是，

她的臉頰開始泛起潮紅，那個高原紅胖子回來了。

　　想起我給阮東升打電話那天，看到圓圓在 7-11 門口酗酒，在電話裡我把圓圓從初中開始的暗戀都一五一十告訴了他，從星盤上來看，他們還是挺配的，只是金星落在天秤上的她，少了一份承擔；落在雙魚上的他，又少了幾分勇氣。我告訴他 7-11 的地址，就當幫忙，讓他找她去。

　　錯過的公車可以等下一輛，要候位的餐廳也可以換一家，但決定人生軌跡的事，卻經不起這番妥協的，從一而終的道理自己都懂，但做不到，努力也不見得好，所以有時候，不怪世界不給回聲，只怪自己喊得還不夠響。

　　這個故事暫且到這裡畫上句號，你也許會罵句娘質問我，後來呢？後來，或許圓圓的「老公」又出現了，或許她跟阮東升在一起了，或許她在阮東升和梨花女的婚禮上悄悄抹了淚，或許她又不告而別，消失在這座充滿戾氣的城市裡。

　　其實，很多「後來」對我們來說都已經不重要了，每個故事都需要一個結局，但沒有結局的，我們把它叫做人生。

　　上高一的時候，我們班來了一個剛從國外回來的英語老師，思想特別前衛，她當著全班同學的面，在課上說，如果將來，你們要和女朋友分手，不管是出於什麼原因，誰對誰錯，作為男人的你們一定要和女孩說一句：很抱歉，耽誤了你這麼長時間。

　　當時聽完這話我深有感觸。

思緒回到第一次碰見長得像藕的胖子圓圓，再往後，幫我出氣的她，愛吃麻辣燙的她，喜歡阮東升喜歡到失心瘋的她，還有收到我給她寫的情書以為是別人惡作劇的她，好多好多的她，跟我在一起的她。

　　突然很想把老師那句話改一改：如果將來，你們要和喜歡很久的人告別，不管是出於什麼原因，誰對誰錯，作為男人的你們一定要和女孩說一句：很抱歉，喜歡了你這麼長時間。

　　此時此刻，就成了我的人生。

No.

10

路那麼難，

可你敢

喜歡上我

Just for
Meeting You

　有的人平步青雲，揮一揮手就能激起千層巨浪，有的人努力半輩子才能走到別人的三分之一，且別人是開車的，自己是一徒步旅人；有的人生下來腦子就能開發成電影《露西》裡的主角，能言善道，看破世間百態；有的人給陽光都燦爛不起來，臉皮比包烤鴨的麵皮兒都薄。

　說這個世道不公平，有人會站出來說人人平等；說公平，身上住滿怨氣的人能哭上三天。

　這件事如果有標準答案，世界該有多麼美好。

195

平凡女董蕾，自幼生在東北小城，人生座右銘是，能省則省，但給自己起了一個特別白日夢的外號——董大發，見誰都讓人叫她「大發」，在這個美好的寓意下，她有一天一定能成為富婆，笑傲群雄，把過去省吃儉用受過的罪悉數補回來。

　　但品質始終是守恆的，一個連錢都花不出去的人，也沒多餘的空間把錢賺回來。至少到現在，她仍然在「窮」這個字上非常站得住腳，在路人甲的身分上也能立個金字牌坊。

　　董蕾酷愛旅遊，但長這麼大就去過石家莊、大理，唯一一次出國去清邁，還是提前一年搶到的廉價機票。她的終極夢想旅行地是美國，嚮往洛杉磯，半年前就狗屎運爆棚用幾乎白本的護照過了美簽。在她畢業那年看完第一百零八部跟美國有關的電影後，赫然進了一家新興的網路公司，做一款旅行 App。

　　就像在銀行數錢的最沒錢、餐館裡做大廚的只能吃麵一樣，董蕾搞定了無數誘人的團遊產品，送走了一批又一批客人，自己卻只能限制在兩平方米內的空間裡，對著電腦螢幕意淫，加上老闆又是一個「大家好，才是真的不好」的典型守財奴，幹著服務全人類的工作，拿著乞丐不如的工資。即便平時再省，也填不飽她的美國夢。

　　不久前，他們的旅行 App 進來一筆新的融資，數額之大讓董蕾的老闆都委屈成了小股東，大筆資金滾進來後的第一個專案就是專供高端客戶的環球遊輪行，老闆想都不想便讓董蕾來負責，說做下來有大獎勵。董蕾以為春天來了，結果新來的股東比她老闆還難對付。在企劃案被打回第五次的時候，她瘋了，強制關了電腦，

嚷嚷著老娘不幹了，大搖大擺走出空曠的公司，奢侈地搭了回計程車，到家後，她喝了滿滿一瓶水，然後坐在電腦前，打開了那份企劃。

在鈔票前，自尊心會變得特別卑微，見到粉紅票子上的男人，再愛無能的人，也能愛到驚天動地。

董蕾幾乎是哭著改完企劃的，其間看到某購物網站的雙色球廣告，說什麼實現一夜暴富的夢想，她覺得胸悶，手賤買了人生第一張彩券。給新股東傳完企劃終版，還客氣地說了一句「您看看」後，董蕾罵著髒話把美國攻略點出來看了一遍，心想，董大發，拿到獎金，務必直抵洛杉磯，沒有任何可商量的餘地！

最後，案子是通過了，專案也上線了，作為獎勵，老闆給她發了一張大閘蟹的提貨券。

董蕾當場就想把舌頭當棉花糖咬幾口暴斃得了，她這卑劣丫鬟命，除了在大排檔吃過一次炒花蛤還拉肚子後，胃裡就再也沒接觸任何來自江河湖海的朋友，吃不起，也沒必要吃。更何況，她看著提貨券上寫著「六隻價值五千元的母蟹」後，價值觀又再次崩盤了，如果花五千多塊就為了吃那屎黃色的蟹黃，她寧願去買一火車的鹹鴨蛋。

頹喪的董蕾過了幾天行屍走肉般的生活，連去菜市場跟大媽砍價的動力都沒了，在早晚高峰的地鐵裡擠成白癡，吃麵條的時候唯一一塊牛肉掉在地上，她覺得這個世界充滿了敵意，以前最多只是絕望於沒錢的窮，現在發現無能的窮更讓她絕望。

三天後，她收到短信，說雙色球開獎了，她鬼使神差地打開

網頁，看到最新出爐的大獎數字，覺得刺眼，又多看了幾遍，然後打開自己的購買紀錄，逐個數字對照。

高考數學三十八分的光榮戰績還擱檔案裡躺著，她說我一弱女子，不怕蟑螂不怕蛇，不怕血不怕打針，就怕數字排兵佈陣。碰到一百塊以上的帳她都暈，也活該一輩子兜裡只裝得下零錢。

她中獎了。

紅球藍球數字全部正確，她數了數獎金的位數，個十百——360——哦，少看了一位，3658萬，二十四小時內入帳。

她狠狠給了自己一耳光，痛得直飆淚。心裡就像飛船發射，恐怖分子又撞了一次高樓，天空破了洞跑出一堆來自外星的怪力亂神，任何有關激動的高級詞彙都形容不了。

坐擁三千萬大獎，董蕾身子發燙，心怦怦跳得比弄堂外施工的聲音還大，滿腦子都飄著彈幕「我成富婆了」。突然眼前一片雪花，她甩了甩頭，極力想控制情緒，但越用力，美國的國旗就越是明顯，直到整個視界都是一片藍紅色。

她用了所有存款，買了一張第二天飛往洛杉磯的頭等艙機票。農民翻身做地主，瘸子也能一百米跨欄，從此以後，那每個月兩萬薪水的工作就可以把自己搓圓，滾出她的世界了，她的座右銘也可以換了，沒有永遠的能省則省，只有永遠的買買買。

第二天董蕾直接蹺了班，盤起長髮，揹著一個巨大旅行包，還化了個白了兩色號的妝，到了機場更是大手筆買了件串著金絲的開衫，像個忙於公務的日本公主在貴賓休息室裡看《China Daily》。等到她的那班飛機進港後，她像做賊似的查了自己的戶頭，見獎金

還沒入帳，心想怎麼也沒個工作人員通知，於是把購買紀錄打開。

那張彩券不見了。

後來打了客服電話才知道，他們的系統需要確認才生效，否則時效一過就會以兩元價格退回彩券發行商。而她忘記點確認鍵的原因，是因為當時那個難纏的股東又發來了新的修改建議。

新仇舊帳一起算，董蕾覺得世界對她不僅只是惡意，而且是很想置她於死地。

登機廣播上在唸董蕾的名字，她的潛意識沒辦法接受這是個笑話，更沒辦法對著大洋彼岸的美利堅說聲，抱歉，塵歸塵土歸土，路人甲翻身仍是農婦。她拎著已經短路的腦袋，還是飄上了飛機，癱坐在舒適的頭等艙椅子上，覺得這一切，像一場夢。

後來認識 Aaron 大叔也是在這架飛機上。他坐在董蕾旁邊，因為空姐幾次想為董蕾服務她都一副要死不活的樣子，於是出於好心幫她點了果汁和牛排，Aaron 是個典型的儒雅中年男，平頭黑框眼鏡，一身精緻的白襯衫搭上絲絨馬中，輕輕動一下身子，就能聞到特別的檀木香水味。他以為董蕾失戀了，在飛機起飛沒多久，就主動安慰，說你們小朋友就是這樣，以為整個世界塌了，再也遇不到這樣的人了，結果遇到下一個的時候，才知道當時多傻，腦子進水了才花時間給自己添堵。Aaron 的聲音很有磁性，像是勤勤懇懇的兩性節目 DJ。董蕾不知道聽見與否，沒做任何反應，過了一會兒，眼淚才撲簌撲簌地掉，說她是失戀了，三千萬放了她的鴿子。

董蕾哭著講了彩券的故事，說她花光所有的積蓄上了飛機，她甚至連酒店都沒訂，十三個小時落地後，就要露宿在洛杉磯的街頭。哭聲讓頭等艙的乘客差點給空姐投訴，Aaron 捂住她的嘴，問

她叫什麼名字,她艱難地嚅動著嘴唇說:「叫我大發,想發財的發,窮骨頭發燒的發。」

「好,大發,你先別哭,我們做個交易,我可以負擔你在 L.A 的旅行經費。」大叔在她耳邊細聲說道,額頭皺起的抬頭紋無比性感。

董蕾立刻由哭喊轉為抽泣。

「但是,你得為我做一件事。」

洛杉磯就像是一個慵懶的醉漢,看不到像紐約鱗次櫛比的高樓,寬闊的路上行人很少,來往的都是各色的私家車。迎著落日的餘暉,董蕾跟 Aaron 去了他位於西好萊塢的豪宅,幾個小時前,她在飛機上答應大叔,扮演他的女友,應付來洛杉磯突擊檢查的家人。

不過這次會晤不太順利,即便董蕾已經克制住看到他們家奢華傢俱尖叫的衝動,但仍然難掩滿身的市井氣息,Aaron 媽心裡不是滋味,質問 Aaron:「這就是你說的那個知性得體的女朋友?」

倒是他爸對董蕾有種莫名的好感,尤其是看到她被身後旅行包壓得挺著肚子,煞有介事地伸手問好,說「叫我大發」,還故意扯著自以為昂貴的金絲衫笑得傻呵呵的樣子,覺得跟他這些年見過的女孩子不一樣。

Aaron 把二樓的小房間留給董蕾,說是不限量暢睡,只要二老在家時乖乖當好小媳婦即可。那幾天,董蕾不是在 Aaron 媽洗澡時闖進衛生間,就是自以為孝順地把她的名牌裙子丟進洗衣機裡攪,梁子越結越大。Aaron 很及時地成為潤滑劑,一沒工作的時候就開

200

車帶董蕾出去玩，他說話很慢，但思路清晰，而且是個全能的百科全書，從牛排哪個部分最好吃到好萊塢女星的桃色花邊新聞，無不知曉。雖然是個不惑之年的大叔，但很懂幽默，平時身邊都是些智商情商爆表的名流，難得遇上一個智力還未開發的青少年，於是常逗她，開在比佛利山莊的路上，講起名流的八卦，她聽得帶勁，末了告訴她一句「現編的」，氣得董蕾瞎嘟囔，Aaron 止不住笑她。

董蕾在每一個地標處都比著「Yeah」拍了很多照片，終於圓夢美國，要把每一寸土地都走遍，看過的每一處美景都記錄下來，生怕夢醒後吃了虧。被那張彩券戲弄之後，董蕾還是那個斤斤計較的小城姑娘，更何況現在寄人籬下。

有好幾次 Aaron 都懷疑給她的旅行經費不見少，是因為吃飯不給小費，董蕾叫屈，說入境隨俗這點原則還是有的，平時能喝公家的水就不買兩美金的礦泉水，能蹭 Aaron 的車就絕不花錢叫車，一個合格的守財奴必須得明白——沒有它死不了就堅決不買。賺錢她不行，省錢還是可以申請個金氏世界紀錄。

Aaron 又氣又無奈，覺得這女孩雖然糙了點，但滿身萌點。

夕陽下，董蕾沿著聖塔莫尼卡的海岸線靜靜地走在前面，Aaron 跟在後面，看著她的背影，半個身子都被巨大的旅行包擋住。只見幾隻海鷗飛到她頭上，嚇得她直接跌進拍來的浪裡，Aaron 忙上前扶起她，坐在岸邊幫她擰乾牛仔褲上的水，看著她心疼旅行包的樣子，忍不住咧嘴笑著問：「裡面裝著寶貝啊？」

董蕾不語，拉開旅行包檢查裡面的東西。

「這包不是你的吧，這牌子都是老爺們兒用的。」

201

「你想說什麼！」董蕾睥睨著眼護住旅行包。

「小市民吧有三個缺點，小氣，怕吃虧，揣測動機，你三個全中了。話說就你這生活方式，為什麼會喜歡旅行啊？」Aaron 從菸盒夾出一根細菸，剛想點，愣了一下又放了回去。

「幹嘛，瞧不起小市民啊，我又不愛名牌，一年甚至兩年花一次錢旅行，給我自己一個希望。再說了，在一個地方待膩了，總想去別人待膩的地方看看。」

「一般人找希望，不會選 LA，你知道美國有多大，旅行成本有多貴嗎？千方百計過來，還被一張彩券套牢了，夠滑稽了，要是沒遇上我，你現在在哪，說走就走四個字好寫，但後果你有想過嗎？」

董蕾突然站起來，「我就是喜歡這裡啊，我嚮往這裡的一切，我連衣服褲子打濕都特別開心，你知道嗎，來到這兒之後，好像之前所有問題都解決了。」

「丫頭，旅行不能解決任何問題，」Aaron 看著遠方的浪，接著說：「旅行，都是用來逃避問題的。」

後來董蕾在扮演女友這件事上終於找到竅門，就是當作自己已經死了，不出聲不做反應，每天催眠自己「她看不見我」。家庭日當天，難得戰火消停的 Aaron 媽說想吃西餐，Aaron 自告奮勇要親自煎牛排，一大早扯著董蕾去農夫市集買了食材，結果再完美的大叔也有缺陷，這牛排要麼煎得咬不動，要麼用刀一劃全是血，最後一家人只好硬著頭皮吃了些現成的沙拉。董蕾見 Aaron 爸晃著腦袋說沒吃飽，於是開了冰箱用現成的食材連烤帶蒸地弄了一桌子

菜，她說可惜這裡不能炒菜，不然可以把整個東北館子搬來，像他們這種人，如果不會下廚，都不好意思叫自己工薪階層。Aaron 爸吃得很開心，唯獨 Aaron 媽自始至終都拿叉子，執拗地刮著沙拉盤子裡最後一點蔬菜。

董蕾知道 Aaron 媽不喜歡她，但從未想過討好，心想又不是真的婆婆。可後來 Aaron 媽這場阻擊戰又加了碼，直接把她的旅行包丟了，說是又髒又舊，擱家裡以為是垃圾，她徹底崩潰，「你明知道這個包是我的，有必要這麼針對我嗎」，董蕾哭著朝 Aaron 媽又吼了兩句難聽的話，在外面的垃圾箱找了整整一夜。幾乎翻了整條街，在快虛脫的時候，一身狼狽的 Aaron 拎著包出現在她面前。

董蕾把包裡的「垃圾」倒出來，T恤、公仔和一大摞的攻略書、票券，她哭著說：「你問我為什麼千方百計要來洛杉磯，因為我男朋友的夢想旅行地就是這裡，說好了要一起來，我帶著他的東西，拍下無數張照片，證明他終於來過了，好讓病沒白得，最後成了灰也沒白燒。你說得對，我一直都在逃避，我嚮往旅行，是因為不想一回到家就要承認只有我一個人的事實，我每天算計錢怎麼花的時候，才知道我一個人是可以活下去的。你們這些有錢人，怎麼能體會這種苦，你會因為今天的空心菜多砍了幾毛錢就吃起來特別香嗎？你會因為老闆多給你發了幾百塊獎金於是甘願做牛做馬嗎？你能感受到本來兩個人就不容易，結果硬生生再給你少一個，打了對折的人生，那種到死的委屈嗎？」

Aaron 把她拽到懷裡，成熟男人的霸氣用一種溫暖的方式淋漓盡致地表現出來，董蕾在他懷裡大哭。Aaron 的針織衫上，是菸草混合香水還有垃圾的酸味，那個味道，她一輩子都不會忘記。

那晚，Aaron 帶她去了家對面的酒吧街，他們拎著酒瓶一家接一家地換，手上蓋滿了戳。在一家有樂團駐唱的店裡，Aaron 上台唱了首 James Blunt 的〈You Are Beautiful〉，董蕾在下面尖叫鼓掌，還提著嗓子大吼 Chinglish，「too old」，於是 Aaron 叫樂團都停了下來，清唱了一段〈董小姐〉。

　　　　所以那些可能都會是真的董小姐
　　　　誰會不厭其煩地安慰那無知的少年
　　　　我想和你一樣不顧那些所以
　　　　跟我走吧董小姐

　　有那麼一瞬，董蕾有些恍惚了，雖然歌詞是宋冬野（中國民謠歌手、音樂創作人）寫的，但此刻突然好想說服自己這些都是 Aaron甘願唱的。的確，他家有一片草原，隨你飛奔，也有幾顆地雷，踩上去立刻粉身碎骨。

　　董蕾喝得有些眩暈了，Aaron 牽著她往外走，到了門口，停著一輛銀色馬車，董蕾眼神迷離地看向他，只見他點點頭，然後兩個人坐在馬車上，在入夜的日落大道上「噠噠噠」地晃悠，董蕾興奮得想尖叫，Aaron 摀住她的嘴，結果被她一口咬住手心，疼得眼淚都流了出來。

　　這晚之後，他們直接忽略了年齡代溝。他們一起出海釣魚，一起在 In-N-Out 分吃一個漢堡，一起去 Universal Studio 玩遍所有遊戲抱一堆大公仔回家，就連 Aaron 工作的時候，董蕾也默默在一旁烤餅乾給他吃。

有一次，Aaron 想幫她揹那個旅行包，她說沒關係，不沉，已經習慣了。Aaron 說，那是因為你心理上習慣了，你一個人揹了它那麼久，其實挺沉的，我都覺得沉。

　　董蕾腎上腺素「嗖嗖」直飆，當場感動得就想撲到他懷裡，但在兩秒後理智佔了上風，紅著一張上過顏料的臉對大叔傻笑。自此，這趟遙遠的旅行，除了替男朋友完成未完成的遺憾，突然多了一種留下來的理由。

　　董蕾問過 Aaron，為什麼他這個條件不找個女朋友，還用最蠢的辦法應付家人，當時 Aaron 並沒有回答她，她還開玩笑說他要麼性無能要麼是同性戀，後來她知道了，在那段如同電影定格的沉默裡，Aaron 回想了無數遍薛嘉麗的樣子。

　　感情的事，真的習慣就好了。

　　薛嘉麗是 Aaron 的前女友，哈佛高材生，長髮媚眼 S 身材，一個月前跟 Aaron 分了手，但又以正牌女友的身分出現在 Aaron 的家裡，還跟 Aaron 媽一見如故，拆穿了 Aaron 和董蕾的謊言。

　　他們分手的原因是，男方一直忙於事業，薛嘉麗卻總在對方夠不夠在乎自己、愛自己這件事上糾結，在幾次無休止的爭吵後，女方在酒會遇上了更年輕的，肉體出了軌。出於女性骨子裡那種我不想吃的東西，餵狗也不會便宜別人的自私，她又回來了，伴著喋喋不休的嘲諷，處處與董蕾針鋒相對，甚至最後直接把董蕾的行李全部堆到了房子外面。

　　「你們家怎麼都隨便丟別人東西啊！」董蕾嚷道：「是 Aaron 讓我住在這裡的！」

薛嘉麗說：「親愛的，夢該醒了，他對你，不過是做公益獻愛心罷了，那個房間常年空著，來個人掃掃灰挺好的，你根本不屬於這裡，還瞎折騰什麼呢。」

直到現在想來，董蕾都覺得那時的薛嘉麗其實很可憐，一切以自我為中心，肆意浪擲愛情，把欲望表現得淋漓盡致，以為就可以得到一切，但最後還不是只能鎩羽而歸。

不是都說了，可憐之人，必有可恨之處。

那晚董蕾靠著行李直接睡在大街上，夢裡出現很多跟男朋友在一起的畫面，從畢業那會兒一起規劃旅行版圖到後來牽手踏上洛杉磯，她坐在觀光車頂，陽光過分熱烈，一雙手把地圖攤開擋在她頭上，董蕾回過頭，居然是 Aaron。畫面此刻被按下後退，男朋友虛弱地躺在病床上，身上插滿了管子，呼吸罩上全是霧氣，他笑著瞇起眼，艱難地伸出手，跟她說「再見」。

董蕾早晨醒來的時候，自己正躺在 Aaron 的車裡，她眼角噙著淚，默默注視著在旁邊抽菸的 Aaron，他眉心緊蹙，一夜沒睡的臉上鋪滿倦容，見董蕾醒了，果斷而內疚地摁滅菸頭。

Aaron 對薛嘉麗來說，就像是一件能讓她後半輩子高枕無憂的傳家寶，平日裡束之高閣，自己需要的時候，隨時都能把它取下來。那天在車上，董蕾問過 Aaron 還愛不愛薛嘉麗，他的答案模稜兩可，他說他擁有全世界，沒什麼可怕的，唯獨薛嘉麗是他的弱點，或許是因為看著她從哈佛畢業、工作，從一個獨立有想法的女孩變成穿著 V 領低胸流連在霓虹和杯盞間，最最普通的那種漂亮女人。他知道她需要很多，不僅是錢，還有愛，他自認沒有愛她到

忘我，但也絕對赤誠，Aaron覺得她最後離開，也是他一手造成的，她一定覺得自己不夠愛她吧，但愛情是有約束力的，也是有原則的，誰不是彼此依賴又獨立呢。他放下自尊挽留過，但她最後還是選擇了要走，或許每一段無法繼續的愛情，總要有一個負責保存它的人，這樣才能讓另一個人安心往前。

「大發，要不要給你買回國的機票？」Aaron抹了把臉，問她。

董蕾瞪著通紅的眼睛，誠惶誠恐地看著他說：「你是趕我走嗎？」

「我是不想傷害你。」

「是你教我的，放不下，就坦誠地接納它帶給你的傷害，刻意迴避是解決不了問題的，」董蕾咽了團口水，「我不會走的。」

董蕾真沒回去，勇敢繼續住回她的小房間，跟薛嘉麗就像是兩個後宮爭寵的妃子，爭著在全家人前表現，薛嘉麗每天打扮得都跟雜誌名模似的，董蕾就學她打扮自己，結果事倍功半頂著一鳥巢把Aaron媽嚇得咖啡濺一身，還是剛煮的。但薛嘉麗在廚藝這方面就完全少根筋，見Aaron愛吃董蕾做的烤餅乾，於是自學效仿，結果出來的餅乾跟泡菜缸子裡涮過一樣，一般人分不清楚鹽跟味精，她連鹽跟糖都分不出，好歹舔一下啊，小姐。後來薛嘉麗索性偷董蕾的食材，結果用了過期的可可粉，好巧不巧那天做出來的餅乾全被Aaron媽吃了，當天就食物中毒，去醫院掛了急診。

事後薛嘉麗污蔑是董蕾給她的可可粉，虛弱的Aaron媽也一口咬定董蕾就是看不慣她，董蕾委屈地想跟Aaron解釋，但他關心他媽的病情，根本聽不進去，兩個人鬧了好大的彆扭，董蕾把自己鎖

在房間裡，幾天都沒出來見他。

　　Aaron 媽病好後，Aaron 帶全家去拉斯維加斯度假，Aaron 媽指定要帶著薛嘉麗，說這些天都是薛嘉麗在醫院照顧她，兩口子吵架可以認真，但和好也必須是認真的，她很喜歡薛嘉麗，每次見面都會送她一堆禮物。一路上薛嘉麗都殷勤地挽著 Aaron，說了很多悔不當初的話，Aaron 置若罔聞，像個情趣用品店買的充氣娃娃，全程冷冰冰無表情。

　　說也奇怪，他們到酒店辦理入住的時候，電腦顯示薛嘉麗自己訂了一間房，剛好給 Aaron 台階下不用跟她住一間，好不容易等到兩人可以獨處的時候，時不時就會上來一兩個問路的中國人，讓 Aaron 和薛嘉麗變成了人工 GPS。

　　晚上他們去看太陽馬戲團最出名的 O 秀，進行到高空跳水的單元時，雜技演員下台來邀請觀眾，Aaron 很不幸被選中，個子高挑成熟有型，立刻引起了全場老外的喝采。薛嘉麗在一旁尷尬地解釋他有懼高症，在 Aaron 面露難色的時候，坐在他們後面的董蕾突然出現了，大吼道：「Let me go!」Aaron 一行人大驚，還沒來得及反應，董蕾就被新一輪的掌聲推到了台上，她被套上戲服，裝上鋼絲，由幾個雜技演員護送著爬上了鐵梯子。

　　Aaron 仰著腦袋，喊出的一聲聲「No」淹沒在歡呼裡，心裡全是自責，覺得沒保護好她。

　　他還記得董蕾倒時差那幾天，清晨五六點叫他出來看日出，她說：「其實你這個大叔真的挺好的，年長，閱歷多，能陪我聊八卦當憤青，也能教我什麼是真正對我好的，守本分又有分寸，感覺我吸一口氣，你大概就知道我要說什麼。要是哪個姑娘栽在你手

裡，應該就逃不出來了吧。」

董蕾從十幾米高的空中被推下來的時候，Aaron 身體搖晃了一下，感覺有些缺氧。

結果從水裡冒出來的，是一個專業的雜技演員，而董蕾從紅色布幕後面走了出來，嚇得縮成了一團。

後來 Aaron 才知道，董蕾這一路都跟著他們，酒店房間是她搞的鬼，那些莫名來問路的中國人，也是她安排的，她當然沒那麼大能耐，全仰仗早已跟她達成統一戰線的 Aaron 爸。

第二天，薛嘉麗單獨約董蕾在一家義大利餐廳見面，席間聊到很多她跟 Aaron 纏綿悱惻的戀愛往事，還一定要土俗地拿一張支票出來讓她知難而退，董蕾心想果真跟電影裡演的一樣啊，她接過支票來回翻了翻，瞄了上面的數字後，心滿意足地退回去。她答應來這場鴻門宴，就是要表明立場，清理門戶，錢對她來說是真的很重要，但錢後面的那個人更重要。

「說吧，你到底想要多少？」薛嘉麗失了耐心。

「你別說了，我喜歡他。」

「Oh shit，小姑娘，你真以為自己在拍電影啊？北京遇上西雅圖？搞異國戀嗎？你知道他是誰嗎，他公司的市值，他的經歷，你一個在國內拿著基本工資，每天為生活發愁的人，知道怎麼愛他嗎？！」

「當然，在愛他這件事上我肯定做得沒你好，但我知道他工作的時候喜歡吃我烤的餅乾，知道他唱〈董小姐〉唱得特別好，知道他絕對不會在我面前抽菸，知道他玩遊戲很厲害，知道他很會開

我玩笑。」

「笑話，Aaron 很成熟的。」薛嘉麗不置可否。

「他可跟別的成熟男人不一樣，他們對你好，給你花錢就是了，但他有一百種哄女孩開心的方法，一種是花錢，但還有九十九種。」董蕾抬頭盯著她，眼神凌厲，「或許你只看到那唯一一種吧。」

是啊，如果一個男的總是讓女友感到他的成熟，這個女人可能根本沒有走進他的內心，要知道，男人至死都是少年。

那天，董蕾轉述了 Aaron 在車上的那番心情，她還說自己不會放棄的，接下來，就讓 Aaron 來決定吧。薛嘉麗哭得特別傷心，眼淚泡著眼線，整張臉像個掛著指示燈的施工現場。

要問董蕾在 O 秀自告奮勇跳水的那刻怕不怕，她的答案是肯定的，她說站在十米高台上，視線都要被聚光燈打散，但她知道 Aaron 就在下面，她必須得跳，就像她知道有他在前面帶領著，就能安心收起這些年作繭自縛的保護殼，用一個更好的自己，學習如何去愛。

他們啟程回洛杉磯那天，董蕾知道 Aaron 的跑車坐不下，自己早早買了灰狗巴士的票，結果在巴士中間站上完廁所，暈乎乎地上了反方向的車，在沙漠裡又開了一會兒才反應過來車上都是陌生乘客，嚇得直接下了車。她自信自己能走回休息站，結果迷失在茫茫無際的沙漠公路裡，舉著手機到處找信號，直到沒電關機。入夜後的沙漠鮮有車輛，一片直截了當的黑，她蹲在草叢邊，哭不出來，直勾勾地盯著四周，生怕跑出來什麼狼人或者電鋸殺人狂。

最後是 Aaron 的車燈刺得她瞇起眼睛。Aaron 溫柔地把她擁在

懷裡，說從他們相遇那天，就互相幫了對方一次，在 O 秀上她又幫了一次，這次換作他，他們就扯平了。董蕾放肆地聞著他 T 恤上的香水味，伴著哭腔責問，年紀那麼大，怎麼數字算得那麼清楚啊，但我還記得你很多好，怎麼能還得清。

「為什麼自己走了？」

「不想讓你難堪啊。」

「大發。」

「嗯？」

「留下來吧。」

Aaron 知道，女人受到委屈後最需要的是肩膀，是陪伴，而不是一個冷冰冰的解決方案，董蕾這些年一個人生活，無論是金錢還是感情都捉襟見肘，她就是接受了所有方案，拚命省錢，拚命想為死去的男朋友做點什麼，拚命見習那句必須非常努力才能看起來毫不費力，但其實她看上去累極了，其實她最需要一個擁抱。

故事的結局要快進到一年後。

董蕾把新出爐的烤餅乾打包封箱，心滿意足地在自己的帳簿上又添了幾筆。沒了旅行 App 的工作，回國後的她開了一個賣餅乾的淘寶店，利潤不多，但幹得舒心，才幾個月時間就達到四顆鑽的評價了。

在幾分鐘前，她剛掛掉媽媽打來的電話，說他們廠新來了個小夥子，人特別踏實。還沒到談婚論嫁的年紀，老媽卻提早讓她進入相親的鬼圈子。

關於洛杉磯的那段記憶，已然當作是一場時差紊亂的夢，零

星剩下的照片，也強迫自己相信都是後期合成的騙局。

那晚 Aaron 去找董蕾的時候，薛嘉麗也偷偷跟去了，結果因為開車的司機在夜路上超速，跟一輛對面來的運貨車相撞，坐在副駕駛座上的薛嘉麗斷了一條腿。Aaron 只能選擇照顧她，董蕾從未感覺到這樣的進退維谷，只能落寞退出。

回國前，她把 Aaron 給她的銀行卡還了回去，說買了這張回國的機票，他們的交易就可以結束了，她在小屋的床頭附了一張字條，上面寫著：這段記憶，你記得也好，最好你忘掉。

伴著飛機的轟鳴聲，一晃就是一年。

這一年裡，她從一個被金錢拋棄的矮窮矬成長為了六折的白富美，罵過老天不公，也嚐過努力的甜頭。她再也沒買過彩券，再也沒有對旅行有半點念想。

其實在這些破爛事發生之前，Aaron 寫過一條微博，但一直放在自己的草稿匣裡：

我從未對你說過「我愛你」三個字，路那麼難走，可你敢喜歡上我。我不會給你任何承諾，我只想讓我做的，來匹配你這份喜歡，好讓你覺得，跟我在一起，會比 3000 萬彩券還賺。

後來，她接到一通電話，是前老闆打來的，噓寒問暖之餘，問她還有沒有意願回去上班，她原本是想拒絕的，但老闆說那個融資的股東極力邀請她，說想見她。

想起當初沒訂上那張彩券就是因為他，董蕾說什麼也要見到這一切的罪魁禍首，來到他們約定的日料店包廂前，她用手扶著門

212

沿，不敢開，低下頭，眼睛立刻被地暖熏紅了。

　　她聞到了久違的檀木香水味。

不完美
求婚

Just for
Meeting You

所有人都不會料到，金牌求婚策劃師童真會在她 28 歲的生日當天，向老闆遞上辭呈。

　　『追愛』求婚事務所是童真入行的第一個公司，在所有熱戀的小情侶裡，沒人不知道這個公司，幾個北京的 80 後共同創業，只做創意求婚，上天入地無所不用其極，直升機上灑乾冰，老虎身上綁氣球，驚嚇了多少不知情的男男女女。

　　童真，就是這些鬼點子的始作俑者，也是『追愛』的絕對頂梁柱，所有人都說，她的腦袋一定跟常人不同，多長了神經中樞，她策劃的求婚儀式，就沒有被主角拒絕過。眼看工作已經排到下半年，卻在這個節骨眼辭職，整個公司為此陷入低氣壓，但童真的老闆太瞭解她，知道多說無益，只能狠心默許。

　　別以為做這份工作的童真是個每天沉浸在美好幸福中的女文青，實際上她是一座萬年冰山，沒人見過她笑或哭，哪怕看見那些哭成狗的準新人，她也沒有半點表情，很多人都以為她是肉毒桿菌打多了導致臉僵，後來才知道原來不只臉僵，全身都很僵。省話一姐，口頭禪是「哦」，頭髮越剪越短，從背後看就像個男人，有一個戴了八年的耳釘，喜歡穿寬鬆的上衣，緊腿褲，無論穿什麼鞋子走路都潤物細無聲，每天默默地飄來再默默地飄走。

　　她把求婚當成工作，機械地掏空身體裡所有奇思妙想支撐生活。就像很多都市白領，他們的夢想是變成明星，是環遊世界，是買遍所有名牌包包，但最後都落俗地坐在辦公室上班，是因為他們必須得向現實妥協，要賺錢養活自己。

　　童真辭職的原因，是因為曾經答應過自己，策劃完第九十九次求婚，就暫時歇業，權當給自己放個假，也因為想把第一百次留

在自己身上。你沒聽錯，她有一個喜歡八年的人，為此還保有一顆明媚的少女心，不過她這顆少女心有點嚇人，因為她想向男方求婚。

　　但對她這個糾結至死喜歡別人又不願意說出來，總希望別人自己明白的處女座，簡直就是妄想。

　　童真喜歡的那個人叫夏風，兩人在大學學生會認識，夏風是個典型的牡羊座，過分善良神經大條以及衝動易怒，與當時冷成一座冰雕的童真形成鮮明對比。夏風把她當哥們兒，總覺得她喜歡女人，於是在她面前毫無防備，天熱了就當著她面脫衣服，冷了甚至敢鑽她被窩。夏風學的是新聞，畢業進了入口網站做娛樂頻道編輯，一做就是三年，雖然性子聒噪，但在工作上倒是一百個勤懇，客戶和老大都對他讚不絕口，26 歲時，靠著積攢的人脈自己出來創業，僅用了兩年時間就把自己的宣傳公司做得風生水起。

　　童真這場暗戀很沒骨氣，卑微到看著夏風每天把妹子掛嘴邊，看著他熱戀和失戀，永遠像個局外人一樣在身後陪著。她知道自己沒機會，所以從不過分期待，偶爾有些念想，就好比第一百次求婚，她明白不可能，僅是給自己堅持了這麼久的一個交代，腦袋熱過勁，心就可以涼了。

　　他倆有個老規矩，就是每週三晚上會去五道口一家英國人開的餐吧，喝酒吃漢堡，順便參加他們的 Quiz 問答遊戲。童真屬於軍師型選手，英語特好，但從不炫耀，每輪遊戲開始後都默默把答案寫在紙上，然後教夏風發音，讓這個孩子王在幾隊人馬中嘹亮地喊出正確答案。

「辭職了？」夏風趁著老外出題的空檔問童真。

「嗯。」

「那來我公司吧。」

童真不語，只是笑笑。

「有啥好笑的！我們這也可以做策劃，多適合你！」

「不想。」

「我覺得啊，你真心該找個人了，你看你脾氣臭，話少，平時不想著戀愛，現在連工作也不做了，這麼壓抑下去，小心更年期提前啊，哦不，你從大學那會兒就更年期提前了。」夏風不忘神補刀。

「哦。」童真看著小黑板上一輪新的題目，漫不經心地在紙上寫下答案，然後遞給夏風，上面寫著：「你這三年談了十八次戀愛還不是單身，愛多必失。」

夏風瞬間臉就綠了。眼前這女的，以為是啞炮，點燃之後在你身邊響得跟新店剪綵似的，惹不起啊。

同事裡最會討好人的莫珊珊非要給童真辦一場歡送會，這個每天把公司當成秀場的北京女孩是唯一能跟童真說上話的，雖然勢利，每天把「錢」字掛嘴邊，但好在夠直接，即便跟別的女同事口蜜腹劍，但面對童真，就少了那份女人天生的敵意。所以當童真說要辭職的時候，莫珊珊還真抹過眼淚，說又少了一個好姐妹，雖然不知道演戲成分佔多少。

那晚的歡送會定在純K。童真推開包廂的門，就看見穿著一條大露背長裙的莫珊珊站在檯子上唱歌，見童真進來，便招呼她先

跟大夥兒喝喝酒，童真往裡面看了看，「大夥兒」真多，加上她倆，一共六個人，還有兩個人是不認識的。

可見童真或者說莫珊珊在公司的人緣有多差。

與其說是歡送會，不如說是莫珊珊的演唱會，整晚她從張惠妹唱到蕭亞軒，「聽海哭的聲音」時真的哭了，「想要跟你表白」的時候肩帶掉了。等到最後實在唱得沒了氣力，才乖乖地坐回沙發上，一看桌上的酒沒動，就莫名起了火，招呼大家必須一人一瓶。輪到童真時，她含情脈脈地說：「童真，說真的，從我第一天來公司就特別喜歡你，中性風，多酷啊，大家都說你是千年冰山，我就告訴自己，鐵達尼號都撞冰山呢，我朝陽門一姐就是有那膽子挑戰高難度，非得撞上你試試，你看，這幾年，我倆關係這麼好！」童真愣在沙發上眉頭微蹙，一言不發，莫珊珊又接話：「好了你別說了，我都懂！一瓶喝完啊！」說著碰了下童真的酒瓶，仰頭喝了一口，皺眉大喊，「這酒也太冰了吧！」

她心裡罵著娘，死要面子硬生生喝完了一整瓶。

放下酒瓶，看見童真一臉純真地望著她，一口沒動。

「你倒是喝啊。」

「不想喝，太涼。」

「……」

那晚最後是童真扛著醉得不省人事的莫珊珊在工體路上晃悠，路上的空車像約好一樣集體拒載，兩個人晃啊晃地竟然開始掏心掏肺。莫珊珊說她以前愛過一個男人，在準備談婚論嫁的時候跟別的女人在一起了，男人給她的理由是因為老媽給他介紹的這個人

是高官的女兒。莫珊珊邊走邊哭，喝醉之後全然變成了話劇演員，聲音飄得跟唱歌似的，她說現在世界都反了，男人能跟你搶男人，剩下的那些沒能耐的，還一個勁兒要求女人。所以咱女人不強勢，養得起自己嗎。莫珊珊抹了把眼淚，突然問童真：「你有喜歡的人嗎？」

說實在的，沒幾個人敢問童真這個問題，記憶中除了夏風，就屬莫珊珊了。聽到這個問題時，夏風的臉首先出現在眼前，隨即畫了叉，但覺得彆扭，又把叉擦掉，可能是被夜晚的風吹得不矜持了吧，她竟然從喉嚨裡硬生生憋出了一個「嗯」。

什麼？！感覺扒出了一個驚天八卦，莫珊珊剛想細問，突然一陣反胃，哇啦，蹲在路邊吐了。

吐完之後，她就斷片兒了。

辭職後的童真突然多出了很多閒暇的時間，在北京四環外租了一個小夾層屋，特地把次臥跟走廊打通，改成了書房，錯落有致地放了幾排木頭書架，正中央是一張古典沙發，她買了一堆名字讀起來都拗口的原版書，在裡面一待就是一下午。

夏風工作不忙的時候就來找她，童真在一邊看書，他就在旁邊唱偶像蔡依林的歌，然後故意找碴聊天，化不了這座冰山，索性就像一隻狗一樣倒在她身邊睡過去。

可是這之後，夏風就突然消失了，發過去的微信不回，打電話佔線，連到了週三的固定 Quiz 都見不到人。童真心裡像被火燒，臉上仍然保持一種事不關己的態度，隨時警惕著手機，卻麻痺自己讓對方愛哪哪去。

終於接到夏風的電話是在一個星期後的週三，說約她吃飯，

但是不去那個英國吧，而是改去許仙樓，突然一下這麼高大上煞有介事的，讓童真直覺有事發生。等她到了許仙樓，看見座位上頭髮被高高吹起，穿得無比正式的夏風，更肯定了。

　　童真一坐定，夏風就把腦袋湊過來，一臉傻笑地說：「麻煩你個事兒唄。」

　　「說。」

　　夏風嘿嘿地傻笑，「那個，你不是那麼會搞求婚的事兒嗎，幫我搞一個唄。」

　　「你朋友想結婚？」

　　「不是，」夏風湊到童真耳邊，羞答答地說：「是我，幫我給一姑娘求。」

　　童真嘴角上翹笑出聲，把夏風嚇了一跳，沒等他回過神，童真擲地有聲地撂了兩個字：「不行。」

　　「為什麼？」

　　「沒有為什麼。」

　　「哎我說童真，我夏風認識你這麼久，沒求過你什麼事兒吧。」

　　夏風臉上的傻笑變成委屈，眉毛皺成一團。

　　童真覺得太陽穴像有小錘子在鑿，心也跳得厲害，感覺多說一句就能被對方聽出什麼似的，她默默調適了心情，看向一邊，問他：「哪認識的，什麼情況？」

　　「微信搖上的，我跟你說，我真沒碰上這樣的事兒，跟那姑娘聊了幾天之後，突然就想改邪歸正金盆洗手了，她特別獨立還有想法，不黏人，是那種能讓我安心打拚自己事業的，但是你不知

道，一說起情話來唠得我哦，完全受不了。不過我就喜歡，可以說正中下懷，打了那麼多年仗，第一次碰上我直接給敵人繳械投降的。我真的特喜歡她，想讓她合法地睡在我身邊。」

「哦。」這番土俗的表白過後，童真覺得天都快塌了。

「你別光『哦』了，答應我好不好，我真的就求你這一次，看在我們這麼多年的感情上，如果我想討老婆了你都不幫我，那我就沒別人指望了。」夏風開始軟磨硬泡。

童真再不甘，也只能憋著，憋到鼻子開始泛酸。夏風見童真一直不看他，就伸手不停把她腦袋轉過來，用一張委屈的臉對著她。

童真覺得再被他這麼晃下去，淚水就要出來了，她無可奈何，只能點頭答應。

夏風在許仙樓裡叫了起來，或許那時周圍的食客以為是他求婚成功了。得意忘形之後，他說他的女朋友一會兒也要來，童真聽罷想離開，但夏風說什麼也不讓她走，說一定要讓女友見見自己最好的朋友。

等到那個女生到的時候，童真的世界徹底垮了，她看見穿著緊身套裙的莫珊珊拎著小包優雅地走進來，她也看見童真，露出了同樣吃驚的表情，接下來是長達一分鐘的面面相覷。

如同藍光碟片被按下了暫停，四周空氣被抽乾，耳朵進不了聲音，聽著自己的心跳，童真覺得跟衙門口的擊鼓鳴冤聲如出一轍，沉悶的、委屈的、不堪的，想要告訴全世界，這個男人應該是我的。

一向高調的莫珊珊大呼原來男朋友是童真的好友，簡直有緣，

可童真全程保持一張沒有表情的臉。夏風偶爾幫她夾菜碰她手肘，或者用腳踢她的腳，她都一副像失了靈魂、病懨懨的樣子。

那是童真此生吃過的最尷尬的一次飯。她無論如何也不會想到，第一百次求婚那麼快就用到了夏風身上。在自己勇敢表白前，親手把喜歡的人送給好朋友，即便一百個不願意，但抵不過一千個無可奈何。

童真策劃的求婚儀式定在『追愛』的辦公大樓，夏風穿著降落傘衣從 30 層的樓頂跳下，落在測量好的林蔭道上，這是莫珊珊上班的必經之路，早前安排好的快閃演員也都埋伏其中，只要莫珊珊一出現，夏風就準時降落，音樂響起的同時，遙控飛機帶著鑽戒開過來。排練了一遍又一遍，童真控制著每個時間節點，萬無一失。

求婚當天，所有人早早待命，童真在樹叢裡用對講機操作一切。目標人物莫珊珊在街口出現時，童真呼叫夏風，可那邊一直傳來嘈雜的信號，眼看莫珊珊就要到達指定地點，夏風還沒反應。工作人員互相使眼色陷入焦躁，此時，戴著安全帽的夏風緩緩露出半個腦袋。

只見他利索地跳了下來，看熱鬧的行人不約而同地仰起頭尖叫，莫珊珊成功被吸引注意。降落傘在半空打開，露出了巨大的「Marry me」。莫珊珊跟著周遭的行人鼓起掌，還試圖張望搜尋誰是這個幸福的女主角，等到降落傘上的男人離她越來越近時，她的身子突然僵住了，手裡的包包也掉到地上。

當時在場的所有人，都以為莫珊珊一定是被感動了。

等到男人落了地，把護目鏡取下時，意想不到的事情發生了，

因為這個男人，根本不是夏風。童真來不及阻攔，那架帶著戒指的遙控飛機從天而降，此時，夏風才從大廈裡跑出來，大老遠喊著：

「你誰啊，幹嘛穿我的傘啊？！」

莫珊珊說不出話，滿臉的尷尬，男人就這麼死盯著她，盯到眼圈泛紅，他抬眼看了看盤旋在自己頭頂上的飛機，冷笑一聲，剛想說什麼，就被一拳而來的夏風打翻在地，伴著人群的驚呼，莫珊珊顫著身子捂著嘴哭了。

童真招呼同事善後，她在人群外看著這一切，僵硬的臉上看不出一點情緒。

第一百次求婚，以失敗宣布告終。

那個搗亂的男人叫許潺，莫珊珊嘴裡那個跟高官女兒在一起的前男友，他在夏風因為緊張去上廁所的間隙，代替夏風給了莫珊珊「驚喜」。原來，當年是莫珊珊跟高官的兒子跑了，把兩年的感情當作垃圾丟棄的也是她。

當晚許潺給童真講了很多他跟莫珊珊的過去，一個拜金勢利的女人跟一個死腦筋紀錄片導演的愛恨糾葛，許潺一直都有固定國外專案合作，導演費沒少賺，但他生性愛自由，對錢更是沒概念，他以為遇見莫珊珊是恩賜，這個女孩直腸子，熱情又漂亮，但沒想到，熱戀褪去還是步入俗套，她骨子裡那種聞到錢味就忘記一切的病一覽無餘。他說莫珊珊是一個不會有真感情的人，她只會為了得到男人的錢用那一套假惺惺的獨立逢場作戲。這兩年，他一直盯著她，輾轉在不同男人之間，一旦得到她想要的，就功成身退，而退出的標誌，就是男方動了娶她的念頭。

聽到這裡，童真連忙撥通了夏風的電話。

「喂，童真……」夏風的聲音哽咽，明顯在哭。

童真慌了，她挺直腰，問道：「你沒事吧？」

對方一陣沉默，夏風好像說不下去了。

「夏風你在哪？」

「我暈，好刺激……」只聽聽筒裡一陣哀號，「我在吃壽司啊，建國門那家，你要不要來？」

童真做了個深呼吸調節怒氣值，「你為什麼會在吃壽司？」

「因為珊珊想吃啊。」

「你們在一起？」

「對啊，不然呢？」

「你們為什麼在一起？」

「準新人為什麼不能在一起啊，童真你今天話很多哦。」

童真蒙了，一旁的許潺好像也聽出了些端倪，把耳朵湊了過來。

「她答應你了？」童真問。

「對呀！」夏風直截了當地回答她：「珊珊都跟我說了，那個男人是她前男友，後來珊珊喜歡上別人就跟他說清楚了，人家覺得不甘心，就纏上了。童真我跟你說，我真是撿到寶了，哪個女人這麼誠實，我覺得現代男女分手就該這樣乾脆俐落，不喜歡就是不喜歡，拖延對誰都沒好處。你若是碰到了那個男的，替我謝謝他啊！」

在一旁偷聽的許潺臉都綠了，想搶下電話，被童真及時掛了。

「你幹什麼，讓我跟他說啊，讓他看看自己喝了杯多濃的綠

224

茶！」

「不行。」童真的表情轉冷。

「為什麼？」

「他不會信的，我瞭解他。」童真若有所思地用手背撐住臉頰，拇指指節摸到耳釘，涼涼的。這枚耳釘是夏風大三實習時，用兩個月的工資給她買的生日禮物，這些年從沒取下過，如同一個臆想的約定，只要兩個人還在一起，那它就必須一直存在。

畢竟這也是他送給自己的，唯一憑證了。

本以為這件事告一段落，後來是莫珊珊主動找童真，兩個人約在三里屯吃下午茶。再次見到莫珊珊，童真心裡還是泛起波瀾，她倒是一點沒變，像往常一樣地自顧自地講八卦聊男人。童真知道她不是什麼好人，但沒想過是真的壞，若標榜身為女性要獨立確實得讚賞，但用欺騙來換就是人格的問題，只是面對這個好友，實在又不忍心把她與那些女人混為一談。

聊了很多無關緊要的人，莫珊珊突然問她：「聽夏風說，你們大學就認識了啊。」

「……嗯。」童真遲疑了一下，全程沒有看莫珊珊，低著頭吃沙拉。

「他說你一直沒談過戀愛，但是對他每個戀愛對象挺關心的。」

莫珊珊的語氣有些奇怪。

「你想說什麼。」

「別這麼認真，就是聊聊，你們不是朋友嗎。」

「哦。」

「這個耳釘是夏風送的？」莫珊珊又轉移話題，伸手在她耳朵上摸了摸，「喲，都生鏽了，這麼多年了，還戴著。」

「他跟你說的？」

「對啊，他還說你，」莫珊珊盯著她，眼神和語氣都越來越奇怪，「不喜歡男人。」

童真腹誹，眼角餘光都不想看到對方。

「哈，我當然是不信了。」莫珊珊笑起來，擺弄起自己精心燙過的鬈髮，然後一個字一個字地說：「因為我知道，你喜歡他。」

童真的叉子不小心掉在地上，她彎下腰去撿時，用力皺了一下眉，然後強裝平靜坐好，隔了幾秒鐘，冰冷地回道：「你想多了。」

「呵呵，親愛的，大家都是女人，有些東西不用想，不用看，聞都聞得出來，上次在許仙樓，我就聞到了……」莫珊珊煞有介事地聞了一下，「一股子醋味。」

童真沉默。

「許潯是你找來的吧。」莫珊珊的語氣又變了。童真抬眼看她，想說什麼，卻被莫珊珊打斷：「夏風讓你幫他這忙真是委屈你了，但你以為把許潯找來就可以破壞這次求婚嗎？我告訴你，不可能的，跟夏風這才認識幾天，我想要的東西還沒到手，就那麼容易被你離間了，我傻啊。我莫珊珊沒什麼拯救世界的本領，唯一的本事就是，拚了命也會把屬於我的東西抓牢了。」

「你不怕我告訴他？」

「怕啊！」莫珊珊嘟起嘴，裝起弱者來，「但是有人應該也

很怕，給夏風知道她喜歡他吧。」

童真驚了，一場仗還沒打，就先被敵人找準了自己的命門，不費吹灰之力就將自己摧毀得潰不成軍，童真這邊的軍隊，有 20 歲的自己、15 歲的自己，和 28 歲的自己，她們手牽著，大喊著，夏風我喜歡你。

見過莫珊珊之後，童真獨自在三里屯酒吧街閒逛，門口有很多攬客的人，她披著一件單薄的黑色襯衫，落寞地一路搖著頭，直到在一家叫做「二樓」的酒吧前停下，她聽見裡面在放溫嵐的〈夏天的風〉。想起有一年跟夏風去武夷山的時候，兩個人爬到最高點，累得已經不成樣子，夏風突然把耳機放進她左耳，就是這首歌，在雲海和落日裡，他說，今後聽到這首歌，就要想起我。

童真喝完第四杯酒趴在吧檯上，意識已經有些模糊，想著跟夏風相處的情景，淚水不自覺從眼角掉到鼻梁上，她連忙用手抹掉，怕被別人看見，誰知越抹越多，多到忍不住，只能埋下頭，張著嘴哭，儘量不發出聲音。

後來她又喝了很多酒，意識最後停留在一個男人坐到自己身邊，然後「嗶」一聲就斷電了。

一早清醒，發現自己躺在一張木製的雙人床上，天花板刷滿了宇宙星空圖案，窗戶邊上的白牆，掛著一個精緻的白色鹿頭，來不及繼續打量，一坨碩大的毛團突然掉到她肚子上，嚇得她滾到床邊。

是一隻養成水桶一樣的短耳貓，脖子上掛著一個大鈴鐺。

許潺聽到屋裡的聲音進來，把做好的早餐放在桌上，然後抱起那隻叫『罐頭』的貓說：「昨晚昴你醉得都不省人事了，沒經過

227

你同意把你帶回我家，不好意思。」說著拉開凳子，示意她吃早餐。盤裡是煎蛋、火腿三明治和已經切好的水果，如此誠意滿滿的早餐，讓童真呆愣著，腦裡的詞彙更加匱乏。

「今後不要再為不值得的男人喝醉了。」

童真抬起頭，一臉「你怎麼知道」的表情。

「哦，昨晚扛著你回來，一路上你都在喊夏風的名字，不是有意偷聽的。」許潺一臉正氣，粗眉隨著語調一上一下，有些喜感，「所以是幫喜歡的人策劃了一場求婚？嗯，真令人感動啊。」

童真無奈地歎氣，想起莫珊珊，便對他說：「昨天莫珊珊來找我了。」

「找你做什麼？」

「她以為你是我找來故意破壞夏風求婚的。」

「然後向你放了狠話？」

「嗯。」

許潺笑著把『罐頭』抱起來，親了親牠的鼻子。走出臥室之前，側過身對童真說：「不如我們合作吧。」

許潺其實已經不止一次破壞過莫珊珊的戀情，但均敵不過她那嬌滴滴的三寸不爛之舌，哪怕把證據甩在男方身上，莫珊珊都能化腐朽為神奇，變成美好的誤會。

童真那天默許跟許潺結盟共同阻擊敵人，她不管能不能一舉殲滅莫珊珊，只想夏風不被傷害，安然無恙地回到自己身邊。而這場拆散情侶大戰，首要任務就是潛入敵軍內部，這只能靠童真，許潺的作用則是在後方發揮紀錄片導演的特長——偷拍。

當童真又一次出現在三人飯局上，莫珊珊的臉都快要垮到胸

上去了。

　　這次童真就學乖了，一改往日冰山性格，儘量一句話擴充成三句，即便控制不住要「哦」，那也得由四聲轉變成二聲，但是聰明如莫珊珊，懂得見招拆招，只要看他們倆聊起感情，她就立刻撒嬌轉向別的話題，屢試不爽，第一次作戰，宣告失敗。

　　第二次作戰，許潺說要聲東擊西，攻其不備，儘量趁夏風和莫珊珊不在一起的時候行動，童真負責給夏風洗腦，許潺則跟著莫珊珊，爭取人贓俱獲。為此，童真主動請纓，去夏風的公司做策劃，還通過跟『追愛』老闆的私交，把許潺介紹給公司當攝影師。在公司看到許潺之後，莫珊珊恨不得立刻跟老闆提辭職，可惜手上還有幾個大客戶，又捨不得去，只能硬著頭皮跟他做同事，心想反正只要老娘藏得深，就甭想見縫插針。

　　轉變如此之大的童真，讓夏風沒少受驚嚇。出於信任，童真剛到職就給了她一部電影劇本，裡面也有一個喜歡撒謊騙人的女主角，童真藉此腳本特意指桑罵槐地暗示過夏風，女人最懂偽裝，30歲的男人在刀鋒上行走，走錯一步就會遺憾終生。但夏風全然沒抓到重點，他說，你看女主角騙人最後不是還騙上一段真愛，這一個願打，一個願挨，能在一起全憑本事。

　　第二戰兩個人再次碰壁，童真有些失了信心，理智告訴她不能再這麼幼稚下去，可每每想到夏風正被莫珊珊玩弄，就正義凜然地恨不得拯救整個銀河系被騙的男人。

　　後來，許潺的家成了他們的作戰部署地，許潺擔任軍師兼全職保姆，原因很簡單，因為他的潔癖比童真還嚴重，家裡乾淨得都可以在廁所打地鋪。別看是個固執的紀錄片導演，但許潺身上有無

數萌點，每每童真恍神之餘，他就能把冰箱裡簡單到不行的食材做出每頓都不重複的大餐，關鍵還很好吃。童真是萬年冰山誰都知道，但唯獨許潯能在這麼短時間的相處裡逗樂她，他的秘訣就是——跳腹肌撕裂操，每晚八點，整整一小時，邊跳邊發出怪叫，他在瑜伽墊上呈大字形邊下腰邊給童真問好時，童真都會背過身，身子抖個不停。許潯跟『罐頭』的交流方式，跟《爸爸去哪兒2》裡的『姐姐』Grace似的，『罐頭』一不聽話，他就「拜託拜託」。一般的女人若是遇上他也是想閃嫁了吧，管他是不是愛自由愛拍片呢，能溫暖這寂寥生活就好。

事情變得好玩起來是一個立秋的晚上，童真接到許潯電話，說有發現。莫珊珊在公司時就鬼鬼祟祟地出去接了幾通電話，沒到下班時間就提前走了，許潯一路跟蹤，發現她跟一個一身紀梵希的潮男在藍色港灣的日本料理店約會，一路堵車的童真趕來時，他們恰好從店裡出來。許潯一直開著相機偷拍，童真酷酷地站在他身邊，打量那個潮男，有點眼熟。突然，許潯把童真拉到牆邊，因為他看見潮男在莫珊珊臉上親了一下，甜蜜完的兩人牽起手，朝他們走了過來。

情急之下，許潯背過身，捧起童真的臉，拇指放在她的嘴唇上，親了下去。莫珊珊和潮男從他們身後走過，許潯鬆開嘴，只見童真瞪著眼睛呆若木雞，打了一個響指，對方才回過神。他逗趣地問：「什麼感覺？」童真臉都紅了，「你不會沒被人親過吧？」許潯隨口一句話讓童真立刻冷了臉，他尷尬地拍了拍相機，說：「一切搞定，等著夏風來好好吻你吧。」

按計畫直接把這些照片快遞給夏風，然後童真在夏風動搖時

煽風點火，必要的話承認這些照片是自己拍的也沒問題。總之，讓莫珊珊狐狸尾巴露出來，不歡而散就大功告成。

寄完快遞的第二天，許潺在公司剪片子，QQ 提示消息，點開是莫珊珊發來的，「有時間嗎？去樓下星巴克坐坐。」

莫珊珊今天一身簡潔的 OL 裝扮，蕾絲邊的白襯衫，皮質的包臀裙，氣質如常，不過終於面對面坐在一起時，許潺才看見莫珊珊的眼角多出了紋路，跟三年前認識的她，終究是不一樣了，哪怕再精緻的妝容，也掩蓋不了時間在她身上走過的痕跡，這個他愛過然後終於放棄的女孩，也該收起滿身的自負，學著接受殘酷了。

快遞進門叫了夏風的名字。童真坐直身子，心裡傳來一絲悸動，他現在應該在拆快遞信封吧，現在應該看到照片了吧，該什麼時機出現，告訴他一切呢。童真冷冰冰的臉越來越燙，這座壓抑許久的火冰山，似乎也蓄勢待發了。

莫珊珊喝了一口美式，姿態優雅地坐在高椅上。

「你還是這麼愛喝黑咖啡啊。」許潺若無其事地晃著手裡的香草星冰樂。

莫珊珊笑了笑，說：「實話跟你說吧，其實我很討厭喝黑咖啡，太苦，但是我這些年仍然雷打不動每天保持一杯，你知道為什麼嗎？」

許潺沒有回答。

「因為聽說黑咖啡可以消腫，不管是真是假，但為了人前漂亮，我不在乎吃多少苦。」

「你為了漂亮為了錢什麼做不出來？」許潺反唇相譏。

「是啊，如果我卡裡一直都只有一千塊錢，我每天會睡得很

231

好，但如果變成一萬，離我想買的包就差一兩千塊，我會不甘心。既然上天已經讓我看到這樣的世界，那我無論用什麼辦法也要配得上這樣的生活，這就是我，你懂這樣的我嗎？」

許潺大口喝著星冰樂，不再說話了。

已經半個小時過去，按許潺說的，半個小時以後去找夏風，徹底讓他從夢裡醒來。童真調整呼吸，正準備起身，夏風發來了微信，他說，你來我辦公室一下。

許潺從星巴克衝出去，邊跑邊揮手攔車，他不停給童真打電話，但無人接聽。那頭的童真，把手機忘在桌上，已經進了夏風的辦公室。

拍過那麼多紀錄片，一個人享受自由那麼多年，他覺得自己從沒犯過錯，也沒想過「後悔」兩個字怎麼寫，但此刻，他心裡全是自責。北京入秋後的風很涼，天灰濛濛的，好像隨時會下雨，莫珊珊方才冰冷的語氣襲來，有種入冬的錯覺。

「那晚那個穿紀梵希的，是夏風他們公司新劇裡的小演員，夏風的朋友。」莫珊珊說。

「是我故意跟他演給你們看的。」

「寄給夏風的照片已經被我調包了。」

「許潺，你最大的優點是別人搆不著的大智若愚，最大的缺點是自以為是的聰明，而我的優點，就是看透了你的缺點。」

辦公室裡的夏風臉色確實不太好。

童真仍然保持以往的酷勁兒伺機而動。

「照片是你寄的？」夏風一語道破。

「你怎麼知道？」

「這……是真的嗎？」夏風臉色越來越難看。

「嗯。」

「為什麼從沒聽你說過。」

「因為我知道你不會相信。」

「你這樣讓我很難堪啊。」夏風明顯有些焦躁了，「這個節骨眼上你給我這麼一封信，要我怎麼辦。」

「信？」許湉沒說過他還寫了信啊，童真來到夏風辦公桌前，看見照片上全是夏風，她瘋了似的搶過旁邊的信，一目十行大致掃完，那些暗戀的心情，全部躍然紙上。

「你誤會了。」童真一把團起桌上的照片，轉身想走。

「我要跟珊珊結婚了。」夏風說。

「哦。」童真關上了辦公室的門。

此時，許湉也剛好衝進『追愛』的大門，看見童真冷若冰霜的臉，正想再向前一步，只見她揚了揚手裡的照片和信。

許湉從星巴克跑出去的時候聽到莫珊珊說的最後一句話，「是啊，我愛錢愛得不得了，但你們這些自恃清高的男人，卻只記得我愛錢，誰說每個人的興趣愛好那一欄，只能填一個呢。你根本不懂我，因為我這次來真的了，因為我，愛上夏風了。」

北京一個季度都捨不得下的雨，在今天全部倒了出來。

童真和許湉一前一後走在寫字樓下，飄來的雨把褲子和鞋全打濕了。走到屋簷的盡頭，童真見外面都是雨，停了下來，許湉來到她身邊，見她還是一臉失魂落魄的樣子，明明難過，還硬撐著，

233

喪屍都比她表情豐富。許潺受夠了這種自虐的發洩方式，拽住她的手，直接把她拖進了雨裡。

大雨很快淋濕了兩人，雨點打在身上都痛。

「不就是雨嗎，淋不死人，你想躲他一輩子嗎？！」許潺大吼。童真呆滯地看著前方，五官表情全部融進雨裡，忍無可忍的許潺扶住她的肩膀來回搖晃，半晌，她小聲說：「他要結婚了。」

「你說什麼？」

「我說他要結婚了，我們失敗了，失敗了！」童真吼了出來。

「難過哦？」許潺反嗆她：「你喜歡夏風那麼多年，我都替你憋屈，既然難過，那就哭出來啊，用所有髒話罵他，罵到你爽為止啊，幹嘛還是這樣一副要死不活的樣子，你以為裝成這樣就不會受傷了嗎？疼是你自己疼，沒人會替你分擔！」

「我都懂，哭完罵完，是不是我就得放下了，可我沒有想好要如何放下，我不想離開他！」童真吼得更大聲。

「你不會離開，因為他，從沒跟你走過！」許潺也吼：「一個人對你愛不愛，在不在意，你都能感覺到，你比誰都清楚這件事，他沒有給你承諾，沒有像你一樣堅持，他連個吻都不會給你，他現在要跟別的女人結婚了，你還在幻想什麼？不要把你們這麼多年的感情當成寶，對一個不愛你的人來說，就是廢品。你童真，不過是陪他走了這一程，換作任何人，也可以幫他完成！」

童真突然張開嘴，哭出了聲音。

是啊，誰喜歡你，你能感覺得到，你喜歡誰，他對你愛不愛，在不在意，你也能感覺到。有時候，聰明如你，但傻就傻在習慣欺騙自己，承諾了不該給的承諾，堅持了沒必要的堅持。

許潺抱住已經哭得抽搐的童真，鼻子也傳來一陣酸楚，他覺得好累，閉上眼，讓眼淚跟雨水混在一起。

　　大道理很動聽，時間會帶走一切，但需要很長時間消化，人生最難的，不是擁有，而是放下。

　　一場宿醉之後，童真給夏風發了辭職郵件，幾乎全部的時間都待在自己的書房裡悶頭看書，許潺隔三差五會抱著『罐頭』來看她，給她打包一些新研究的菜。當然童真還是如以往那般高冷，但幾乎每次都能被許潺不經意的玩笑逗樂，當他看見童真書架上那本跟都教授同款的《愛德華的神奇旅行》，又環顧一下這滿牆的書架，還有坐在中央復古沙發上靜默的童真，打了一個非常認真的寒顫，弱弱地問道，你不會也是從星星來的吧。童真面無表情，此處安靜五秒鐘，旁邊胖成一團爛肉的『罐頭』突然打了個噴嚏，童真就笑了起來。

　　兩人同一隻貓的互動，像電影裡的蒙太奇一樣。錯落交織的片段組成的永恆裡，有人消失，有人出現；有人失去錯的人，有人遇見對的人。

　　後來是『罐頭』丟了，童真和許潺急得到處找，不過是來童真家的路上抱著手痠，放地上抽了根菸的工夫，那麼一大坨肉就不見了。

　　童真還記得當初在許潺的抽屜裡偶然看見莫珊珊抱著『罐頭』的照片，知道『罐頭』是他們養的，對許潺來說牠應該是那段感情唯一留下的美好吧。童真蹙眉，心裡想一定要幫他找到，走到『罐頭』丟的那條街上時，電話響了。

許潺埋頭坐在公園長椅上，聽著不遠處的狗叫聲發呆，任憑手上的菸點著，直到大半截菸灰受不住力，從菸蒂上掉落，正巧落在進入視線的一雙紅色馬汀靴上。他抬起頭，莫珊珊正抱著『罐頭』。

　　莫珊珊在他身邊坐下，說：「要不是牠看到我叫了一聲，我真以為是路邊的一袋水泥，胖得我有點招架不住啊。」

　　許潺笑笑，彎腰把半截菸蒂杵在地上，說：「女孩兒嘛，得富養。」

　　「呵呵，好女孩兒才值得富養。」『罐頭』用指甲刮著椅背，莫珊珊湊近牠說：「你說是不是，『罐頭』？如果你是個不聽話的壞女孩兒，就會吃不飽穿不暖，被別人笑，沒人肯正眼瞧你，什麼都要靠自己。」

　　許潺沒有講話。

　　莫珊珊繼續說：「其實壞女孩兒真的挺可憐的，不偷不搶，各憑本事，得來了好女孩兒沒有的東西，就被說下賤，不上道。但那些好女孩吧，其實什麼也沒做，照樣能享受同樣的東西，你說這是憑什麼，天生做不了那個好的，至少也要做壞的裡面那個最精緻的。」

　　「你開心就好。」許潺冒出一網路流行語。

　　莫珊珊轉頭看他。

　　「我說，壞女孩兒自己開心就好，以前的我一直想讓她不開心，後來才知道，無論她開心與否，都跟我無關，我還是一個只能疼『罐頭』，豢養單細胞女孩兒的專業戶。」

　　莫珊珊會心一笑，兩人又是許久的沉默，半個鐘頭過去，她

起身把手插在風衣口袋裡，轉過 45 度臉對著許潺說：「壞女孩兒下週三結婚，不知道這次有沒有人玩花樣，當然，如果有人玩累了，可以帶著紅包來，別包太少，不然等他結婚的時候，壞女孩兒塞日圓。」

　　夏風和莫珊珊的婚禮辦在北京昌平區的一間城堡酒店，門口十幾輛賓利車壓場，出席的賓客都穿著華服，原來小時代裡那群人在生活中是真實存在的，不是一個畫風的童真穿著一身簡單的格子大衣，面無表情地把禮金交給伴娘，跟隨接待到了自己位子上。

　　找『罐頭』那天，夏風打來電話先是自顧自地回憶起大學生活，然後非常沒頭腦地邀請她參加自己的婚禮，去出一句「如果連你都沒來參加我的婚禮，我會終身遺憾的」作為結語。呵呵，邀請暗戀自己八年的人參加婚禮，這種少根筋的事也只有夏風做得出來。「哦」，這是童真聽完對方慷慨陳詞之後，唯一的回應。

　　同是傻缺的默契。

　　童真以為這天真的去了會很難過，但到了現場，看到電子螢幕上夏風和莫珊珊的照片，反而很平靜，那種感覺就像是失憶的病人，明明腦袋裡裝著重要的線索，卻被什麼東西阻攔著，召喚不出來。

　　童真一隻手撐著臉頰，拇指摸著耳垂出神，背景音樂突然響起來，驚得碰倒了手邊的酒杯，把半杯紅酒灑在了旁座的凳子上。正想拿紙去擦，許潺一屁股坐了上去。

　　「沒想到你也來了，所以這倆位子是前男友和備胎女友專座嗎？」許潺今天穿了一身白西裝。

童真語塞，面露尷尬。

　　「這傢伙，挺意外啊。」許潺把頭附到童真耳邊，小聲嘀咕，「你不會是來砸場子的吧。」

　　童真認真地搖搖頭，她很想笑。

　　場燈及時暗了下來，城堡裡亮起燭光，莫珊珊和夏風同時出現在兩束追光下，沒有長輩陪同，兩人兀自走向對方，走到靠近賓客的舞台上時，燈光才稍微明亮起來。莫珊珊的婚紗倒是中規中矩，反倒是夏風的一身騎士裝扮掀起了今天的小高潮，夏風艱難地固定了一下頭盔，對莫珊珊說了一長串什麼做她一輩子的騎士保護她之類的告白。輪到莫珊珊講話時，她表情突然冷了下來，捂住耳麥大放厥詞，「大家別被他騙了，他就是蔡依林一鐵桿腦殘粉，人說了，要在婚禮上穿成這樣致敬 Jolin，可惜啊，我不是她的淋淋，我頂多算一零零，零文化，零資本。但是夏風你聽好了，我知道我莫珊珊這輩子沒有當公主的命，只是個滿腹心機想上位的丫鬟，我是一路踩著尊嚴爬上來的，但我今天把話擱這裡了，老娘爬累了，準備把最後一面小紅旗兒插你這了，我要讓所有人知道，你是我的終點，我用了所有運氣去賭，最後賭到你，我認了，我滿足了。」

　　夏風的表情由天晴到晴轉多雲到暴雨，哭得一把鼻涕眼淚，台下掌聲和歡呼聲已經混為一團，許潺表情複雜地愣在座位上，用餘光瞧了一下童真，她仍然僵硬，只是眼睛紅了。

　　童真從前不懂，原來愛情真的是講究適配的，風箏與風，鯨魚與海，充電線與手機，一個奇葩和另一個奇葩。

　　奇葩的新人儀式過後，場燈一亮，蹦出兩個 DJ 現場表演，角落裡也不知從哪裡冒出來幾個調酒師，現場瞬間變成了熱鬧的聚

會。夏風牽著莫珊珊一桌接著一桌敬酒，到童真這桌時，明顯已經喝多了，他攬著童真的肩膀，說了一堆胡話，莫珊珊很禮貌地跟許潺碰了杯，她說：「謝謝你為我做過那麼多，好的壞的，不然我真不知道我這麼可惡。」許潺尷尬地笑了笑，仰頭喝完了整整半杯葡萄酒，嘴角溢出的酒把白色的衣襟洇出了痕跡。

敬完酒，兩位新人正準備走，夏風看了一眼童真，腦袋一熱又折回來，他問：「那枚耳釘你取下來了？」

童真下意識地摸摸自己光禿禿的耳垂。

那場雨之後，她就把耳釘鎖進了抽屜，逼自己放下最大的好處，就是不再浪費力氣去抗爭，不去對不屬於自己的抱有期待。時間既是劊子手也是療癒師，事情處處是轉機，過去的掙扎都是白費氣力。

夏風說著胡話：「我真以為你喜歡女生的，我……」

「會不會說話啊。」許潺及時站到夏風面前，夏風還「我啊我」地想繼續往下說，許潺機靈地全堵了回去，身邊的賓客被逗得樂呵，童真也忍俊不禁。

一看冰山融了雪，許潺就更加興奮了，把童真拽過來，當著所有賓客和新人的面說：「她是喜歡女生，我就是那個女生。雖然童真這比北極還冷的性格特招人討厭，但我吧，在這壓抑氣氛的長期壓迫下，我身體裡的暖男屬性也暴漲，勉強算是不幸中的萬幸。當然，也感謝二位新人腦子好外加夠愛對方，被我倆結盟這麼拆都沒拆散，還把各自搭進去了，但搭得心甘情願啊。」

童真尷尬地想掙脫許潺，但被他拽得死死的，只好把視線看向一邊。

許潺來勁了，把童真扯到夏風和莫珊珊身邊說：「真是恨不得下一秒就去扯證兒啊，你說是不是？」說著用手肘頂了一下童真的後背。

　　不知道為什麼，四周的賓客笑得越來越大聲。

　　童真咬著嘴唇點點頭，然後捂住嘴，身子開始抖。

　　許潺眼梢斜吊，扠著腰故作姿態地笑，「害羞，害羞！」四面的賓客笑得更誇張，童真一個沒忍住，也笑出了聲。

　　後來許潺才知道，讓這座千年冰山融化的不是他這枚等離子大太陽，不是那段媲美奧斯卡頒獎典禮的獲獎感言，而是他屁股上兩坨像是忘記貼衛生棉一樣的紅酒印。

　　感謝這兩枚紅酒印。

　　那天童真和許潺笑著從城堡裡出來之後，竟相對無言，坐在計程車上也互相看著窗外，直到開到朝陽路上的時候，許潺才搭話，說剛剛不好意思，全怪那小倆口太得意，別誤會。童真把視線放低，弱弱地說，沒誤會。話有歧義，讓這個見過無數市面的大導演也羞紅了臉，他一臉壞笑地揉揉頭髮，說今天值得慶祝，不如去他家吃飯吧，做新菜給她吃。

　　然後，童真就一直在他家吃飯了。

　　許潺切菜的時候，習慣歪著嘴；和麵的時候，幫麵粉配音發出「啊啊」的叫聲；炒菜的時候，背影融在一團團燒起來的火裡，像超人；吃飯的時候，總會先把今天的主菜夾給童真，然後再夾一點丟給『罐頭』。這些細節，都是童真捕捉到的，不知道從什麼時

候開始，她的眼裡，許潺已經不是那個大大咧咧的紀錄片導演了，而是一個充滿男性荷爾蒙的精緻男人。電影裡說，所謂深情摯愛，就是你中有我，我中有你，原來，一個人吃飯沒有兩個人吃飯開心。

童真是真的開心。

沒有意外，也沒有高潮，如果要說鋪墊，就是想到許潺的時候，就接到他打來的電話；難過的時候，就能因為他而開心；還有在每當回憶那段難過的日子，就慶幸還好遇見了他。

許潺說，只要每天能把童真逗笑，就覺得天塌下來都難不倒他了，後來，童真從不會笑變成了動不動傻笑，以至於當她第一次跟許潺親熱的時候，竟然笑場。許潺特別賤地舉起攝影機威脅她，若是再破壞情緒，他就要做好紀錄片導演的本職工作，全程記錄這座冰山酷女如何在床上變成騷情小野貓的。

當然，許潺沒拍成，因為童真這女人，除了把一張英勇就義的臉坦白地攤在許潺面前，就再也沒有任何表情以及情緒，在床上完全就是一尊雕像，許潺想給自己立塊碑。

轉眼到了第二年秋天，童真頭髮變長，終於像個正兒八經的女人，許潺去非洲拍片，家裡只剩她和『罐頭』。一年沒有工作的童真，幾乎已經完全喪失了社會屬性，快退化成跟『罐頭』一樣的寵物。

翻開自己的舊電腦，輝煌的求婚案例都成了曾經，想想當時為了夏風留下的第一百次求婚，如今也隨著時間大步邁過而顯得不痛不癢。

在她決定重回『追愛』求婚事務所的第二天，『罐頭』又丟了。家門關得好好的，結果離奇失蹤。童真正準備出去找，許潯來了微信，說他在回來的路上，於是兩個人又一次狼狽地滿城找貓。時間臨近中午時，莫珊珊來了電話，說『罐頭』現在在她那裡。

　　這『罐頭』還真愛千里尋親啊，童真頹喪地歎了口氣，但轉念又想，覺得哪裡不對勁。

　　給許潯發了信息之後，童真獨自去找莫珊珊。

　　到了約定的三里屯太古里，沒見到莫珊珊，倒是路人有點出奇地多，好像在 SOHO 的上班族集體約好了似的過來買包包，就連平時賣氣球的大叔也多了幾個。童真像偵探一樣，用眼角餘光打量四周的人群，直到被蘋果店門口賣黃牛的大叔糾纏問她買不買 6Plus，才斷了思緒，恍然這不過還是一個非常三里屯的三里屯。又等了好一會兒，打給莫珊珊，手機剛響一聲，對方就接聽了，不過顯然是不小心按了接聽鍵，只聽莫珊珊一直在跟別人說話，那一口京腔大吼著，「你快點兒，群眾演員要加錢了，沒見過求婚都這麼拖泥帶水的！」

　　童真忍不住偷笑，過去光在三里屯求婚的案例，她就已經策劃超過二十次了。

　　下一步應該是中央的噴泉開始噴水，果不其然，水噴了起來，然後是音樂，嗯，音樂也響了起來，最後身邊的路人，賣氣球的大爺，還有黃牛大叔全部朝童真圍了過來，開始了一段非常老套的快閃。

　　童真來不及點評，就被舞者簇擁著向前，圍觀的路人也越來越多，音樂的最高潮，氣球都飛了起來，童真的視線也隨之上升，

再落回地面的時候，看到兩旁人群散去後，許潺穿著一身白西裝，背對著她，屁股上印著兩瓣紅色桃心。

許潺屁股什麼時候變這麼翹了。好像關注錯了重點，童真認真地害羞起來，被推搡著慢慢靠近他。想想許潺也真是大膽，敢在金牌求婚策劃師面前班門弄斧，但越靠近的時候，越覺得有些異樣，果不其然，白西裝一轉身，是夏風。

童真瞬間就僵硬了。

夏風單膝下跪，支支吾吾半天不說話，直到圍觀的群眾開始起鬨，他才深吸口氣，像講故事一樣，說了一段很冗長的告白。

「抱歉騙了你這麼久。但我要說，這是我能給你的最大驚嚇……和驚喜了。」

歐美的懸疑電影裡，到末尾都會出現一個讓觀眾驚歎的反轉，一時間把觀眾的汗毛豎起，腎上腺素激生，成為評分多一星的理由。

但這個反轉轉得似乎有點太誇張。

莫珊珊也出現了，一臉局外人似的看著他們，滿臉的解脫。童真嘴唇白白地翕動著，發不出聲音。這一年來是經歷了什麼呢，一個喜歡了八年的人，一個一直默默當成朋友的人，有一天說他要跟自己的朋友結婚了，然後在婚禮現場跟新娘子哭得媽都不認得，在自己最需要的時候連擁抱都捨不得給，而在已經不需要擁抱的時候，走到你面前，說，現在還來得及抱你嗎。

夏風把戒指拿出來。

「收起來，別玩了。」童真聲音格外艱澀。

「童真，你回答我。」夏風一臉誠懇。

好多年前，童真幻想過這樣的場景，每次做完一單策劃，看著求婚成功的男男女女抱在一起，也都會想起這個場景：白西裝、婚戒、觀眾，還有自己怦怦直跳的心。

但她幡然醒悟，場景如是，只是早已不在乎那個男主角是不是夏風了。

「對不起。」童真身子本能地往後一退，剛好撞到身後的人，一回頭，是許潺。

莫珊珊上前挽住夏風的胳膊，兩人默契地相視一笑。

「好怕你剛剛就點頭了。」許潺摸著下巴悻悻地說。

童真不講話。

「不是故意要試探你的，我是對自己沒有信心。」

童真不講話。第一次遇見許潺的情景快速在腦裡閃回。

「夠不夠驚喜，大策劃師。」

他的臥室，他牆上的鹿，他的『罐頭』，他做的菜，他跳健身操的樣子，他說一起合作拆散夏風他們時候的表情，他把自己拖到雨裡對她說的那些話。

曾經答應過自己，策劃完第九十九次求婚，就暫時歇業，因為想把第一百次留在自己身上，也終於有了那第一百次不完美求婚，才讓眼前出現一個完美的男人。

童真突然轉身搶過夏風手裡的戒指，單膝跪在許潺面前，她仰起頭，碎劉海撇向一邊，說：「嗯，我不會講話，拍過那麼多紀錄片，今後就拍我一個人吧。我愛你，你隨意。」

「那請你下次多給我一些情緒，在床上不要像一個死人。」

許潺笑著說：「還有，這戒指是假的，玻璃做的，夠不夠隨意？」

沒等童真有反應，許潺就把她拽到懷裡，指了指後面，只見『罐頭』艱難地挪著身子從人群裡擠出來，脖子上掛的鈴鐺隨著身子的搖擺響個不停。許潺彎下腰，把牠的鈴鐺打開，裡面藏著一枚戒指。眾人這才約好齊聲歡呼。

看著童真戴上那枚戒指後，莫珊珊小聲嘀咕道：「這好像是許潺當時向我求婚用的那枚。」

夏風拍了下莫珊珊的屁股，打趣地說：「後悔了嗎？」

「悔呀，該先把戒指收了再跟別人跑。」

「……」

「哈哈，算啦，他的戒指，只能給好女孩兒。」

婚後的童真成了『追愛』的掛名顧問，不用進公司，真正的工作是陪許潺拍遍全世界，保持高冷與單細胞，直面許潺更多的陽光。莫珊珊辭職當了家庭主婦，夏風則準備把公司轉型做影視投資，繼續努力賺錢，因為他不僅要養一個屬相屬錢的老婆，還要養一個從出生就對 LV 商標情有獨鍾的金牛座寶寶。

童真說直到現在，她都不知道什麼叫真愛，像個女戰士一樣喜歡一個人八年，然後稀裡糊塗地嫁給了另一個男人。以前喜歡夏風的時候，她很安靜，現在跟許潺在一起，很平靜，不再浮躁，不再糾結，會在意對方的小動作和小表情。愛情不就像詩人說的嗎，愛一個人，他身上就會發光，後來發現，自己也能發光。

不知道什麼叫失戀，經歷的時候自己就知道了，不知道什麼叫遠方，到達的時候自己就知道了，不知道什麼叫真愛，當真愛來

245

了，就會出現晴天，望著眼前的這個人，想一直跟他在一起。

　　那些錯過的，就像作家史鐵生說過的：「我什麼也沒忘，但有些事只適合收藏。」◦●◦

12

我們都過了
耳聽愛情的年紀

有一家大排檔，老闆叫朱哥，糙老爺們兒一個，皮膚黝黑，經常捏著一把蒲扇在煙霧中晃悠，青椒豬肝麵是他的招牌，還有各式蓋澆飯、山東煎餅、炭烤生蠔，應有盡有，用食物慰藉這個城市的單身貴族們，附近大廈的上班族給朱哥的店起了個很應景的名字：單身食堂。

朱哥手上有很多故事，多數是食客講的，他們就著啤酒，大口吃著肉，見朱哥老實，就什麼秘密都告訴他。缺愛的男男女女，罵老闆的小職員，剛吵過架的小情侶，比一場晚會還生動。

這其中有個叫方嵐的女孩兒，在背後大廈的廣告公司上班，戀愛史乾淨，距離上一段愛情已經空窗兩年多，分手初期痛得齜牙咧嘴的，現在已經對『前任』這個詞免疫，人始終要向前看，她在等待最好的愛情。

陳土木，人如其名，戴著黑框眼鏡，平頭工科男，永遠是一身寬大的素色襯衫和褲子。大學時隔壁專業的女漢子喜歡他，暗示的方法千奇百怪，但就抵不過他那木訥腦子，不了了之。所以直到現在，他都沒有完整談一場戀愛，工作又是網站的夜班編輯，過著美國時間，只有電腦咖啡作伴，別說女漢子，連個漢子都沒有。

方嵐的公司在 26 樓，陳土木在 13 樓，其實他們早就「認識」了。那會兒特別流行一個聊天 App，不像別的聊天軟體那麼明目張膽，而是比較含蓄地讓兩個不知道對方長什麼樣的人在聊天中不斷因為被對方某個點吸引，按讚到一定數量，才可以解鎖照片。對於這個看臉的社會來說，這不失為對都會男女一項重大的科研挑戰。

方嵐吸溜著豬肝麵，跟朱哥展示她跟陳土木的聊天紀錄，從生活聊到電影劇情，偶爾分享一些勵志文，也算投機。朱哥當時就

納悶，因為昨晚半夜，陳土木也跟他分享過類似的內容，說最近有一個女孩子，挺聊得來，朱哥嗆他，看上了就追啊，陳土木搖頭晃腦，比姑娘還扭捏。

後來是他們聊到推薦的館子，兩個人不約而同傳了一張朱哥的單身食堂，知道他們在一棟大廈上班，於是在 App 剩下最後一個讚就將照片解鎖前，約了見面。陳土木說，他會穿一件藍色的衣服。

結果那天出現在單身食堂的，是穿著一身藍西裝的周宇。周宇是陳土木的上司，難得 30 多歲還能保持好身材和超凡的審美，每天穿著講究，香水好聞。年輕時寫過很多在媒體圈大熱的稿子，藝人和同行都認他。能力跟收穫對等，在這座寸土寸金的海濱城市坐擁兩套房子，和一輛保時捷。總之，雖然沒到霸道總裁的級別，但也成為眾多女生心目中未來老公的標準。

方嵐想著不用穿西裝這麼正式吧，給周宇點了一碗豬肝麵，然後坐在他身邊，自顧自聊起朱哥家的吃的來。周宇倒也可愛，一個陌生女子如此自來熟，沒反感還點頭配合，那時的方嵐一臉單純，舉手投足間酷似《17 歲不哭》裡的郝蕾。

回公司的路上，周宇貼心在她左邊並排著走，方嵐視線移過去正巧是他的喉結，周圍還有青色的短鬍，越看越羞澀，偷偷紅了臉。在電梯裡，兩人才互留了名字，方嵐心生蕩漾地打開那個聊天 App，按下最後一個讚，然後發現認錯了人。

那天陳土木工作到第二天早上才回家，本想補兩個小時覺，結果睡過頭，直接錯過了跟方嵐的約會，在 App 裡連發了數條信息對方都沒回，臨近傍晚時照片突然解了鎖，馬不停蹄地奔去公司上

班，結果在大廈樓下看見照片裡的方嵐，上了領導周宇的保時捷。

　　說來也是緣分弄人，周宇對方嵐一見鍾情，出於成熟男人骨子裡那份自信，絲毫不掩飾，中午一個微信就到方嵐公司門口帶她吃午餐，早晚下班都專車接送，在大庭廣眾下表白和送花。在同事朋友欣羨的目光裡，方嵐陷入了漫長的糾結。雖然一直以來心動的人並不是周宇，但她畢竟是一個普通的女人，周宇對她來說是個已經熟透的果實，不需要自己悉心照料，而且揮發出的乙烯還能催熟未成熟的她，沒有前期投資，不承擔風險，坐享其成。

　　所以方嵐沒有拒絕，但也沒答應，保持默契的曖昧。周宇很喜歡承諾，承諾明天帶她吃什麼，承諾如果跟他在一起他會怎麼對她，承諾兩個人的未來會畫成什麼樣子。他在愛情裡好像很得意於一個「導演」的角色，對方嵐照顧得體貼周到。那段時間，方嵐過上了另一種生活，她終於去了那些奢侈品名店，在全市最貴的旋轉餐廳吃過飯，周宇還帶她去各種高端酒會，全程用她聽不懂但音律厚實的英語溝通，她上大學時就在自己的個人介紹裡寫過，對英語好的男人沒有抵抗力。她再也不用在地鐵裡擠成沙丁魚罐頭，即便堵在保時捷裡也開心，終於可以在夜裡看到這座城市霓虹下的全貌，好像看過的電影場景全部悉數重現。電台 DJ 傳來溫柔的聲音，她偶爾恍神，幾次回神過來，恍若一場大夢，但回頭看見周宇的側臉，看著他認真開車的樣子，心裡一陣和弦刷過，人生從沒如此清晰過。

　　陳土木坐在朱哥店裡，灌下第三罐啤酒，朱哥遞來兩隻剛烤好的生蠔說，請你吃的，記著我的好。陳土木推了一下眼鏡，面無表情地埋頭吃起來。

250

這一週以來，他偷偷跟著方嵐，看她每天跟周宇在一起，卻只能眼睜睜看著，到了公司還要看周宇的臉色，自覺窩囊。

　　想著又打開一罐酒，朱哥見狀，把油膩的毛巾往脖子上一掛，把啤酒推開，說，酒是別家的，少喝點，來他食堂，就吃他的東西。陳土木聽話開始看菜單，朱哥急了，用毛巾抽了一下陳土木的頭，呆子，不喜歡的姑娘別耽誤人家，自己喜歡的姑娘，拚死命地追啊，你小子每晚耗在這兒，酒沒少喝，事兒辦成了嗎？管對手是誰呢，你肯去追，離成功才近一點。

　　這事後來吧，朱哥給陳土木放了風，聽說方嵐最近被一個案子困住，於是在她加班犯愁的凌晨，陳土木給她的 App 發了個 Word 文檔，整篇文案都寫好了。被折磨得披頭散髮的方嵐一臉錯愕，才想起他們久未聯繫，這時身後的公司玻璃門響了幾聲，回頭，陳土木正在吃力地推玻璃門，方嵐走過去按下門鎖，玻璃門向兩邊自動拉開，陳土木好不尷尬，傻乎乎地撓著腦袋一直笑。

　　跟陳土木的相處，又回到方嵐熟悉的世界，因為之前聊天的默契，兩人很快破了那層尷尬的隔膜，像是認識很多年的朋友。別看陳土木那一副憨傻的樣子，但他有一項特別的技能，擁有第一時間找到美食的能力，以朱哥的店為圓心，繞著他們大廈，綿延出去的每條小巷子裡，平日裡忽略的街邊店鋪裡，都能找到各種性價比超高的宵夜，那段時間方嵐加班到很晚，兩個人吃得不亦樂乎。從水果店出來，他們拎著一袋櫻桃在空曠的大街上閒逛，陳土木突然說帶她去一個地方，他們到了公司大廈的 31 樓頂樓，穿過一段漆黑的走廊，生鏽的鐵門沒上鎖，輕輕一推就到了天台。天台上有一個視角特別好的石礅子，陳土木把方嵐拉上去，整座城市的

夜景盡收眼底，聽著方嵐止不住地尖叫，陳土木得意地咬著櫻桃，還不忘用舌頭給櫻桃梗打結，逗得她樂呵呵直笑。

　　交完客戶的案子那天，是凌晨 3 點，他們還是如往常一樣準備去吃宵夜。到了大廈樓下，看見在保時捷裡睡著的周宇，把他叫醒後，周宇說送她回家。方嵐猶豫片刻，還是選擇跟陳土木道別，上了周宇的車。

　　周宇知道之前跟方嵐聊天的人是陳土木，但在他眼裡，陳土木太平淡了，長相平淡，能力平淡，整個人放在他的世界裡，渺小如石子，拋出去就被淹沒，不會把他視為假想敵，更不會給他多少存在。

　　直到某明星選在大半夜跳樓，全民嗟歎，周宇讓陳土木一人跟這個新聞，結果連續幾天沒合眼寫專題的陳土木直接病倒，窩在家裡燒了三天三夜，意識最迷糊的時候，聽到門鈴響，打開門，方嵐拎著朱哥店裡的外賣站在門口。

　　他火速衝去廁所整理了一下，出來後方嵐正尖叫著玩他的兔子。是的，他養了一隻迷你垂耳兔，灰色的一小坨肉球，懶洋洋地吃著方嵐遞來的菜葉。除了這隻兔子，陳土木家還有很多萌點，看似不起眼的一居室，但他把家裡每一面牆都貼上了不同的壁紙，配合壁紙風格還有不同的陳設，簡直就把旅遊景點那種遊客 Cosplay 的業務搬到家裡來了。那天陳土木幫方嵐在牆前拍照，她抱著兔子走過「大笨鐘」「櫻花樹」「布魯克林大橋」以及「紫禁城」，每次轉頭髮絲輕輕飛著，像是一個精緻的慢鏡頭。看著她那溫婉的笑，陳土木突然退燒了，感覺一輩子都不會病了。

　　周宇知道方嵐去了陳土木家後介意了很久，不但當著同事的

面說陳土木的專題寫得莫名其妙，還派了一個剛來的新人改他的稿子。再好脾氣也會被點燃，陳土木氣不過，去周宇的辦公室跟他理論，兩個人從專題爭到方嵐，大動干戈。

但畢竟陳土木跟周宇不是一個級別的對手，周宇第二天就西裝革履地帶著方嵐去海邊玩，他租下一棟海濱別墅，在游泳池裡大秀身材，在海邊搭起樂隊，就著海風吃西餐。他鄭重地對方嵐說，這就是他們以後的生活，望餘生請她指教，然後站起來俯身在方嵐臉上留了一個吻。他太懂如何控制一個女人的心，方嵐再次陷入糾結，正在吃的提拉米蘇切到一半，發現裡面藏著一枚戒指，海風突然像是一耳光打得方嵐措手不及。

方嵐當然沒有答應他，八字才開始蘸墨水寫第一撇，就被周宇心急地抬筆說，別畫了，不重要。這當然重要，晚餐吃得不舒服，方嵐沒有跟周宇再多說話，就一個人回房了。陳土木在 App 上發來信息，問她在幹什麼，她不知道怎麼回覆，把手機甩在一邊坐在地上看書，沒一會兒就靠著床腳睡著了。半夜驚醒，陳土木的垂耳兔正在舔她的手指，驚喜之餘，看見了趴在別墅圍牆外的陳土木。

他們在海邊走，海浪把腳打濕，陳土木自嘲道，我發現每次我們碰一塊兒都是在晚上，活脫脫兩個大齡夜貓子。方嵐也笑，不過笑得齜牙咧嘴，原來她偷跑出來穿的人字拖磨腳，陳土木脫下鞋給她穿，自己光腳提著人字拖吧唧吧唧地走得很快，結果腳心被貝殼劃了好大條口子。末了，他開玩笑說，我可是有腳臭哦，讓關心他傷口的方嵐立刻甩掉他的運動鞋，抱著兔子白眼不停。

這一切，一路跟著他們的周宇都看在眼裡。

因為陳土木之前做的專題裡，周宇讓他加上歷史上自殺的公

眾人物盤點，結果稿子扒得太深，惹怒利益關係內的人，周宇被革了職。離開公司那天，落魄地在單身食堂喝酒，周宇跟朱哥說，我本可以讓陳土木擔這個後果的。朱哥問，那為什麼沒有？因為方嵐求我，求我幫他，周宇說完仰頭喝起酒來。朱哥語塞，半天吞吐出一句話：「現在的年輕人，怎麼都喜歡喝酒啊。」

　　儘管很多公司向周宇拋來了橄欖枝，但他都無動於衷，過了一段清閒日子。方嵐出於愧疚，一直陪著他，有天周宇跟她講了自己罹癌的前女友，到了談婚論嫁的地步，可對方一身輕提前離開了，讓留下的人獨自承擔。方嵐唏噓，生活就是如此，沒遇上覺得別人的故事都狗血失真，遇上了，才歎人世無常，真實的人生都比虛擬的故事精采。

　　沒人懂這個成熟男人的背後，經過多少歎息，才成為現在這閃閃發光的樣子。

　　那天下了好大一場雷雨，窗外一聲悶雷，方嵐嚇得縮在沙發上，周宇把她擁在懷裡緊緊抱著，安慰道，別怕，今後都有我在。隨後送來了一個溫柔的親吻，方嵐感受著他嘴唇的溫度，卻覺得唾液不是那麼甜，不太舒服，推開了周宇。

　　陳土木聽著雨聲狼狽地倒在沙發上，一臉破敗，垂耳兔鑽到他懷裡，躺在大腿上，關切地望著他。陳土木抱起她，委屈道：「小樣，不枉費我平日裡這麼疼你，今後就只有你陪我啦。」

　　陳土木刪掉了聊天 App 上的方嵐，解鎖的照片又再度關上。兩個人一個下班一個上班，白天黑夜分離，像身處不同的南北半球，在磨人的時差裡漸漸過上不同的生活，互不打擾，又互相糾結。

方嵐又跟朱哥講了很多他們的故事，朱哥說，這兩個小子都挺好，為你喝了不少酒。在所有光棍裡，你算是幸福的了。說著遞給她一枚硬幣，打趣讓她拋拋看，正面就選大眾情人，反面就選那個大老粗。方嵐愣住，再三猶豫，還是拋了，正面。

　　方嵐生日這天是冬至，天黑得早，周宇在大廈樓下用蠟燭和玫瑰花瓣鋪滿愛心，讓一個被革職的男人回公司受著非議嘲諷，像個小孩子一樣製造浪漫，著實不容易。方嵐還沒下班，就已經有好事的同事來她這兒打小報告，她有些不知所措，腦子進入放空，剛把圍巾繫好，手機傳來提示，那個聊天的 App 有人加好友。

　　打開又是陳土木，他發來一條信息，我沒有疾風驟雨般的愛和問候，只在你需要的時候，準時出現，如果喜歡，就按個讚。她按完讚，又來了一條新消息，他說，我沒車，但有陪你走的兩條腿；我沒法保證不讓你的世界下雨，但我帶了傘。如果喜歡，就再按個讚，方嵐莞爾一笑，點下旁邊的紅心。

　　十幾次讚之後，剩下最後一個，陳土木卻沒再發來信息。方嵐來到電梯口，給他發了一個「？」回去，大概又等了五分鐘，見對方沒反應，便進了電梯。

　　外面風大，蠟燭亮了又被吹滅，周宇就不停地來回點，甚至還燒掉了幾根睫毛。他趴在地上擋著風，越來越多的人向他圍過來。

　　電梯已經降到 9 樓。

　　陳土木的信息來了：關鍵時刻沒信號，快按讚！！！

　　簡單粗暴。

方嵐按下最後一個讚，照片解鎖，是陳土木那個二愣子，吐著舌頭，上面有一個結成愛心形狀的櫻桃梗。看背景，正在大廈樓頂。

　　方嵐急迫地把剩下幾樓的電梯按鍵全部按亮，終於電梯在 3 樓停下，然後飛快按下了 31 樓。

　　那天方嵐丟出的硬幣，是正面，連上天都讓她選周宇。方嵐盯著硬幣出神，她把手緩緩伸向那枚硬幣，被朱哥一把搶過去，欠起嘴說，姑娘，投硬幣，想扔第二次的時候，其實就已經知道答案了。

　　方嵐已經知道答案了。

　　這只是單身食堂裡，再普通不過的一個故事。

　　過去我們對待愛情，就像玩沙漏，沙到盡頭又手賤把它翻過來，反覆折磨，忘了真正適合自己的是什麼。愛情吧，有時真的勉強不得，這座城市那麼多光棍，我們不是不需要愛情，也不是我們自己不好，而是越來越明白自己要的是什麼，精緻的美食不如填飽肚子的米飯，打扮光鮮讓別人稱讚不如穿一件保暖的大衣。

　　內心無比強大，所有糾結就變得無足輕重，反正一切自有最好的安排。無論遇到的那個人說什麼，不說什麼，自己心裡最初的堅持是不會變的，有句話說得好，我們都過了耳聽愛情的年紀。不再虛度愛情，消耗自己了。

　　我們都需要一個願意陪你的人，不需要那麼多承諾，給一個適時的擁抱，噓聲後，安靜地，與你走完一生的人。

空調有話說

　　我有一個朋友，初中時苦苦沉溺於一段沒結果的暗戀裡，連上了對方的 WiFi 信號卻上不了網，每天哀聲連連，為賦新詞強說愁。

　　但被時間齒輪一碾壓，現在對那段時光更多的是感謝，因為對對方有過最誠摯的誓言和最純真的感情，不枉青春年少一場，看著現在那些青春電影，也有了回憶的資本，叫囂著，老子是早戀過的人。

　　這朋友在大學談了人生中第一場正兒八經的戀愛，不過這光輝歲月裡，除了可歌，還有可泣，催人淚下的事實是，他成了小王，哦不，一開始就是小王，被對方瞞了不說，還成了其正牌男友的敵人，幾番糾纏後，落寞退出。他非常後悔，後悔自己長醜了，否則還有正牌什麼事兒。

　　在那一次情傷後，他全面升級，解鎖了隱藏技能，增加了若干裝備，減肥加保養，成了一個七大姑八大姨會當著他媽面稱讚「你兒子真帥」的人。為此攻擊力防禦力敏捷度全面提升，絕不輕易動心，自成一套高格調的戀愛標準。結果後來在網上認識一個特會寫的文藝博主，一見傾心，談起了自尋死路的異地戀，被愛情擊退，瞬間化身五毛一袋的摔炮，劈哩啪啦地在人身邊亂響。因為被

距離上了枷鎖，就憑空多出很多原則上的問題，比如多疑敏感又愛捆綁教育，致使兩個人為數不多的見面相處成了爆發世界大戰的導火線，看哪哪不順眼，沒出三個月，感情再以失敗告終。

他適時看到一條朋友圈說：到底有多少人到現在還是不明白，人和人之間想要保持長久舒適的關係，靠的是共性和吸引，而不是壓迫、捆綁、奉承，和一味的付出以及道德式的自我感動。

他悔不當初。

在這之後，他就學乖了，不隨隨便便戀愛，也不把愛情妖魔化得比天還高，而是自然處之，它願來，好好招待，不願，還有大把時間禁得住等。去菜市場買一斤豬肉，還得洗個頭穿個衣服走十分鐘路，碰上個沙塵暴還得吃兩嘴沙子呢，找個愛人以為躺在家裡看幾本雞湯書，軟體隨便搖一搖就可以了嗎？

這個朋友接下來還遇見過很多人，有的跟他頻率不在一個世界，有的站在他門口，等他開門。他把這麼多年面對感情的遭遇和心境都寫成了故事，送給書裡的男女主角們，有人說看了很感動，很想好好戀愛，有人說愛嘛，不就是個屁，但還得成天放啊，這個朋友感覺一時間這麼多年的愚鈍也都派上了用場。

可能因為長相不顯個子，讀者看他照片開玩笑說只有一米六，但放心，「濃縮」的都是精華。

哦，被你猜出來了，這個朋友就是我。

後來？後來這麼私密的事兒，我幹嘛要告訴你？

有愛的人好好愛，至於那些被開玩笑說成單身狗的，咱一口唾沫噴過去，單身已經夠可憐了，連人都不配做嗎？

各位光棍們，晚上少熬夜，躺在床上不要來回滑手機了，越

258

滑越孤獨，胃不好就少吃辣椒冷飲過熱的食物，容易發胖體質的管不住嘴就多運動，一個人待著的時候就看看書，好的東西都值得花時間，所以無論你現在多辛苦也別放棄，想想已經堅持了多久才到這裡，又是一年，還沒人來牽你的手，請照顧好自己。

希望這本書能給你忙碌的生活帶來一點甜頭，對愛情還抱有幾多嚮往和期待，那終究也對得起這份相遇。

願做你一輩子的空調，冬天供暖，夏日送涼。

立式的，個兒高，任性。

張皓宸

90 後青年作家、編劇、創意插畫師

代表作
《你是最好的自己》《我與世界只差一個你》《謝謝自己夠勇敢》

微博 ID
@ 張皓宸

微信公共帳號

我 與 世 界
只 差 一 個 你

我與世界只差一個你 / 張皓宸著. -- 初版. -- 臺
北市：春天出版國際, 2018.01
　　面；　公分. -- (書.寫；2)
ISBN 978-986-95558-5-2(平裝)

857.63　　　106018665

本書臺灣繁體版由四川一覽文化傳播廣告有限公
司代理，經上海有樹文化傳播有限公司授權出版

作　　　　　者	張皓宸
總　編　輯	莊宜勳
主　　編	鍾靈
版 面 設 計	克里斯
排　　版	三石設計

出　版　者	春天出版國際文化有限公司
地　　址	台北市信義路四段458號3樓
電　　話	02-7718-0898
傳　　眞	02-7718-2388
E － m a i l	story@bookspring.com.tw
網　　址	http://www.bookspring.com.tw
部　落　格	http://blog.pixnet.net/bookspring
郵 政 帳 號	19705538
戶　　名	春天出版國際文化有限公司
法 律 顧 問	蕭顯忠律師事務所
出 版 日 期	二〇一八年一月初版
	二〇一八年三月初版九刷

定　　價	330元

總　經　銷	楨德圖書事業有限公司
地　　址	新北市新店區寶興路45巷6弄6號5樓
電　　話	02-8919-3186
傳　　眞	02-8914-5524

Just for
Mee ting
You

Just for
Mee ting
You